让我们

一起追寻

In Xanadu

威廉·达尔林普尔作品集

A Quest

仙那度

〔英〕威廉·达尔林普尔 (William Dalrymple)　作品二

兰　莹　译

追寻 马可·波罗 的脚步

社会科学文献出版社
SOCIAL SCIENCES ACADEMIC PRESS (CHINA)

本书获誉

我们阅读威廉·达尔林普尔的《仙那度》时，感觉上一刻还在瞻仰熹微晨光中的圣墓，下一刻就穿越亚洲，来到荒无人烟的忽必烈汗宫殿的废墟……达尔林普尔出手不凡，在处女作中就展现出了卓越天赋。本书知识性强且轻松诙谐，深受亚历山大·威廉·金雷克、罗伯特·拜伦和伊夫林·沃作品风格的影响。

——帕特里克·莱·法莫
（Patrick Leigh Fermor），
《旁观者》杂志

威廉·达尔林普尔文笔优美、学问精深、大胆坦率，还极其风趣。

——昆汀·克鲁（Quentin Crewe），
《星期日电讯报》

巨大的成就。

——拉切尔·比林顿（Rachel Billington），
《金融时报》

本书堪称绝妙的英式怪才之作，在其中可以找到芙蕾雅·斯塔克、傅勒铭和罗伯特·拜伦的影子……很明显，达尔林普尔要么才气纵横，要么头脑疯狂，或者两者兼有之。

——阿伦·弗兰克斯（Alan Franks），

《泰晤士报》

威廉·达尔林普尔以杰出的写作技巧，将历史、危险、幽默、建筑、民族、苦难和政治熔于一炉，读者可以从《仙那度》中获得难得一遇的满足感。

——德弗拉·墨菲（Dervla Murphy），

《文学评论》

棒极了……就长达六千英里的精彩追寻之旅，给出了引人入胜且常常令人捧腹的生动描述。这部绝妙的著作里满是亚洲的景致、气味、历史和风气，必将成为经典。

——《星期日快报》

这部作品沿袭了旅行文学的伟大传统，记录了激动人心的冒险经历。达尔林普尔以幽默博学的文笔和洋溢的青春活力，把自己的亲身经历变成了一连串冒险传奇。

——《旗帜晚报》

他的作品风格明亮、犀利、简洁、大胆，充满冒险精神。书中描述了嬉皮士和毛拉，清真寺和神圣的陵墓，危险和庆典，酒神崇拜仪式和大量其他发现。全书充满了生机和乐趣。

——《星期日泰晤士报》年度图书推荐语

鲜有人能有机会评价如此一部著作，它昭示了一段辉煌事业的起步。大胆而欢乐，充斥着神秘的知识和荒谬的感觉……我猜想，威廉·达尔林普尔将来会跻身英国著名游记作家之列。

——《东方日报》

毫无疑问，《仙那度》是过去二十年中出版的最好游记之一。它诙谐机智、观察入微、结构巧妙、妙趣横生……达尔林普尔有种天赋，平淡的经历在他笔下也会显得非凡隽永，这意味着他的写作事业将不断攀升。

——亚历山大·梅特兰
（Alexander Maitland），
《苏格兰周日报》

杰出的作品……威廉·达尔林普尔天生就是作家。他效仿的可能是傅勒铭和伊夫林·沃，而非更严肃的旅行作家，但他比上述两人都更具学者风范。最重要的是，他有喜剧天赋……《仙那度》标志着一颗新星的诞生。

——《悉尼先驱晨报》

《仙那度》用引人发笑的对话和起劲的滑稽表演为冒险故事和学院派历史叙述增色。这是一本情节推进迅速、热闹有趣的读物……显然具有成为畅销书的潜质。

——苏尼尔·塞蒂（Sunil Sethi），
《印度时报》

威廉·达尔林普尔写了一本令人愉快的游记……出色的处女作。

——菲利普·格莱兹布鲁克（Philp Glazebrook），

《旁观者》杂志

仙那度之旅

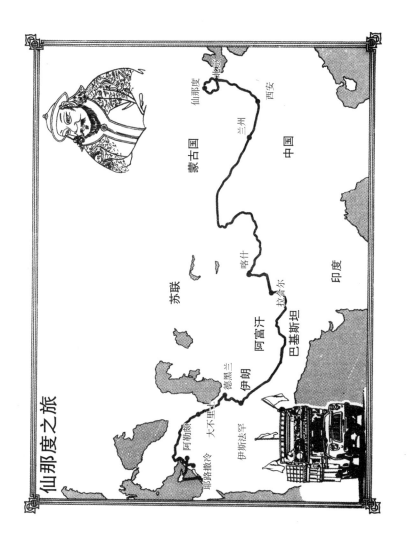

蒙古国

苏联

中国

印度

阿富汗

巴基斯坦

伊朗

仙那度

西安

兰州

喀什

拉合尔

德黑兰

大不里士

阿勒颇

伊斯法罕

耶路撒冷

前　言

1986年4月，我在大学的第二年行将结束。某个风雨交加的夜晚，我艰难地走回宿舍，途中经过学院布告栏。

我的目光落在一张明黄色的A4纸上，纸上有大写字母标题："盖拉德·拉普斯利（GAILLARD LAPSLEY）旅行奖学金"。那一周我过得不太愉快。当时21岁的我囊中羞涩，倦于考前复习，而且已经开始渴望假期。我停步近前一看，发现那是关于基金的通告。该基金是为纪念一位刚辞世的历史教师而设立的，旨在资助本学院中世纪历史学者做研究旅行。而据我所知，学院里研究中世纪的学者寥寥无几。

我径直去了图书馆，找到一本大四开版的《泰晤士世界历史地图集》（*The Times Atlas of World History*），迅速浏览，看看怎样才能规划一段最长、最费力耗时的旅程。我想，行程越长，我能申请的经费应该就越多。

一个小时后，我已经打印出一份探险申请，称自己打算重走儿时偶像马可·波罗那条起自耶路撒冷终于蒙古忽必烈汗的仙那度的远征路线。"仙那度"这个地名能引人浮想联翩，因此我对这份申请信心满满。但我最近碰巧看到一篇文章，称连接巴基斯坦和中国的喀喇昆仑公路刚刚对游客开放。这意味着自从十年前苏联切断了马可·波罗的陆上路线以来，从技术上说，这是首次有可能重拾他的足迹。我把申请投入老师的信箱里就回去复习，把它抛在脑后。

一个月后，当我结束最后一门年终考试回到宿舍时，我发现有人把一只饰有浮凸图案的信封从门缝里塞了进来。信封中有一纸短函和一张支票，票面金额相当慷慨——七百英镑。这是我收到过的金额最大的支票。无比兴奋之余，我也有了不祥的预感，因为我发现自己面前是漫长而危险的旅程，要穿越我几乎一无所知的世界。更糟糕的是，我刚刚被女朋友甩掉，而我原计划要同她一起上路。

虽说没能开个好头，但接下来的探险仍然是我经历过的最令人兴奋的一次。如今我已在路上跋涉半生，但我经历的一切都不如那次耗时三个月、长达六千英里的旅程刺激。当年我时而步行，时而搭车，时而乘大巴，横穿了整片亚洲大陆。确切地说，它永远改变了我的生活。

我之前已去过印度。那是前一年夏天，我沿着十字军第一次东征的路线从苏格兰搭便车到耶路撒冷。我对英国作家的游记涉猎较广，埃里克·纽比（Eric Newby）、布鲁斯·查特文（Bruce Chatwin）、彼得·弗莱明（Peter Fleming）、帕特里克·利·弗莫尔（Patrick Leigh Fermor）都是当时我的文学偶像，其中尤以罗伯特·拜伦（Robert Byron）[①] 为最。我对他们顶礼膜拜，虔诚地俯伏在他们的祭坛下。现在我决心要写自己的游记。从旅行的第一天早上抵达耶路撒冷时，我就开始详

---

① 罗伯特·拜伦是英国 20 世纪上半叶的游记作家、艺术史学家，曾游历欧洲大部分国家，并远行至中国西藏。——译者注

细做笔记，以期写一本书，以现代人的身份致敬罗伯特·拜伦的《前往阿姆河之乡》（*The Road to Oxiana*）。它是我的心头好，我经常阅读它，甚至能将其中大段文字默记于心。

这次探险结出的果实就是您面前的这本书——《仙那度：追寻马可·波罗的脚步》（简称《仙那度》）。这本书于25年前的1989年首次出版，当时反响不错。1980年代初，人们开始对小说失望，而游记似乎成为小说之外的一种严肃选择。作者仍然可以使用小说技巧塑造人物、遴选并调整经历以营造一系列场景和固定套路，安排人物行动使叙事具体并推动情节发展，但这次作者笔下的内容是真实的。此外，与大多数虚构文学作品不同的是，游记很畅销。

保罗·索鲁（Paul Theroux）的《火车大巴扎》（*The Great Railway Bazaar*）一书销量达150万册，成功地为游记写作再次注入蓬勃活力。游记曾风靡一时，但二战后欧洲的帝国崩溃，它也逐渐衰落。该书的成功激励布鲁斯·查特文放弃记者工作，前往南美并写出了《巴塔哥尼亚高原上》（*In Patagonia*）。该书于1977年出版，同年利·弗莫尔创作了《馈赠的时光》（*A Time of Gifts*）。1984年，游记写作达到高峰，当时格兰塔出版社（Granta）发行了著名的《旅行写作》（*Travel Writing*）专刊。杂志编辑比尔·布福德（Bill Buford）写道："旅行写作正在复兴，从经典游记再版和数量惊人的新秀游记作家不断涌现上就能看出这一点。自1930年代以来，旅行写作从未如此流行或如此重要。"

所以《仙那度》可谓躬逢其盛。借此东风，本书为大众慷慨接纳且获评甚佳，立即成为畅销书，还获了奖。这让我首次想到以写作为生。尽管如此，我对它的感情一直说不清、道不明。

因为《仙那度》通篇记录的是某个年轻幼稚、夜郎自大的英国大学生的观感、偏见和激情。事实上，二十一岁的我傲慢、自矜且自信，总是毫不犹豫地给某个国家贴上标签，速度快到令人难堪，在此之前都不会费心斟酌一下。现在的我多少不太赞成当时的我，觉得那个小伙子就像一个自视甚高却魅力十足的亲密晚辈——你无法完全与他断绝关系，但又想狠狠地扇他一巴掌，或者至少想办法让他清醒清醒，这都是为了他好。

然而，这本书承载了许多美好回忆。那是我一生中最快乐的时期之一：每天都有冒险，每天都有发现，每天都有对事物真谛的感悟。而这些赏心乐事都被它一一拣选，打包封存。现在，我在五十岁生日的前夕重读它，重拾那些已被尘封于记忆角落里的地方和冒险，更令人愉快的是，我能找回当年那种纯粹的陶醉感。那个时候，时间仿佛无尽的长河流淌；那个时候，作业截止日期、责任和承诺都不见踪影；那个时候，青春的肌体充溢活力，而年轻人的乐观如阳光闪耀；那个时候，你想要的不过是经历，而全世界如同一张地图在面前徐徐展开，等你迈出第一步。

伟大的瑞士游记作家尼古拉斯·布维尔（Nicolas Bouvier）写道，人在旅途，"乏味的日常环境会被层层剥去，就像剥开包装纸一样"，会让你陷入窘境，但同时也会使你"更好奇，直觉更敏锐，更易一见钟情……你从旅行中获得的，会比你想要的还多。很快，它就会证明自己是个独立的个体。你以为自己是旅行的主角，但很快旅行就会重塑你，或把你打回原形"。

无论改变是好是坏，《仙那度》都改变了我。我现在仍同

为柯林斯出版社买下该书版权的编辑迈克尔·菲什维克
(Michael Fishwick) 合作：迄今为止我们合作了八本关于中东、南亚和中亚的书，而通往中亚的大门正是 1986 年的那次旅行为我打开的。在它出版后不久，我娶了我可爱的室友。尽管她当时正忙于准备期末考试，但还是为我编辑了大部分手稿。我们一起搬到了德里。她想画画；我则着手创作后来的《精灵之城》（City of Djinns）。三十年后，我们仍住在德里，膝下有三个孩子。我们的长女现在读大学，正雄心勃勃地为自己规划环球旅行。

那两位陪我在漫漫长路上吃了不少苦头的旅伴仿佛就在我眼前。路易莎现在是技术娴熟的图片修复师，嫁给了一个非常英俊富有的年轻人，住在海伊小镇（Hay on Wye）以南的英格兰 – 威尔士交界地区。劳拉毫不意外地跻身英国最成功、最令人敬畏的女商人之列，不时在媒体上露面，还在商场中征服过几座令人目眩的高峰。

我们当年一同游历过的不少国家就没那么幸运了。好客的叙利亚正在内战和伊斯兰国治下的混乱局势中苦苦挣扎；一度狂野却迷人的巴基斯坦现如今面临更多安全、经济问题。而曾经到处是自行车、中山装的中国已经成为新生的超级经济体——这在当时是不可思议的。真是沧海桑田啊。

旅行写作也变了。如果说过去的游记着重记录所到之处，即填补地图空白，描述少有人见的偏远地区的话，那么在 21 世纪最好的游记中，主角几乎都是人。它们探索潜伏在全球化表象下的离奇多样性。乔纳森·拉班（Jonathan Raban）对此做了令人难忘的评论："旧时代的游客暴躁地抱怨：旅游已死，无论在这个世界上走多远，感觉不过是一次郊区远足。他们大错特错。他们被所有琐屑之物间的相似之处蒙蔽，却忽略了所有重要事物间的基本差异。"

持这种信念的人不止拉班一个。科林·萨布伦（Colin Thubron）也许是 1980 年代最受尊敬的旅行作家，他仍笔耕不辍。他也很清楚，现在比以往任何时候都更需要这种文体。他最近告诉我："世上有很多人迹罕至之地，人们对它们仍有很多误解——想想伊朗吧。""优秀的旅行作家可以为你描绘日常生活的来龙去脉，或概述人类生存状态，而这些鲜少能被学术写作、新闻或其他学科触及。尽管我们有互联网、谷歌地图和通信革命，但这些仍不能替代游记。"

《仙那度》描写的世界中的许多东西已离我们远去。看到自己的回忆慢慢变成史料，心中会充溢慈父般的欣悦之情。虽说在这本年少轻狂之作中，叙述者流露出极度优越感，偶尔还会直率地发表某些愚蠢观点，但我仍为它感到非常自豪。毕竟它是我旅程的起点。重读这些栩栩如生的描述，我的心头涌上强烈的怀旧之情，同时希望在二十五年后的今天，这些文字仍能保留某些趣味，就像来自时空中某段逝去时光的漂流瓶被人打捞上岸，重新开启。

威廉·达尔林普尔

2016 年 8 月 26 日于新德里米拉·辛格农场

（Mira Singh Farm）

致 谢

拙作已嫌冗长，然而若不向曾帮助、包容我的人表示谢意就将其付梓，则实属失礼。如果没有他们，我就不会踏上东行之路，拙作也不会问世。

西蒙·凯恩斯（Simon Keynes）博士曾说服剑桥大学三一学院（Trinity College）赞助我七百英镑的旅费。事实证明这笔钱足够我们支付这次赴北京之行的一切费用。安东尼·阿克兰（Anthony Acland）爵士和韦德-格里（Wade-Gery）爵士曾挤出宝贵的时间，帮助我们扫清外交方面的障碍；安东尼·菲茨赫伯特（Anthony Fitzherbert）、基兹巴什（Quizilbash）夫人、查理·帕顿（Charlie Parton）和切里·帕顿（Cherry Parton）都曾在途中慷慨地款待我们。

在英格兰，玛吉·诺奇（Maggie Noach）帮助我出售本书的版权，而柯林斯出版社的迈克尔·菲什维克买下了它，此举令我感激。在我写作的十四个月间，上述两人都积极地鼓励我。在那段时间，我的女友奥利维娅·弗雷泽（Olivia Fraser）和室友安德鲁·伯顿（Andrew Berton）以非凡的宽容对待我。我曾唠叨着劝说法尼亚·斯托尼（Fania Stoney）、亨利埃塔·迈尔斯（Henrietta Miers）、帕特里克·弗伦奇（Patrick

French）、露西·沃拉克（Lucy Warrack），我的兄弟海维克（Hewic）、乔克（Jock）、罗布（Rob），以及我的父母（长期苦于我的骚扰）阅读此书初稿。卢西恩·泰勒（Lucian Taylor）曾向我提出许多大有裨益的修改意见，并曾先后五次抽出整天时间逐字逐句检查稿件。如果没有他的建议和删节，本书将会更加冗长、浮夸、无趣。

还有其他许多人也为本书提供了帮助，没有被我提到的人请见谅。然而，最重要的是，本书所有读者想必都明白我对两个人亏欠良多。如果没有她们，我的计划就永远无法启动。

怀着爱和歉疚之情，我谨以此书献给劳拉和路易莎。

—

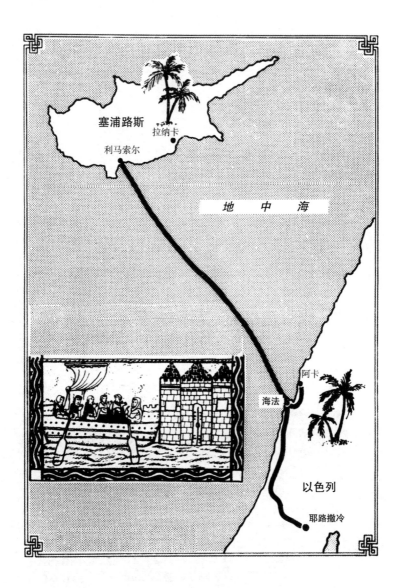

塞浦路斯

拉纳卡

利马索尔

地 中 海

阿卡

海法

以色列

耶路撒冷

天色未明，我就离开了谢赫贾拉①。在大马士革门②附近，最先出摊卖水果的那拨商贩聚在火盆周围取暖，同时捧着盛甜茶的杯子暖手。那位爱尔兰方济各会修士正等在圣墓大教堂③门边。他在修士袍的兜帽下向我点点头，然后一言不发地领着我走过亚美尼亚教会小堂，又从宏伟的穹顶下走过。十二群会众正各自做着晨祷，他们吟唱单声圣歌的回声在穹顶下缭绕。

"快到时间了。"费边修士说，"这帮希腊人将在八点半结束晨祷。"

"到八点半还有两小时呢。"

"只有半小时了。那些希腊人不准我们把钟调慢，在这里我们按拜占庭时间工作。"

他跪在石板上，十指在袖筒里交叉，开始喃喃念诵祷文。我们等了二十分钟。

"他们怎么待了那么久？"

"排班表很严格。他们可以在墓室里待四个小时，不到时候就绝不会出来。"

他犹豫了一下，然后说：

"目前的形势有点紧张。上个月有个亚美尼亚修士发疯了。他觉得有个天使命他杀掉希腊牧首，于是就打碎一盏油灯，举起碎玻璃块，追着狄奥多罗斯牧首从唱诗班中间一路跑过去。"

---

① 谢赫贾拉（Sheik Jarrah）是位于东耶路撒冷的社区，主要居民是巴勒斯坦人。——译者注
② 大马士革门（Damascus Gate）是耶路撒冷旧城入口。——译者注
③ 圣墓大教堂（Holy Sepulchre）是耶稣坟墓所在地，位于耶路撒冷旧城。——译者注

"结果呢?"

"被那些希腊人制服了。他们中有个来自塞萨洛尼基的家伙负责照管髑髅地①希腊礼拜堂,他以前是举重运动员。他把那亚美尼亚人按在墓室的地上,直到警察赶来。从那时起,希腊人和亚美尼亚人就不怎么说话了,所以我们只好充当中间人,直到我们自己也跟希腊人闹掰了。"

"出什么事了?"

"上个月狄奥多罗斯过桥去约旦,边防人员在他汽车的空气过滤器里翻出一大袋海洛因。他们倒是没为难他,但把他的司机抓起来了。狄奥多罗斯一口咬定是那家伙把袋子放在那儿的。那司机是个天主教徒。"

"也就是说,大家现在互相都不讲话了?"

"我觉得那些科普特教徒②还能跟马龙派③的说几句吧。除此之外,是的,大家互相都不讲话了。"

费边修士从修士服中伸出手臂,指向大厅的穹顶。

"看到那个油漆匠的脚手架没?它都在那里支了十年啦。因为那三位牧首总是不能就油漆的颜色达成一致。他们刚刚一致决定要刷黑色时,亚美尼亚人就袭击了狄奥多罗斯,于是现在希腊人强烈主张要刷紫色。现在又得等个十年才能重新刷漆,等到那会儿……"费边说,"我应该已经回多尼哥④了。"

---

① 髑髅地(Calvary)位于耶路撒冷西北郊,据传耶稣于此被钉上十字架。——译者注
② 科普特教会是基督教东派教会之一,埃及的基督徒多是科普特教徒。——译者注
③ 马龙派是盛行于黎巴嫩的天主教教派。——译者注
④ 多尼哥(Donegal)是爱尔兰地名。——译者注

正在此时，一队黑衣希腊修士从圣墓小堂里冒出头来。圣墓小堂外观仿佛蒜头，又似水壶，而罗伯特·拜伦觉得它像火车头。修士们走出来，其中几个唱着颂歌，其他人则一路将圣水洒在回廊上。他们留着花白的大胡子，戴着圆筒帽，帽子上顶着黑色学位帽一样的东西。他们向拉丁小堂的方向怒目而视，然后列队离开，向髑髅地走去。

"在这里等我一会儿。"费边修士说。

他带着一个马口铁喷壶和一只托盘回来，托盘上的东西看起来像是手术器械。他把托盘递给我，然后向圣墓小堂走去，深深弯下腰，钻进那矮小的尖拱门。我跟在他后面。我们走进昏暗的外间，然后俯身进入里面的墓室，这处基督教世界中最神圣的圣所只有装清洁用具的壁橱那样大。停尸石①放在凸起的平台上，在停尸石上还有两尊圣像、一幅破旧的风格主义绘画作品和一只插了七枝枯萎玫瑰的花瓶。由铁链吊着的十二盏油灯从天花板垂下来。费边双膝跪下，亲吻那块石头，低声祈祷。然后他站起身。

"我们能在这儿待到十二点半。"他说。

他从外间的壁龛拿出小梯子，爬上梯子从壁环上解下一只钩子，然后放开滑轮降下四盏天主教的油灯。古老的青铜灯身锈迹斑斑，灯的外壁上精雕细刻着智天使和炽天使的形象。费边修士示意我把喷壶递给他，然后他在灯的上方俯下身，小心翼翼地把壶里的油注入其中三盏灯，它们的光焰因而开始摇曳。

---

① 停尸石（Stone of Resurrection）指耶稣死后其尸体停放的石板，据说他从该处复活。——译者注

"我以前觉得这些灯简直不可思议，因为据说灯火能长明不灭。"

"他们是这么说的，"费边修士正跟其中某盏灯的灯芯较劲，"但记住我的话，换灯油时它们不可能一直不熄灭。该死！这根灯芯要烧完了。把线递给我。"

他指向那托盘上的"手术器械"，我从里面找到个线团递给他。

"也就是说，这些灯没什么神奇之处喽？"

"半点也不神奇。把剪刀递给我。"

"那灯油本身呢？它是圣油吗？是产自橄榄山①的橄榄油吗？"

"不是，它就是装在圣器收藏室某个盒子里的普通葵花籽油。这灯真该死！我们得买个新的浮子了。递给我一个，成吗？"

"浮子？"

"就是那些像软木塞一样的东西，给我一个。"

我从托盘上拿起个备用的递给他。

"那姑娘怎么没来？"费边站在梯子上问。

"我不知道，也许她还没睡醒吧。"

"她是你的……朋友吗？"

"啥意思？"

费边向我眨眨眼。

"你懂的……"

---

① 耶路撒冷以东的橄榄山据传是耶稣曾经布道的地方，周围遍植橄榄树。——译者注

"她不是我的女朋友，如果你说的是这个。"

"还有，你要找的那个意大利人是谁？"

"你说波罗吗？"

"就是那个波罗。"

"他……是另一回事。"

"是他告诉你这灯油很神奇的？"

"我想他是这么暗示的。"

"那你可以告诉他，就说是我说的，这就是普通的油。"

"这可有点难。"

费边没接这句话。

"你说他曾把这灯油带到东方？"他接着问。

"是啊。"

"他当时是用什么装油的？"

"我不太清楚，也许是山羊皮做的酒囊。"

"那他可有点落伍。"

"有点吧。"

费边终于捻好那根新灯芯并把它浸回油中，再用另一盏灯的火苗点燃它。

"你还想要这灯油吗？"

"求你啦。"

我递给他一只小塑料瓶。

"这不是山羊皮囊。"

"对，这是从考文特花园的化妆品店里买的。"

费边拿过小瓶并打开瓶盖，小心地将它浸在第四盏灯的油槽里，让灯油慢慢注满小瓶，然后将它还给我。

"祝你找到你的朋友。"

* * *

马可·波罗于1271年秋抵达这里，而在此三十年前耶路撒冷就已落入穆斯林之手。当时映入马可·波罗眼帘的是一座几近荒弃的圣墓。突厥人于1244年攻陷耶路撒冷，屠杀城里的教士，践踏历代耶路撒冷王的坟墓，将教堂烧为白地。之后，这座城市就落入了马穆鲁克苏丹拜巴尔一世①手中。此人出身微末，早年当过奴隶。买主不满其外貌缺陷，将他退回市集。十年后波罗到达法国勒旺（Levant）时，拜巴尔已击败蒙古人并将其驱赶回幼发拉底河以东，并因而成为中东地区最令人畏惧且最强大的人物。

与此同时，拜巴尔试图把十字军从他们位于巴勒斯坦的最后据点驱逐出去，他的军事行动的推进显得缓慢却有条不紊。在回谢赫贾拉的路上，我穿过圣斯蒂芬门（St Stephen's Gate），看到代表拜巴尔的狮子徽饰高悬其上。想必波罗到达耶路撒冷时，它刚被雕刻上去。徽饰上那对狂暴的狮子正要攻击一只小老鼠。狮子臀壮爪长，尾巴构成华丽的纹章图样，代表马穆鲁克治下的埃及；那只走投无路的老鼠则代表十字军。图像对局势的展现贴切得令人悲伤：1263年，拜巴尔洗劫了拿撒勒②，在阿卡③市郊大肆放火。次年，位于凯撒里亚（Caesarea）、阿尔苏夫（Arsuf）和阿特利特（Athlit）的十字

---

① 拜巴尔一世（Baibars I，约1223~1277年）是马穆鲁克王朝第四位苏丹，以对蒙古人和十字军的胜利和国内行政改革而出名。——译者注
② 拿撒勒（Nazareth）是巴勒斯坦的北部古城，相传为耶稣的故乡。——译者注
③ 阿卡（Acre）是位于以色列北部的古老海港城市。——译者注

军要塞均在他的攻城器械前陷落。1268 年，拜巴尔围攻安条克，仅四天后就占领了这座城市。然而，1271 年春的袭击给十字军造成的损失最大。各方势力曾公认医院骑士团的指挥部骑士堡①固若金汤，就连萨拉丁也于 1188 年饮恨城下。但马穆鲁克的第三军团竟然于 1271 年 3 月 3 日兵临城下，很快就包围了这座城堡。虽然春雨滂沱，但攻方还是把劲弩从谷底弄到了山上。短暂的箭雨过后，埃及人攻破了城堡底层的防线。又苦斗一个月后，守卫城堡的三百个士兵精疲力竭。在收到一道伪造的命令后，他们最终于 4 月 8 日投降。他们声称该命令是驻的黎波里的医院骑士团大团长签发的。

　　骑士堡陷落让拜巴尔声誉日隆，法兰克人则颜面大失。然而耶路撒冷陷落后，十字军国家的首都阿卡正处在激烈内战的紧要关头，没有哪位十字军战士对王国存亡持"匹夫有责"的态度。这就是教宗特使皮亚琴察的泰巴尔多（Theobald of Piacenza）所面临的局势。泰巴尔多为人严厉，有大家风范，是著名哲学家兼神学家圣托马斯·阿奎那（St Thomas Aquinas）的朋友，也是英王和法王的密友。他曾被任命为列日总执事，但与在列日主教宫里过着荒淫生活的主教产生分歧，于是放弃该职位来到了耶路撒冷。在阿卡，泰巴尔多居中斡旋，成功使热那亚和威尼斯达成临时停战协议。他还在来自英格兰的某支十字军刚刚抵达时，说服当地贵族与十字军先行官英格兰王子爱德华合作。但他人微言轻，无法以更积极的方式拯救王国。随后，泰巴尔多于 1271 年 8 月下旬被选为教宗，

① 骑士堡（Krak des Chevaliers）位于叙利亚西部，是著名的十字军城堡，在 1030 年前后由当地库尔德人修建。——译者注

并于 9 月初收到任命，使用了"格列高利十世"（Gregory X）的名号。

格列高利意识到，十字军唯一可行的出路就是与同为埃及之敌的蒙古人达成契约。这一决定有重要的战略意义，且当时有越来越多的迹象表明忽必烈汗正考虑皈依基督教。这消息听起来荒诞，但实际上并非不可能。蒙古贵族中有许多东方基督教教徒①，而且安条克公国的大公博希蒙德（Bohemond）和波斯的蒙古王公旭烈兀已有军事合作。但比起简单的合作，格列高利的计划更大胆、更雄心勃勃。他想让蒙古人皈依基督教，让伟大的忽必烈汗拜在罗马教宗座下。蒙古帝国拥有史上最辽阔的疆域，其国土西起幼发拉底河，东至太平洋。格列高利心里有数，如果基督教能成为蒙古人的国教，伊斯兰教的好日子就不多了，而十字军国家就有了生路。

登上教宗宝座后，格列高利的第一个举措就是将一艘刚刚抵达小亚细亚阿亚什②的威尼斯战舰召回阿卡。船上有一对来自威尼斯的兄弟，名叫尼科洛·波罗（Niccolo Polo）和马菲奥·波罗（Maffeo Polo）。尼科洛的儿子名叫马可，年方十七岁。两年前，即 1269 年春，老波罗兄弟突然现身阿卡，声称自己刚从蒙古草原上的仙那度③，即忽必烈汗的夏宫回来。他们是最早声称朝东方走了如此之远的欧洲人，而且他们的叙述听起来很真实。于是他们被带去见当时还是教宗特使的泰巴尔

---

① 东方基督教是发展于巴尔干半岛、东欧、小亚细亚、中东、东北非以及南印度的基督教派的统称。——译者注
② 阿亚什（Ayas）即今土耳其尤穆尔塔勒克（Yumurtalık）。——译者注
③ 仙那度源自蒙语，指元朝的上都。本书作者用其指代忽必烈的避暑宫殿。在《马可波罗行纪》和浪漫主义诗人柯勒律治的诗作《忽必烈汗》的影响下，仙那度在西方语境中成了一个象征富饶与华美的意象。——编者注

多，给他讲述他们非同凡响的经历，还出示了忽必烈汗赐下的金牌。金牌上刻有文字，命令"使臣三人所过之地，必须供应其所需之物，如马匹及供保护的人役之类"①。兄弟俩称，忽必烈汗的脾气与其祖父成吉思汗截然不同。他对基督教表现出极大兴趣，曾交给他们一道手谕，命他们回西方谒见教宗，请教宗为他遣送"熟知我辈基督教律，通晓七种艺术②者百人来。此等人须知辩论，并用推论，对于偶像教徒及其他共语之人，明白证明基督教为最优之教，他教皆为伪教"。波罗兄弟说，教廷若能做到这一点，忽必烈汗和他所有的臣民都会皈依基督教。大汗还命兄弟二人为自己携来基督教最神圣的纪念物，即圣墓前那著名长明灯中的灯油。

教宗特使意识到对基督教世界来说，这是至关重要的机遇。然而在 1269 年，教宗之位出现空缺，因为克雷芒四世刚刚过世，而红衣主教们还没打起精神召开会议推选继任者。波罗兄弟别无选择，只能先去威尼斯等待教宗选举结果。到 1271 年春时，尽管公众的愤怒情绪日见高涨，红衣主教们的工作似乎仍然未有进展。于是波罗兄弟决定回阿卡，这次他们带上了马可·波罗。在阿卡他们告诉教宗特使，无论新教宗有没有选出，他们都要回去向大汗复命，"因为我们耽搁时间业已过久了"。他们于 8 月底动身东行。

与此同时，意大利维泰博（Viterbo）的教宗选举已演化成国际丑闻。为督促红衣主教们尽快做出决定，市政当局把

---

① 文中《马可波罗行纪》里的内容均引自冯承钧译本（上海书店出版社，2001 年）。——译者注

② "七种艺术"即中世纪时的博士需学习的七门学科，包括文法、逻辑学、修辞学、算数、几何学、音乐和天文学。——译者注

他们锁进教宗官邸，威胁说要削减他们的膳食供给，还要把屋顶掀掉，"好让他们开会讨论时能更便捷地领受从天而降的'圣谕'"。令人惊讶的是，这一手段取得了成功。红衣主教们委托一个六人委员会做决定，急于脱身的委员们于同日选举泰巴尔多为教宗。一周后教宗选举结果传到阿卡，波罗兄弟被召回。新任教宗马上命他们奔赴耶路撒冷去取圣油，还命圣地资历最深的两位（虽然不是百位）"基督教信士"，即维琴察的尼古拉斯修士（Friar Nicolas of Vicenza）和的黎波里的威廉修士（Friar William of Tripoli）加入东行队伍。新教宗破格授予两位修士主持授神职礼和赦罪的权力，并把给大汗的信件和礼物交给波罗兄弟。这支队伍现在扩充到五个人的规模，由老波罗兄弟、马可和两位修士组成。他们最终于11月初动身。

还是小学生时，我们就知道了马可·波罗的生平。他缠着头巾，穿着有点像睡袍的条纹长袍，骑在单峰驼上。学校书架上的所有书中，数以该图作封面的那本"小瓢虫"童书被阅读的次数最多。某天我和朋友们用手绢包起几块饼干，又把手绢包系在一根棍子上，准备出发去中国。在苏格兰找不到骆驼，所以我们只能依靠双脚，一直走到筋疲力尽。到下午茶时间，我们就已经把所有的饼干吃进了肚子。还有个问题是，我们不太确定中国在哪里。虽然我们很有把握它不在英格兰，但我们也不能完全确认英格兰的地理方位。尽管如此，我们还是勇敢地走向哈丁顿①，因为觉得可以在那里的一家商店问路。但天色一暗下来，我们就转身回家吃晚饭

---

① 哈丁顿（Haddington）是苏格兰城镇。——译者注

去了。我们讨论一番，决定暂时搁置这个计划。反正中国又不会急着让我们过去。

事实上，在追寻马可·波罗脚步的人中，别人也没有比我们做得更成功。许多人曾经像我们一样踏着他的足迹上路，但从未有人成功走完那段旅程。19 世纪，阿富汗危机四伏；20 世纪，中国对外国人关上大门。当中国在 1980 年代初重新对外开放时，阿富汗又因苏联入侵再次闭门拒客。现在苏联正步步后撤，伊朗和叙利亚却又双双关闭边境。然而在 1986 年春天，连接巴基斯坦和中国的喀喇昆仑高速公路开通——自 13 世纪后，现在也许是能让人带着圣油，经陆路从耶路撒冷到达仙那度的第一个好时机。阿富汗的战事使人无法走完波罗当时的整条路线，但从理论上讲，我们现在能够走完它的大部分并最终抵达目的地。我当时的女友路易莎在《纽约先驱论坛报》上读到那篇宣布高速公路开通的短文，于是我们决定开启远征，追寻那位威尼斯人的脚步。上一年的夏天，我曾沿着第一次十字军东征的路线从爱丁堡到了耶路撒冷。那次旅行以圣墓为终点，而圣墓又是马可·波罗旅程的起点。很明显，此次旅行是上一次的延续。

路易莎和我花了一个月的时间做远行规划。我们对着各种地图册争执，坐在剑桥大学图书馆里研读那段历史，还在不同国家的大使馆间往返。我甚至设法说服自己的学院出资七百英镑赞助这个计划。后来由于考试临近，我埋头苦学两个月，把这次旅行抛到脑后，几乎不再与路易莎见面。就在我们原定出发日期的两周之前，我和路易莎约在哈默史密斯（Hammersmith）的酒吧喝了一杯。在那里，在小口啜饮白葡萄甜酒的间隙，某个既成事实摆在了我面前。我们之间插进了（一口酒）一位新的男士（一口酒）和一个新目的地（一口酒）。那位男士名叫爱德华，而那个新目的地是奥克尼①。这对我而言无异于当头一棒，使我头晕目眩。随后我离开酒吧去参加某个聚会，并在聚会上向坐在左边的某个陌生人倾诉心事。我的倾听者名叫劳拉。我虽然之前从未见过她，但久仰其大名。大家都说她令人敬畏，聪明得吓人，而且身强体健。即使她不是传统意义上的美人，也至少称得上英姿飒爽。我曾听说她是牛津冰球队的运动员，还是位学者。我也知道她是无畏的旅行家，曾利用她父亲去德里工作的机会探索整个南亚次大陆。关于她卓越耐力方面的传说数不胜数。如果其中有一半是真实的，那么她在二十一岁时，就足以把芙蕾雅·斯塔克②衬得像个业余爱好者。据说劳拉独自一人到过南部德干高原最难以到达的角落，穿越过孟加拉国的丛林，还曾将喜马拉雅山脉最高的几座山峰踩在脚下。德里的某次公众骚乱中发生的事最能体现其能力。当时德里城中因甘地夫人去世而民乱四起。劳拉试着从街头帮派的手中解救一位锡克朋友，却被一群意图施暴的强奸犯堵在死胡同里。她单枪匹马地将他们全都击败，而且据说有个暴徒永远丧失了某种能力。

　　但之前从来没人告诉我说，劳拉有多么的令人敬畏，就有多么的冲动。晚餐进入尾声时，她就宣布要接替路易莎的位置，至少在到达巴基斯坦的拉合尔（Lahore）之前是这样，然后她就要回她在德里的家。她本来打算去安第斯山脉探险，但阿亚图拉③的伊朗听起来更合她心意。她说会在三天内打电话

---

① 奥克尼（Orkney）是位于苏格兰东北方向的群岛。——译者注
② 芙蕾雅·斯塔克（Freya Stark）于 1893 年生于巴黎，被誉为 20 世纪最伟大的女性旅行家。——译者注
③ 阿亚图拉是伊朗等国对伊斯兰教什叶派领袖的尊称。——译者注

跟我确认。

三天后的早上七点半，电话打过来了（这么早的电话往往不是好兆头）。当然啦，她会去的，她这样告诉我。如果我能在一小时内与她在叙利亚大使馆见面，我们就能开始逐个申请必备的签证。在接下来的两周中，劳拉带我风风火火地跑遍伦敦，猛烈抨击繁文缛节，大肆骚扰领事官员，还将亚洲国家大使馆的官僚主义轻松斩于马下。她监督我做体检并注射疫苗，以预防那些我做梦也想不到其存在的疾病。我的地图被扔掉，取而代之的是一套看起来仿佛由美国中情局绘制的图纸，上面密密麻麻地标注着让人摸不着头脑的数字，还有读来令人毛骨悚然的警告："入侵非自由飞行区域的航空器可能引发无预警开火。"

与此同时，劳拉为这次远行计划动用了她的全部人脉。我们靠走后门获得了伊朗签证。我们找到一条能从以色列到达叙利亚的路线：我们给苏联的港口城市敖德萨（Odessa）拍电报，买到了从以色列海法（Haifa）到塞浦路斯利马索尔（Limassol）的船票，随后在另一艘船［它从塞浦路斯岛另一端的拉纳卡（Larnaca）出发，终点为叙利亚拉塔基亚（Latakia）］上订到了铺位。但仍有问题没能解决：我们必须确保以色列人不在我们的护照上盖章，还要保证塞浦路斯当局不以任何形式表明我们曾登上该岛，否则我们就无法在叙利亚或伊朗入境。在对待外国访客的问题上，伊朗使我们忧心忡忡。上一年，有位和我们同龄的英国学生在伊朗旅行时被捕并被指控从事间谍活动，现在仍然身陷囹圄。在我们出发的两天前，《泰晤士报》刊登的一篇游记给我们的行程蒙上了阴影，提出了我们面临的最严重问题。那篇文章称喀喇昆仑高速公路确实对外国游客开放，但他们必须先参加旅行团，然后才能获准进入中国。如果想要自由行，外国游客就必须在进入中国国境后的第一个城镇塔什库尔干预订食宿。文中称预订只能通过北京的某些机构完成，而且相关安排要耗费六个月时间。

第二天早上，我接到了路易莎的电话。她已经听说我没有改变远行计划。她将于 8 月中旬从奥克尼群岛返回，问我是否愿意和她一起走完旅程的后半段，即从拉合尔走到北京。我说我愿意。我没有告诉她关于那篇文章的事。我相信船到桥头自然直。

就这样，我决心踏上这条长达六千英里的、周边环境极其危险荒凉的路线。沿途的大部分国家似乎仍不愿让外国人踏进国门。我有两位同行者，一位是彻头彻尾的陌生人，另一位与我缘分已尽。也许我该去看医生，但我只是通过旅行社买了张去耶路撒冷的机票。

* * *

我从圣墓大教堂回来时，正好赶上吃早饭。当时劳拉和我凭着可疑的证明文件，住在英国考古学院（British School of Archaeology）里。该学院深受牛津大学和剑桥大学学派之影响，由伟大的凯思琳·凯尼恩（Kathleen Kenyon）夫人创办，当时仍然幸存。可以说是默默无闻使它熬过了 20 世纪晚期，特别是政府削减经费的那个时期。一群腼腆而富有书卷气的学者以这里为家。他们把时间用来发掘犹地亚山（Judean Hill）上的十字军古堡，以及编撰关于耶路撒冷罗马式排水系统的多卷本著作。在我们逗留的那一周，挖掘人员正好找到一个朴素的幌菊状小柱头，大家欣喜若狂。

学院有条理的风格在其提供的餐食上体现得尤为明显，

而早餐又是这方面的最好例子。学院供应的培根煎蛋当得起"罗马以东最棒的"（也可能是"罗马以东仅有的"）这个说法。此外，为了方便可能会在此驻留的巴勒斯坦考古学家，学院还提供菲达奶酪、橄榄、西红柿和皮塔饼作为补充菜单，另外还有西瓜、酸奶、吐司和果酱。这顿令人愉快的美餐分两个时间段供应。第一个时间段从早晨五点钟开始，此时的就餐者多为挖掘人员。第二个时间段从早上八点钟开始，持续时间稍长。这时的就餐者包括研究人员、跟进发掘工作的专家，以及所有成功使自己免于被更早用餐的挖掘人员吵醒的人。那天清晨，劳拉就属于最后一类人。我结束和费边修士的见面回来时，发现她正埋头大嚼培根和鸡蛋。我期待能在学院里度过几天悠闲时光，在耶路撒冷城里转一转，多少适应下当地环境，在进入未知且令人恐惧的叙利亚前做好身心准备。但事不从人愿。早餐时，劳拉首次拿出一份文件，令我不禁为接下来的旅程感到忐忑不已。这张看起来人畜无害的纸上写满了不可能按期完成的任务，结尾的可笑目标是"8 月底到达拉合尔"。它直接导致我们在午饭时间就要离开耶路撒冷。我的反对意见很快就被她宣布无效。劳拉声称，如果我想在临行前最后看看这城市，那么请便，但我必须在十二点半前回来报到。研究人员中有位惧内的年轻学者，他以"马穆鲁克时期的陶艺"为研究课题在这里攻读博士学位。他很同情我，允许我搭他的货车到雅法门（Jaffa Gate）。我有三个小时的时间去探索这个城市。

我在破晓时分到了雅法门，那时这个城市已经苏醒了。街道上的西方人要比东方人多出一倍。大街小巷中挤满了萨迦旅游公司组织的"夕阳红"旅行团。这些游客从英国港口城市普雷斯顿（Preston）出发来此"朝圣"。苦路①上，痛哭流涕的福音派教徒唱着圣歌《到这里来》，背景音则是宣礼员②那拖着长音的哭泣般的喊叫。街上还有几位表情悲戚的长老会教徒、一群身材肥胖的东欧寡妇和一位穿着飘逸的灰色哔叽法衣的埃塞俄比亚教士。脸色苍白且眼睛近视的东正教犹太人紧抓着乌兹冲锋枪，拖着脚步走过。阿拉伯人已经在自家店铺外就位，他们穿着实用的细条纹衣服，还戴着头巾吸引游客。店铺名字有"彩虹巴扎"（Rainbow Bazaar）、"欧玛尔·海亚姆纪念品博物馆"（Omar Khayyam Souvenir Museum）、"魔法咖啡厅"（Magic Coffee House）和"哈吉木器店"（al-Haj Carpentry Store）。去圆顶清真寺③的路仅此一条，我别无选择，只能从夹道欢迎的商贩中间穿过，接受他们的考验。

"请这边看看，您喜欢吗？"

"大人！我送您纪念品，不要钱的。请跟我来。"

"上楼看看，先生，我店里什么都有。"

"先生，先生，您需要导游吗？我能带您去看六千年前的教堂。相信我！"

"哥们儿！我的地毯正等着你。"

几百年来，这出滑稽可笑的谄媚闹剧日复一日地上演。耶路撒冷一直都是热门观光城市。这里的朝圣者换了一拨又一拨，居民的宗教信仰不断更迭，城头的王旗也不断变换，只有

---

① 苦路（Via Dolorosa）即耶稣经耶路撒冷前往髑髅地的路。——译者注
② 宣礼员是召集信徒做祷告的人。过去他们每天五次在宣礼塔上大声招呼穆斯林前去做礼拜。但自从磁带录音机发明以来，这类人就基本消失了。——作者注
③ 圆顶清真寺（Dome of the Rock）是世上最古老的清真寺之一，也是耶路撒冷最著名的地标之一。——译者注

卖小玩意儿的商贩依然如故。店里迷人的商品是从整个伊斯兰世界出售的小玩意儿中挑选出来的。这里的水烟袋能在伊斯坦布尔的圣索菲亚大教堂外找到同款，也许在印度北部阿格拉（Agra）的集市上能看到与这里一模一样的皂石盒子，那让人眼熟的上了色的木雕骆驼想必来自开罗。基督教的宗教纪念品一般从欧洲进口：巴勒斯坦并不会声称那些天蓝色的圣母像或是"苦路十四处"①的塑料耶稣受难像产自本国，然而一旦印上"所用木料来自客西马尼园"②，十字架的价钱就能翻一番。这些商品似乎都不是在当地生产的。

圆顶清真寺仿佛是远离市集喧嚣的另一个世界。"崇高圣所"（Haram al-Sharif）那宽阔的大理石平台也许是伊斯兰教的圣地之一，但信徒只会在每周五过来祈祷，其他时间这里几乎空无一人。只有当你到了这里，同时有时间坐下来思考并回首往事时，你才会意识到那些浮华之物有多无关紧要，意识到耶路撒冷的美丽一如既往：这里有被太阳晒得泛白的石头、山丘、绵延数英里且依然如故的十字军集市，还有奥斯曼帝国苏丹苏莱曼一世建起的白色城墙。

想要欣赏圆顶清真寺的美，就要花费更多的时间。那艳丽的奥斯曼马赛克镶嵌画和闪亮的穹顶都在近期被约旦人翻修过，让参观者无法在走进去之前就预见到建筑物内部那令人屏息的美丽。金箔马赛克镶嵌画出自拜占庭人之手，因此画中的

---

① 这里指十四个一套的十字架，它们纪念的是耶稣受难旅途的十四个阶段。——译者注

② 客西马尼园（Garden of Gethsemane）位于耶路撒冷东面，靠近橄榄山，据说是耶稣经常祷告与默想之处。——译者注

两耳细颈酒罐、丰饶角①、莨苕叶和几何图案都沿袭了古希腊文化中的传统样式。建筑本身也是如此。塞萨洛尼基的圣乔治教堂（St George）、拉文那（Ravenna）的圣维塔莱教堂（San Vitale），以及比这两座教堂古老得多的罗马圣康斯坦萨教堂（Santa Constanza）都属于集中式建筑，而圆顶清真寺堪称这种建筑风格最流行时期的代表。上述建筑物中，虽然圆顶清真寺规模最小，但给人印象最深刻。它的大理石工艺最为精细，马赛克镶嵌画的风格最为和谐，整体感觉也最宜人。当然，它并非教堂（虽然十字军在占领耶路撒冷期间曾将其改建成教堂），而是清真寺，而且可能是第一座拥有类似风格的清真寺。它确实是伊斯兰世界在艺术层面的首次重要尝试。哈里发阿卜杜勒·麦利克（Caliph Abd al-Malik）于 687 年下令将其建成，惠特比宗教会议（Synod of Whitby）大约在同期召开，最早的那批撒克逊教堂建筑，包括赫克瑟姆（Hexham）和里彭（Ripon）的教堂地下室，以及比德②曾隐居的贾罗（Jarrow）修道院，也差不多于同一时期在英国落成。对于马可·波罗的时代来说，它已经和英国大多数中世纪修道院之于今天一样古老。我们如果仔细打量，就会发现它具有很明显的伊斯兰建筑的特征：拱券已经初露雏形；马赛克镶嵌画中没有圣徒，也没有天使，证明《古兰经》中对描绘生灵的禁令已在修建期间生效。

但只有花相当长的时间研究圆顶清真寺后，你才能清晰地了解其建造者的全部意图。穆斯林的手下败将拜占庭帝国和萨珊帝国的徽饰，如乌鸦、双翼王冠、珠宝、胸甲等，都

---

① 丰饶角指装满花果及谷穗的羊角状物件，是丰饶的象征物。——译者注
② 比德（Bede Venerabilis，约 673～735 年）是英国历史上最早的卓越学者、历史学家。——译者注

低悬于寺内拱廊的葡萄藤蔓纹路下。它们挂在清真寺的墙上，就像狩猎活动的战利品被挂在英国乡村大宅的墙上一样。这座现存最古老的清真寺不是单纯的宗教建筑和美学结晶，建造它的目的是夸耀胜利。建造者从《古兰经》中节选铭文，表达了伊斯兰教取代基督教的主旨。也正是出于同样的目的，他们役使希腊俘虏，将这座建筑直接建在犹太教堂之上。圆顶清真寺俯瞰耶路撒冷，刻意要压犹太教和基督教的建筑一头，这体现了当时穆斯林作为耶路撒冷新征服者的自信和狭隘。这座建筑的外观令人陶醉，但从某种角度上讲也让观者心神不宁。

如果说历史会重复，那么耶路撒冷就是很好的例证。十字军占领这座城市时，曾大肆屠杀穆斯林（其中有许多人曾到圆顶清真寺的屋顶上避难）、犹太人和当地基督徒（据称本应是十字军的帮助对象）。现如今赋予耶路撒冷老城以别样风情的集市是占领军在蹂躏原住居民的基础上设立的。如今犹太人正在将巴勒斯坦人排挤出去，虽然采用了更巧妙的方式，但其态度和从前的征服者一样坚定。以色列士兵在老城区实施恐怖统治，同时东正教正在向东耶路撒冷的穆斯林、基督徒和亚美尼亚人的居住区缓慢渗透。1948 年后，基督徒从三万五千人减少到一万一千人。年轻人除了卖小摆件或洗碗外，再也没有其他工作机会。只有懒惰的人留下来，那些有抱负和受过更好教育的人选择移居国外。

在排队等待去阿卡的公共汽车时，我跟一位年轻的犹太士兵及其女友聊天。他们的个子都高高的，皮肤被晒成棕色，体形匀称，长得也不错。小伙子正吃着薯片，少女则搂住男友。若非他们手里紧握着机关枪，这一场景就会显得很日常。他们态度友好，都受过高等教育，给人的第一印象都是开明且通情达理之人。但在我们的话题转到以色列政局上后，他们的回答就让人毛骨悚然了。我问那小伙子是否愿意去约旦河西岸巡视，同时对约旦领土实行非法占领。他回答说这与其说是责任，不如说是某种权利或特权。他的女友同意他的说法，还抱怨说在以色列军队里，女兵能受训使用步枪，甚至还能观摩如何驾驶坦克，但最后只能去做文职工作。她说："如果不允许射击，那么学开枪又有什么用呢？"

两千年来，耶路撒冷凸显了定居于此的那些民族的最没有吸引力的一面。圣城里发生的暴行比世界上其他任何城市都多，而且它们几乎没有消停的时候。作为三大宗教共同的圣地，这座城市见证了它们最褊狭、最伪善的一面。

* * *

在亚洲国家中，以色列的公共汽车速度最快，让乘客感觉最舒适，运行效率也最高。唯有在这样的公共汽车上，乘客们才能写下日记并阅读它。但车窗外的景象使人感到压抑。你想必曾读到许多关于以色列人如何奇迹般地缔造了"沙漠之花"的记载，但它们鲜少提及这样做的代价。从耶路撒冷延伸出来的双车道公路蜿蜒穿过的不是流淌着奶与蜜之地，而是伤痕累累的小山丘、废弃物、电线、架线塔、混凝土、泥土和灰尘。汽车所过之处的城镇都外观丑陋，毫无吸引力，到处都是带刺的铁丝网。有位加入"基布兹"① 集体农庄的美国人也许被这

---

① 基布兹（Kibutz）是以色列独有的农业生产组织，实行财产公有、民主平等的制度，所有的社员各尽所能、各取所需。——译者注

景象触动，在我后面发出了冗长的悲叹。她一刻不停地讲了一个半小时：

"……我表哥的希伯来语讲得比我好这有点吓人他去基布兹农庄和鸡一起工作……我打算参观六个主要城市我的兴趣很广泛……看看汉堡农场餐馆吧以色列也有汉堡……我家乡有个很大的空军基地东岸真是漂亮我的男友罗伯马上要从统计学专业毕业啦他想让我从中多获得点东西……我想我能做到但我不愿去做因为问题太多我有过敏症还神经衰弱我是个素食者我确实可以用无菌环境分析童年问题这有个挺长的名字因为在长假期乘船游览……罗伯和我在统计学专业遇到了困难我们会解决这个问题的我很好奇禅宗佛教犹太神秘主义和基布兹农庄理论之间的联系……"

我们离开山区后，发现情况越来越糟。车外，目之所及之处尽是毫无规划的劣质新建建筑，包括超市、仓库、汽车电影院、工厂和军事设施。它们修建在巴勒斯坦人的村庄上。1948年，这些村庄的居民被驱赶，他们的家园也被推土机铲平。我们的车开过海法和阿卡之间的海岸线，经过一排由混凝土建成的豪华旅馆。旅馆外面挂着彩色小灯，门前是被游乐设施和夜总会占据的私家海滩。坐在我旁边的以色列妇女骄傲地指着那边。"看啊，"她说，"我们什么都有！"我不想冒犯她，于是点点头。但我心想：不是这样的。你们已经占领了世界上最古老的国家、文明中心和某种意义上的天堂，但又把它变得那么的土气。

阿卡新城佐证了我的偏见。它就像1950年代末某个停车位和人造棕榈树随处可见的加州小镇一样衰败，看上去很不招人待见。但至少它的建成使阿卡老城免于面临被"以色列化"

的威胁。阿卡老城作为阿拉伯世界的贫民窟幸存下来。破败城镇里的建筑物上，饱经风霜的古老石料正在碎裂剥落。然而，从阿卡新城来到这里会让你觉得就像在沙漠中意外发现了绿洲。街上的建筑大部分仍是中世纪时修建的，它们中只有极少数的落成时间晚于奥斯曼帝国时期。也许马可·波罗今天在这里寻路时不会碰到太多麻烦。意大利人社区的商队酒馆已经被重建为马穆鲁克式的驿站，教堂已变成清真寺，港口的防波堤（顶部已铺上新石）保护着停泊在此的渔船。但查阅十字军的原始手稿就可发现，上述所有建筑物都矗立在原处，规模也没有改变。

中世纪时，人们对阿卡各执己见。许多人认为虽说它有"疾病、恶臭和空气污染"等种种缺点，但这里的安全港口、来自世界各地的人和众多发财的机会足以弥补其缺陷。还有些人的态度则不太正面。一本正经的穆斯林旅行家伊本·朱巴伊尔①曾对它做出相当激烈的批评。"路上人挤人，让人很难立足，"他写道，"那里的人完全不信教、不敬神，猪猡（指基督徒）和十字架比比皆是。那里又臭又脏，满地都是垃圾和粪便。"

意识到阿卡缺点的人不只是穆斯林。随着时间推移，这里的人越来越无法无天，以至于到 13 世纪中叶时，此地已深受犯罪问题困扰。波罗来到这里时——用阿卡主教詹姆斯·德·维特里（James de Vitry）的话来说——它就像是"……一只长了九个头的怪兽，每个头都在与别的头厮打。每天晚上都有

---

① 伊本·朱巴伊尔（Ibn Jubayr，1145~1217 年）是阿拉伯地理学家、旅行家、探险家、诗人。——译者注

人在城里被杀害，男人被勒死，女人毒杀丈夫。妓女和毒贩乐于用肉体或毒品支付高昂的房租，因此即使是教士也会把房子租给他们……"

令人惊奇的是，现在这一切几乎分毫未变。我们坐在老城区的咖啡厅里时，有个个头高高、皮肤被晒成古铜色的阿拉伯小伙子走过来。他穿着百慕大短裤和印着"涡流资深帆板运动员"字样的 T 恤，看起来颓废而堕落。他提出要用一间出租房赚取微薄的收入。我们接受了。我身上只带了六百英镑，而我的目的地是六千英里外的北京。无论前面等待我的是什么，它都肯定不会是奢侈的假期。我们一起穿过迷宫般的后巷去那个小伙子的家，在路上哈穆迪告诉我们，我们只要给他一点点钱，想要什么样的毒品他都能搞来。他讲完后，我表扬说他的英语讲得很好。

"你在哪里学的英语？"我问。

"在牢里。"他答。

他领我们走上一段楼梯，从晾衣绳上的一排尿布下方走过，走进那些我见过的最肮脏的房子中的一栋。从走廊尽头传来婴儿尖厉的哭声。我们看到有个男人待在另一个门户大开的房间里，我想那可能是哈穆迪的父亲。这位肥胖的绅士四肢摊开，像蛤蟆一样躺在床上。他有小而黑的眼睛，穿着件脏兮兮的直筒袍，叼着个超大号的水烟筒。接下来的十二个小时中，我们曾数次经过他的房门，但哈穆迪的父亲似乎从未移动过。他从不眨眼，从不搔抓身体，从不离开自己躺着的地方去进食或洗漱。当然，他也从不讲话。唯一能表明此人还活着的迹象是他吸水烟时发出的声音，听起来和玻璃鱼缸里的声音一样。

　　哈穆迪把我们领进走廊尽头的一间空屋。墙上的油漆正在剥落，一只光秃秃的灯泡从天花板垂下来，整个房间闻起来有种很浓的畜栏里的味道。哈穆迪把两张污迹斑斑的床垫从外面的走廊拖进来。劳拉洗漱时，哈穆迪端来两杯土耳其咖啡，还拿来一叠当地软色情杂志，说是给我的礼物。"姑凉（娘）。"他解释道，露出一口参差不齐的黑牙。他坐在床上飞快地翻阅杂志，还与我分享他的风流韵事。哈穆迪的生活似乎集中了各种罪恶，就没有什么他没买卖过、吸过、闻过或与之做过爱的东西。让他尤其自豪的一点是，他跟许多"姑凉"睡过觉，据他说其中有瑞典人、法国人、意大利人和以色列人，而保加利亚女孩无疑是最棒的。他说有机会我应该找个保加利亚女孩试试。哈穆迪一直留在屋里，直到劳拉冲完澡回来把他赶走。

　　我们再出门时已是夜晚，天光开始变暗。我们在集市上闲逛时，鱼贩子们已开始收摊，一直在外面挂着拐杖闲坐的阿拉伯老人也蹒跚着走回家。我们参观了医院骑士团的堡垒。1291年阿卡陷落，它自此被埋入尘埃，最近才被以色列考古学家发掘出来。堡垒中的餐厅是世上现存最精美的十字军建筑之一。它那宏伟的拱顶由三根巨大的圆石柱支撑。在尺寸和重量方面，这些圆柱与英国达勒姆大教堂的柱子不相上下，只是其造型更简洁，柱头上也没有装饰花纹。克拉科夫的医院骑士团餐厅修建在人们有更高幸福指数的时代，于是其建筑风格和欧洲所有幸存下来的中世纪建筑一样精美优雅。眼前的建筑与它们大相径庭：它建于十字军时代末期，是风格阴郁的防御性建筑，注重实用精神，功利性很强，摒弃了不必要的细节和干扰因素。这是在困境中束手无策的民族会采用的建筑样式。

我们从医院骑士团的堡垒出发，穿过热那亚人的老社区，到达从前的威尼斯人社区。12 世纪初，聚居在这里的意大利人宣布这些社区有助于其完成最初的征服任务。他们开始垒起围墙，一心一意要维护他们的特权和权利。在这里，人们与同胞一起生活，使用母语，遵守本国法律。这里有一个社区浴室、一家社区面包店（为有特殊口味和习惯的顾客服务）和一座社区教堂（在这里，无论祈祷还是参加葬礼，人们都能与同胞待在一起，能听到熟悉的语言）。意大利人把中世纪盛行于其故乡的敌对和仇杀传统带到这些社区。家族间的世仇、归尔甫党（Guelph）和吉柏林党（Ghibelline）的纷争、热那亚和威尼斯的对抗都被带到圣地，使侨民间本已错综复杂的关系雪上加霜。尽管身为十字军国家贸易的主宰者，但意大利人无论身在何处都尽可能拒绝与外人交流，宁愿把生活范围局限在自己创建的"小意大利"里，同时对其他法兰克人的生活方式和习惯嗤之以鼻。这可能只是我的想象，但我认为阿卡现在仍有点意大利的感觉。粗糙的中世纪石雕工艺、剥落的灰泥、露天广场上互相追逐的光影、烤面包的气味、马蹄形海堤——这些都使人想起意大利沿海的港口城市。

阿夫兰吉（al-Alfranj）商队驿站距海岸有一百码远。这家建于 14 世纪马穆鲁克时期的商队驿站修在威尼斯客栈（Venetian funduq）的原址上，合并了后者很大一部分石砌建筑。威尼斯客栈曾是大商队旅馆。我几乎可以确定波罗一家在阿卡逗留期间曾在这里歇宿。在复活节和深秋之间，商队往来频繁，驿站中可能挤满了船长、商人和水手。他们在这里住宿、吃喝、买卖货物，不受耶路撒冷王国的法律和习俗约束。现在这里寂静无声。你可以通过一道由红白两色的拱顶石砌成的狭窄拱门进入这个大院，经过两扇被金属加固过的陈旧大门，看到门扇仍然悬挂在锈迹斑斑的古老铰链上。漆成白色的百叶窗遮住窗户，露台上挂着洗好的衣服。从铜匠铺子里传出微弱的锤击声。驿站的三堵墙上各有一排椭圆形的拱门，但都被堵死了。第四堵墙的拱门门洞里有底朝天放置的小船、成团的渔网、煮龙虾的锅，以及一辆孤零零的旧汽车——它的座位、前灯、挡风玻璃和方向盘都被人拆走了。

1271 年 11 月，波罗一家最后一次造访这里。当时商路最繁忙的那几个月已经过去了，这处驿站想必近乎空无一人，就和我们现在看到的情形差不多。我坐在黄昏的最后一缕光线中写今天的日记时，很想知道在出发的头天晚上，即将从相对较为熟悉的西方化十字军国家前往未知东方的马可·波罗在想些什么。当时的他与现在的我年纪相仿，我们想必还有相似的爱好，各自生活的世界也没有太大不同。举个例子，十字军国家和现在的以色列之间有惊人的相似之处：它们的国界线相似，政治中心都是耶路撒冷，而且两者实际上都得到了西方国家的支持。它们都利用了阿拉伯人内部的纷争，靠武力建立了政权，并靠武力实施统治。它们还面临同样的问题：外有阿拉伯人之滋扰，内有人口不足之隐忧。两个国家中，宗教和文化的鸿沟使阿拉伯人和外来者都不愿与当地人杂居或通婚。当时如此，现在亦然。

离开阿夫兰吉商队驿站后，我们应某个阿拉伯裁缝的邀请前往他的铺子喝茶，在那里讨论阿卡的阿拉伯人问题。无论当时还是现在，阿卡的居民都比大多数地方的阿拉伯人更有包容心。12 世纪时，伊本·朱巴伊尔曾对此发表评论；而当下，展现了总与西方世界挂钩的各种罪恶特质的哈穆迪就是明证。那个裁缝个子很高，没刮的胡子乱蓬蓬的，态度很友好。在被问及与犹太人的关系时，他出乎意料地打开了话匣子。

"我们在阿卡和平相处，"他说，"这里的犹太人和阿拉伯人是朋友。周六晚上会有犹太人来这儿玩牌、吸水烟、喝咖啡。人们想要和平，只有政府才不想要。"

"请详细说说吧。"

"虽然官方没有正式宣布，但我们就是生活在南非那样的种族隔离制度下。犹太人享有民主，有言论自由，可以自由地给任何政府投票，也可以去任何地方，和任何人聊天。然而，我们的情况不一样。我们在这里的日子很艰难。如果有人听到我们谈论政治，我们就会被叫到警察局去。我们永远不确定能否在法庭上得到公正的判决，因为如果我们控诉某个犹太人，那么判决可能就不会公正。他们怕我们投向敌人的阵营，因此不允许我们参军。我们找不到任何体面的工作，因为这些工作需要你接受忠诚度调查。我们大多数人最后只能去洗盘子，或是去下苦力。如果你足够幸运的话，倒是可以靠捡垃圾为生。"

他大笑起来，叫一个男孩再去端些茶来。

"你看到这家店了吧？1948年之前它就属于我父亲了，但现在我得为它给市议会交租金。而如果我是犹太人的话就不用交。我们要缴纳非常高的税额。许多年轻人都很生气。如果这是他们的政府还好说，但纳这么多税，到头来政府却用这钱去买坦克，去杀害他们的阿拉伯兄弟。他们不想缴纳这种税。这一切都意味着我们无法与犹太店主竞争。他们不用付房租，因此可以把所有商品的售价定得更低。以色列政府不为我们阿拉伯人做任何事。"

"您认为接下来事态将会如何发展呢?"劳拉问。

"我怎么知道呢?有些阿拉伯人说,这是巴勒斯坦,我们必须把犹太人赶出去。当然也有许多犹太人叫我们狗和牲畜,说必须清除这里的阿拉伯人。两种做法都是错误的。我们都是人类。我们都需要生存。我们必须一起生活。"

那个男孩回来了,把杯子分给大家。杯里是薄荷茶。当男孩做完这些后,那个裁缝接着说:

"每天早上,我都觉得会天下太平。我早上打开店门,犹太人会跟我一起喝咖啡。如果我的电话出了问题,犹太朋友会说:用我的吧。他们中的许多人都很友好。如果我能跟他们一起和气地生活,没有战争与杀戮,那该多好啊……"

* * *

我和劳拉坐在古老的比萨社区(Pisan Quarter)的风暴角(Cape of Storms)塔楼上。那是个美丽的夜晚,我们静静地坐着眺望大海,同时仔细回味那裁缝的话,然后两个不速之客打破了平静。

阿拉伯人甲:你们是从哪里来的呀?

威廉·达尔林普尔:嘘——安静。

阿拉伯人甲和乙:嘘——安静。

(沉寂)

阿拉伯人甲(对劳拉):你想买地毯吗?我可以给你打折。

劳拉(庄重地):拜托,今天不行。我们正在看海。

（又安静了一会儿）

阿拉伯人乙（小声地）：你的表不错。卖吗？

威廉·达尔林普尔（生硬地）：闭嘴！要不就走开。

阿拉伯人乙（生气地）：你们在阿卡待了多久？

威廉·达尔林普尔（悔恨地）：我们明天就要走了。

阿拉伯人乙：去哪儿？

威廉·达尔林普尔：北京。

阿拉伯人乙：去哪儿？

威廉·达尔林普尔：中国的北京。

阿拉伯人乙（怒不可遏）：你以为我是傻子吗？你以为我是牲畜吗？我跟你说，阿拉伯人非常聪明。我们发明了天文学，还有数学！阿拉伯人的艺术是世界上最棒的。（停了一下）你们到底要去哪儿？

威廉·达尔林普尔：北京。

阿拉伯人乙：你们疯了。

（阿拉伯人甲、乙下。）

晚饭后我们回到自己的房间。哈穆迪出去转悠了，而他的父亲仍然瘫在床上，呼噜噜地吸着水烟。曾被劳拉扔出房间的那摞软色情杂志又回来了。然而，使我们惊讶的是，我们的房间似乎并没有被动过手脚，行李看上去也没有遭到洗劫。房里唯一的活物是哈穆迪养的许多猫中的某一只，它正在我的床垫上大声地咀嚼老鼠。劳拉上床睡觉，而我坐在走廊里，随意地在日记本上涂写。有几只蚊子围着明亮的灯泡飞个不停，更多蚊子则围着我转，谨慎地在我的膝盖和前额上试探。一个小时后，我放弃写日记，觉得非常疲倦。

　　我拿出地图，在耶路撒冷和阿卡之间画了条长约四分之一英寸的黑线。拉合尔位于地图边缘，与阿卡之间的距离约为三英尺；北京则干脆在另一页上。我估计我如果展开地图，就会发现它在半个房间的距离之外。看起来这确实是漫漫长路。

二

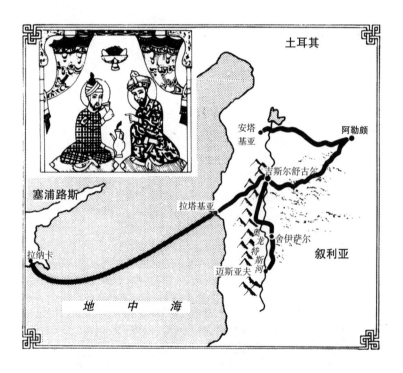

土耳其

安塔
基亚

阿勒颇

塞浦路斯

吉斯尔舒古尔

拉塔基亚

奥龙特斯河

舍伊萨尔

叙利亚

拉纳卡

迈斯亚夫

地　中　海

拉塔基亚不太洁净。我之前已经忘记它有多糟糕了。

全城散发出一种难闻的气味。即便船航行在地中海上，离岸足有三英里远，乘客也能闻到臭味。第一缕恶臭飘来时，吧台边的乘客赶紧把饮料喝完，合上双陆棋盘。他们把行李集中起来摞成堆，把太太叫过来，擦干净孩子的脸。城镇的灯火在海平面上隐约可见时，跳板上已经挤满了兴奋的阿拉伯人。他们直往前挤，都想第一个上岸。这里有西方化的黎巴嫩人，他们穿着涤纶西装和喇叭裤，右手拎着黑色公文包。黎巴嫩人旁边站着德鲁兹人，他们穿着卡其布外套和宽大的沙瓦①，戴着红色或白色的阿拉伯头巾，活像从大卫·罗伯特②的画中走出来的人物。他们的沙瓦沉重地坠在两腿之间，头巾则披在肩后，用黑色的粗头箍固定。他们一言不发，闷闷不乐，个头矮小。约旦人更活泼些，他们穿着不怎么白的白衣，晃荡着走来走去，小心地保护着自己的大肚腩，看顾着成群被宠坏的孩子。一些叙利亚人把大行李箱和麻袋拉来推去，撞到德鲁兹人身上，还和旁边的人争吵。他们认出某个朋友，便从人群中奋力挤过去拥抱对方，亲吻对方的双颊。他们嚼着阿月浑子果仁③，把果壳满地乱扔，嘴巴喋喋不休。

我和劳拉排在队伍末端，旁边站着四个大块头男人，在这个环境中，他们看起来比我们更格格不入。他们肤色苍白，肌

---

① 沙瓦克米兹（Salwar Kameez）指睡衣裤般的套装，是巴基斯坦人的非正式民族服装。其中沙瓦指有大口袋的裤子，是沙瓦克米兹套装的下半身。——作者注
② 大卫·罗伯特（David Robert，1796~1864年）是苏格兰画家，擅长创作细节丰富的石版画，展现埃及和近东风情。——译者注
③ 阿月浑子果即开心果。——译者注

肉强健，穿着灰色的短袜、短裤和紧身 T 恤。他们互相讲俄语，但用法语向我们解释说自己是教师，但后来其中一人说他们是工程师。他们大概做过克格勃吧。

十点钟刚过，我们的船就靠了岸。港口到处都挂着五颜六色的灯，零星几个木炭火盆发出温暖的红光。场面熙攘又混乱。成千上万阿拉伯人聚在码头上大声叫嚷。我们的船碰到码头前端还不到十秒钟，阿拉伯人就成群结队地堵住通道，挤在牵索边。我们花了足足两个多小时才挤上岸。栈桥对面的接待员办公桌被一伙抄近路经过的巴勒斯坦人撞翻，接待员的文件都散落在地上，于是接待员号啕大哭。一位癫痫患者在撒满阿月浑子果壳的下层甲板的地毯上发了病。一位老妇人晕倒了。我们试图向跳板挤去，中途有位黎巴嫩商人开始向我们提问：

"亲爱的先生，您为什么要来叙利亚？"

"我们正在重走马可·波罗路。"

他一边向前挤，一边思考这个答案。

"您说的这个马可·普多，他是英国人吗？"

"不是，"劳拉跨过那个发癫痫的人，"他是意大利人。"

"哦。"然后问题又来了，"那个普多先生是什么时候来叙利亚的？"

"那是许多年前啦。"

"他还在世吗？"

"不在了。"

"那你们为什么要重走他的路呢？"

* * *

在欧洲的港口，你很难躲开移民官员；而在叙利亚，你需要有信鸽寻路归巢的本事才能找到他们。他们潜伏在光线暗淡的巨大飞机库里，你需要穿过到处都是正在吠叫的杂种狗的迷宫般的小巷，经过正在装货的起重机，跳过一团团生锈的铁丝和废弃的铁丝网，然后才会发现有位官员站在角落里的台子上。他手里拿着一堆护照，把它们分发给台下举手示意的人，那场面好像在搞拍卖一样。台子另一端，两个疲倦的穿军装的工作人员正埋头翻阅两本巨大的分类登记簿。阿拉伯人向他们挥舞护照，高声喊出自己的出生日期和祖父母宗教信仰等信息。工作人员和阿拉伯人中间坐着成群模样可怜的妇女和儿童，还堆着包装箱。他们旁边不远处躺着四肢摊开的一群移民，正焦虑不安地抽着水烟。此情此景让我想起希罗尼姆斯·博施①画笔下的地狱。一只手抓住了我的胳膊，又是刚才那个商人。

"亲爱的先生，"他说，"这个国家一片混乱。您应该去黎巴嫩，跟我住在一起。"

"您心肠真好。"

"我住在黎巴嫩东北的巴勒贝克（Ba'albek），那是个非常美丽的城镇。"

"是的，我听别人说过，"劳拉说，"但它现在是真主党的大本营，对吧？"

---

① 希罗尼姆斯·博施（Hieronymous Bosch）是荷兰艺术家，以描绘光怪陆离的地狱景象著称。——译者注

"是的，他们都是好人。那些真主党都非常虔诚，他们常常祈祷。"

"真的吗？"劳拉说，"好吧，您真是太好了，但我们要赶时间。我们必须在一个月内到达巴基斯坦。"

商人走后，我问劳拉为什么这么快就拒绝了邀请。

"你知道真主党是何许人也吗？"她反问。

"从来没听说过。但他们听起来很不错，不是吗？"

"他们是整个中东地区的极端力量，对黎巴嫩港口贝鲁特（Beirut）最近发生的大多数绑架事件负责。他们把俘虏关在巴勒贝克的谢赫·卢特福拉（Sheik Lutfullah）军营。我们如果和那个人住在一起的话，肯定活不过两小时。"

她用那种令人畏惧的眼神看了我一眼。

"你知道的，威廉，你真该仔细读读那些资料。"

我把行李留给劳拉照看，自己去拿回护照，并在办事员处登记。我一边排队一边骂骂咧咧地向前挤，然后被重新安排到另一间负责处理欧洲人事务的小屋。我在这里被说服缴纳"入境税"，并受到了可怕的盘问。

"你为什么要来叙利亚？你喜欢阿拉伯人吗？好。你喜欢阿拉伯小伙子吗？不喜欢吗？那阿拉伯女人呢？不喜欢吗？那你喜欢哪类人呢？（打开劳拉的护照）这张照片上的人是你妻子吗？长得不错。她身价多少？噢，不是你妻子。那是你女朋友吗？如果你喝拉基酒①，一晚上就能折腾你女朋友好几次。有一次我就搞了我女友十三回。你不信吗？相信我，十三次。我朋友阿卜杜勒能做证。嘿，阿卜杜勒，我搞了我女朋友十三

---

① 拉基酒（Rak）是一种土耳其烧酒。——译者注

回，对吧？你看，我可是个大老爷们儿。阿卜杜勒能做证。对吧，阿卜杜勒？"

（继续唠叨着痛饮、女朋友，等等，直到我想方设法把话题扯回到护照上。）

"这是你吗？嘿，阿卜杜勒，看看这个因（英）国人的照片！他打领带，还穿着外套！你看上去很高，很有钱啊。不是？又矮又穷？那为什么还要打领带？你是穷人吗？那你来叙利亚做什么？我不敢相信。我是个穷人。你想喝拉基吗？我们都想喝拉基。阿卜杜勒，把酒给我满上。对！对！就这样。你不喜欢阿拉伯小伙子吗？我知道有个地方很棒。你不想去吗？也不想找女人？相信我，阿拉伯女人是世界上最棒的。不信吗？我还能说什么呢？再来点拉基。你想要盖章吗？阿卜杜勒，他想在护照上盖章！给你，你是我的朋友。我给你盖个特别的章。不用额外交费。愿真主保佑你。再见，我的朋友。是的，下次我们找几个小男孩一起去。阿卜杜勒，给我倒点拉基！"

我逃走了。我找到劳拉，找了辆计程车去酒店。酒店非常可怕，淋浴房里居然有只鸽子，但至少门能锁上。我们把阿拉伯世界关在门外，上床睡觉。

* * *

第二天早上我们开局不利。我们壮起胆子去冲了个澡，然后下楼去吃早饭。酒店老板眯起眼睛看我们。

"你们在找什么？"

"有鸡蛋吗？"

"鸡蛋坏了。"

"有奶酪吗？"

"奶酪馊了。"

"来杯茶好吗?"

"茶发霉了。"

"能帮我们叫辆计程车吗?"

"计程车……好吧。我帮你们叫一辆,但要花很多钱。"

他打电话叫计程车,随后往账单上又加了一笔。

* * *

我们花了二十分钟乘车去大巴站,一路行驶在拉塔基亚破败的街道上。这地方虽然不怎么漂亮,却自有其古怪的迷人之处。街道似乎缺乏看管。在环状交叉路口和街角能同时看到罗马式圆柱、拜占庭式柱头、阿拉伯式的蔓藤花纹和土耳其式的拱顶。大量积满灰尘的砖石和塑料瓶、被丢弃的鞋子以及断裂的水管堆在一起。这里的食物(如果你能找到)是中东地区最差的,当地人也是中东地区最不友好的。他们集狡诈和傲慢于一身,在此基础上还发展出独特的乖戾脾气。然而那种很有吸引力的堕落感能激起你的好奇心。那些向你招手的皮条客和爬满蟑螂的咖啡厅总像在酝酿什么阴谋,让你忍不住想要朝那些关闭的门窗后面窥探。

如果说这是整个城镇给人的感觉,那么它在大巴站就变得更强烈了。这片面积巨大的平坦荒地位于城郊,是那种旅行者偶尔会不期而遇的地方。这里是所有交通工具的终点,但似乎没有哪种交通工具能从这里开出来。前一年我在这里滞留时,感觉像被困了好几个星期。在此期间我被疯狂的小贩和身上臭烘烘的卖烤肉串的不断骚扰,还被成群结队、无法无天的当地乘客吓得够呛。他们围在驶进车站的大巴旁,发出可怕的咆哮声,好像下定决心要把车砸烂。

　　但今年有劳拉领头，一切似乎都容易多了。我们终于在第三次尝试时挤上了车。过去十个学年中，我每年 2 月都会在潮湿寒冷的北约克郡练习橄榄球，现在这训练的成果终于有了用武之地。我们像橄榄球前锋一样冲上前去，甩着背包，无情地把所有人撞飞，只有那些贝都因人能先于我们挤上车。我们跟一只爱撒尿的雄山羊分享踏脚板旁的一小块领地，击退所有入侵者，努力保卫这地方。

　　大巴车内得到了精心装饰，就像英国人装饰圣诞树一样。塑料小鸟颤巍巍地站在塑料树叶上；一张叙利亚总统哈菲兹·阿萨德的照片被放在相框里，相框四周有杜鹃花环的图案和银箔。车顶上装饰着俗丽的七彩漆布。从车头延伸到车尾的行李架上挂着闪亮的小饰品、塑料《古兰经》和大串的塑料葡萄。乘客们受到的照料就没这么亲切了，他们和行李及牲畜挤在狭小到难以忍受的空间里。少数人的样子很悲惨：有些老人眼神茫然，仿佛患了"炮弹休克"，这是在拉塔基亚大巴站待了几小时造成的。

　　然而不久后，情况有了好转。这辆旧大巴车挂着低速挡，一步一喘地驶入叙利亚山区。美丽的郊外丘陵地带将沿海平原和山谷分开，再往外就是叙利亚沙漠（Great Syrian Desert）。一路上大巴车吐出几位超载的乘客，爬上长满芬芳含羞草的山坡，经过黎巴嫩茂密的柏树、云杉和雪松林。

　　我们的目的地是村落迈斯亚夫（Masyaf）。尽管波罗并未进入叙利亚，而是直接抵达了小亚美尼亚王国（Kingdom of Lesser Armenia），但他确实评论过某个教派。该教派史称"阿萨辛"（Assassins），曾于 1271 年将其大本营设在迈斯亚夫。

几百年来，欧洲人对亚洲的种种事物都心存疑虑，阿萨辛正是其中的代表。他们被视为狂热的穆斯林，据说沉迷于某种特殊麻醉品。这些传闻听起来不像正史，而是有种《一千零一夜》的味道。然而在不可胜数的类似东方传说中，它的稀罕之处在于，历史学家拨开迷雾后，发现历史的真实面貌的有趣程度竟然不亚于传闻。

阿萨辛派成员是什叶派中的异端，即伊斯玛仪派（Isma'ilis）中的激进分子。11 世纪，伊斯玛仪派在法蒂玛王朝哈里发统治下的埃及掌权，然而在波斯和伊斯兰世界的其他地方，他们仍然是不受欢迎的少数派，不时遭到迫害。"杀死他们，"一位波斯毛拉①写道，"比天要下雨还要合理合法。苏丹和国王们有责任征服并杀掉他们，清洁被他们污染的大地。不可与他们来往，不可吃被他们屠宰的牲畜之肉，不可与他们通婚。杀死他们，比杀死七十个异教徒更值得颂扬……"

阿萨辛派的成立正是为了应对这种迫害。在开山宗师霍山（Hasan-i-Sabbah）的领导下，他们成为最早的恐怖组织。第一个死在他们刀下的人是塞尔柱（Seljuk）王朝的波斯维齐尔尼若牟（Nizam al-Mulk）。据称峨默（Omar Khayyam）、尼若牟和霍山曾是同门师兄弟，但尼若牟试图扼制伊斯玛仪派势力的不断壮大。1092 年，在从谒见堂到后宫大帐的路上，他被伪装成苏菲派神职人员的阿萨辛刺死在他自己的车驾中。

霍山将追随者们组织成宗教团体，让他们对自己唯命是从。12 世纪，许多对伊斯玛仪派怀有敌意的王公死于阿萨辛刀下，包括霍姆斯（Homs）埃米尔，之后的摩苏尔（Mosul）

---

① 毛拉指穆斯林神职人员或圣者。——作者注

埃米尔、埃及维齐尔，甚至还有被重兵拱卫的十字军国王耶路撒冷的康拉德（Conrad）。伊斯玛仪派的敌人被迫采取周密的自保措施。1254年，先于波罗前往东方的威廉·卢布鲁克修士（Friar William of Rubruck）到达位于喀喇昆仑山脉的蒙古都城，那里的安保措施让他大为惊讶。他写道："我们被分开带入。他们问我们从哪里来、为何要来，以及我们想要什么，然后继续周密地审问我们。"后来他才发现这种审问事出有因：情报显示有至少四十个阿萨辛已采取种种伪装方式潜入城内，意在刺杀可汗。

这种行径使阿萨辛派成为孤家寡人。外界对他们的情况几乎一无所知，于是毫无根据的谣言开始四处传播。穆斯林说他们吃猪肉，祈祷时背对麦加。还有传言说他们会巫术。谣言甚至远传至欧洲的基督教世界。"他们被诅咒了，"多明我会修士伯卡德（Brocardus）如是写道，"他们出卖灵魂，渴望人类的鲜血，可以为钱财杀害无辜的人，毫不珍惜生命，也不在乎救赎。他们像魔鬼一样，可以摇身一变，变成光明天使的样子。"其他人附和他的描述。"所有的女人在他们眼里毫无区别，"一位忧虑的神职人员写道，"他们甚至连自己的母亲和姐妹也不放过。"

与此类哗众取宠的渲染相反，马可·波罗以严肃冷静的态度描述了这个教派，该描述仍是《马可波罗行纪》中最美好的篇章之一：

　　山中老人①在两山之间，山谷之内，建一大园，美丽

---

① 即霍山。——译者注

无比。中有世界之一切果物，又有世人从来未见之壮丽宫殿，以金为饰，镶嵌百物，有管流通酒、乳、蜜、水。世界最美妇女充满其中，善知乐、舞、歌唱，见之者莫不眩迷。山老使其党视此为天堂……

只有欲为其哈昔新①者，始能入是园，他人皆不能入。园口有一堡，其坚固之极，全世界人皆难夺据。人入此园者，须经此堡。山老宫内蓄有本地十二岁之幼童，皆自愿为武士，山老授以摩诃末所言上述天堂之说。诸童信之，一如回教徒之信彼。已而使此辈十人，或六人，或四人同入此园。其入园之法如下：先以一种饮料饮之，饮后醉卧，使人舁置园中，及其醒时，则已在园中矣。

彼等在园中醒时，见此美境，真以为处天堂中。妇女日日供其娱乐，此辈青年适意之极，愿终于是不复出矣。

（山老）欲遣其哈昔新赴某地，则以上述之饮料，饮现居园中之若干人，乘其醉卧，命人舁来宫中。此辈醒后，见已身不在天堂，而在宫中，惊诧失意……山老则语此辈曰："往杀某人，归后，将命我之天神导汝辈至天堂。"

其诳之之法如是。此辈望归天堂之切，虽冒万死，必奉行其命。山老用此法命此辈杀其所欲杀之人……

马可·波罗笔下的"山中老人"的大园位于阿萨辛派在波斯的木刺夷（Mulehet），也就是"鹰巢"之内。然而到1271年时，它已不复存在。它于此前几年被蒙古人蹂躏摧毁，之后迈

---

① 即阿萨辛。——译者注

斯亚夫就成了阿萨辛的大本营。从某种角度来说，阿萨辛派的理想到 13 世纪末时已不复崇高，斐达仪[1]们常常沦落到去做雇佣杀手的地步，然而他们仍乐于逞英雄。耶路撒冷国王香槟伯爵亨利（Henry of Champagne）在到访迈斯亚夫时，被阿萨辛宗师带到城垛旁。宗师问亨利，他的手下是否能像自己的手下一样令行禁止。还没等亨利回答，宗师就对手下的两位斐达仪做了个手势。那两人立刻从塔楼上跳下去，直接摔进下方的乱石中，气绝身亡。

但即使对首领的绝对服从也无法拯救阿萨辛派的命运。与童话中的反面人物一样，他们的结局很悲惨。该教派不仅得罪了蒙古人，还得罪了当时另一位强权人物，即起兵造反的马穆鲁克苏丹拜巴尔一世。1273 年，他的大军开进加卜，包围了"鹰巢"。不到一周后，堡垒就在他狂风骤雨般的攻势下陷落，所有的伊斯玛仪派教徒都死于其剑下。拜巴尔用守军头骨筑起一座高达二十英尺的"京观"，然后离开了。

* * *

下午晚些时候，我们到达迈斯亚夫。时值盛夏，天却冷得反常，乌云在城垛上空翻涌。加卜山脉沿线的田野里，棉花刚开始成熟。一队骡子正把第一批白色棉桃驮去镇上称重。

在车上坐了五个小时后，我们满身尘土，觉得非常疲惫。我们跌跌撞撞地下车，一屁股坐在茶馆石墙下的两把柳条椅上。有个身穿蓝白相间条纹棉布长袍的男孩端来肉桂茶和银托盘，盘上放着葡萄。我们静静地坐着，嚼着葡萄，偷听周围的

---

[1]　阿萨辛派初创时的成员称为"斐达仪"（*fida'i*）。——作者注

人聊天。旁边那张桌上，两个穿无袖衬衫的中年男人在玩西洋双陆棋。他们的脸被晒得黝黑，秃头上没戴帽子，大腹便便。他们旁边坐着的第三个人盯着棋盘，偶尔弯下腰来支着儿。他穿着全套的连帽宽袍，戴着阿拉伯头巾，通过长袍的 V 形领可以看到里面的网眼背心。两个老人坐在不远处的另一张桌子旁。他们的额头布满深深的皱纹，怀里抱着沉重的玻璃水烟筒。他们心事重重地凝视我们，然后又注视那两个玩双陆棋的人，最后彼此看个不停。他们吸水烟时，玻璃筒里的水冒着泡，发出含混的声音。

一个阿拉伯小伙子走到我们桌边，问他能不能坐在这儿。

"我叫尼扎尔·奥马尔，是商人的儿子，"他说，"我喜欢你们。你们喜欢我吗？"

我看向劳拉。

"是的，"我说，"我们喜欢你。"

我们确实喜欢他。这小伙子高而瘦弱，上唇边上有两抹淡淡的胡髭。他好像对自己的个头颇为在意，总爱微微驼背。他看上去纤弱敏感，还有点女性化。

"我觉得你们是英国人。"他说。

"是的。"

"太好了，"他说，"我是学英语的。我喜欢英国人，因为他们英语讲得很好。"

"这理由真棒。"

"跟我来，"他说，"我们是朋友了。今晚你们可以住我家。"

我们站起身，跟着他穿过陡峭而弯曲的小巷。迈斯亚夫让我想起意大利的小山村。它干净、海拔高而且面积不大，村中房屋由未经加工的古老石头砌成。房门开在二楼，要爬上一段木制楼梯才能进去。粗糙的木制窗框上覆盖着网状格栅。我们向左拐，沿某条小巷向下走，然后爬上几级台阶，把鞋子脱在前门外。尼扎尔的哥哥正在地板上玩牌。我们进屋时，他起身与我们握手。

"你们认识维纳吗？"他问。

"维纳是谁？"

"那个德国人维纳，他是我朋友。"

"不好意思，我们是英国人。"

"但英国离德国很近，对吧？"

"是挺近的。"

"抱歉。"他礼貌地说，重新开始玩牌。这家人表现出阿拉伯人特有的热情好客。劳拉和我坐在沙发上，友好地打着手势，同时该家庭的成员逐个过来与我们见面。我们向尼扎尔的四个弟弟和两个穿褶边裙的妹妹微笑，随后被介绍给他们的母亲。她名叫乌姆－阿齐兹，是阿齐兹家的女主人。她喜气洋洋，风韵犹存，蓝得像青花瓷一样的清澈眼睛在头巾下闪光。她说"艾塞俩目－阿莱伊空目"[1]，然后又笑笑，溜进厨房。

"我的家就是你们的家。"尼扎尔说。

更确切地说，他的晚餐成了我们的晚餐。他的母亲端来满满一盘阿拉伯美食。我们坐在和大床垫尺寸差不多的骆驼毛垫子上，即使在梦中也没见过的食物在我们面前摆开：开水泡软的白色山羊奶酪、酿茄子、奶渣、辣椒、椰枣、西红柿、绿橄榄、泡在葵花籽油里的鹰嘴豆、芸豆、装在碗里的番红花和姜

---

① 穆斯林见面时最常用的问候语，意为"祝你们平安"。——译者注

黄色调味酱、如同薄煎饼的大片面包。我们已经有二十四个小时没进食，正饿得要命。我们和尼扎尔以及他的兄弟一起盘腿坐在地板上，围着托盘，用面包的尖角蘸酱汁吃。西方人习惯了分餐制，因此这顿饭于我而言是完全不同的体验。至少对男人们来说，这像是在吃"大锅饭"。劳拉是唯一用餐的女性。当我们大快朵颐时，其他女性在旁边服侍我们，往杯子里续茶，一次次地加菜。如果有个男孩想要什么东西，他就会拍拍手，然后他的某个姐妹甚至他母亲就会从厨房里匆匆跑出来。

饭后，我们躺回垫子上，一壶接一壶地喝花茶来帮助消化。我们吃饱了吗？我们舒服吗？旅行使我们疲惫吗？饭菜简单，我们能别介意吗？我们能接受他们的道歉吗？难怪一代代欧洲旅行者都喜欢阿拉伯人。他们讲起话来缓慢、正式、彬彬有礼，甚至有些古板。这情景令人觉得违和，就好像我们是遍游欧洲大陆的 18 世纪贵族绅士，正在进行盛大的教育旅行，而不是两个在暑假出门、浑身脏兮兮的大学生。

我们学着尼扎尔兄弟们的样子斜倚在垫子上。他们中有几个打着盹，有几个在玩双陆棋。大家都在打饱嗝。但不久后，尼扎尔就从卧室拿了个新的盒式收音机回来，于是我关于 18 世纪的遐想不得不戛然而止。他挑选的第一个频道里，有位宣礼员正自顾自地绝望长号。尼扎尔看上去很尴尬，又换了个台。我们听到土耳其语的足球新闻，然后是白金汉宫皇家卫队换岗的音乐。尼扎尔脸红了，继续转动旋钮。

"……一项非常敏感的研究……"收音机里传出的声音说。

尼扎尔微笑起来。

"伦敦，"他微微噘着嘴说，"'万花筒'节目。"

他坐下来，专注地盯着收音机。

"……歪曲的……敏感的……一针见血，"收音机里的声音说，"……女同性恋……热情而富有同情心。"

"英国的那些博学人士正在讨论伟大的文学作品，"尼扎尔说，"他们真是睿智。"

* * *

第二天，我们参观了几座堡垒。

迈斯亚夫的堡垒是一处奇妙的废墟，仿佛是直接从伯恩 – 琼斯①画布上某个比较阴暗的角落里搬到这里来的。废墟中那种凄凉阴森的氛围与童话《杰克和仙豆》中的描述很像："很久以前，有个邪恶的怪物，住在陡峭山峰上的一座大城堡里……"这座堡垒雄踞于城镇上方的岩质峰顶，一侧是阿拉维（Alawi）山地的群峰，另一侧则是柏树防风林和贝都因人营地里毛毡不断飘动的帐篷。堡垒的外墙并不牢固；塔楼由经过粗略切削的花岗石垒成，外形不规则，分布也毫无规律。这些塔楼不可能对攻击者构成严重威慑，但你会觉得阿萨辛就该住在这样的地方。

我们顺着围墙走，发现正门被锁上了，而且管理人员没打算放我们进去。管理人员是位皮肤皱得像胡桃树皮一样的老人。因为左侧脸的肌肉麻痹，他笑时嘴会歪向一边。他叼着水烟袋深吸一口，随后剧烈咳嗽，咳得喘不过气来，然后把浓痰吐在脚边的地面上。他坐在铁皮小棚里，而棚子是靠着堡垒脚

---

① 爱德华·伯恩 – 琼斯爵士（Sir Edward Burne-Jones，1833 ~ 1898 年）是英国画家、图书插画家、彩色玻璃和马赛克设计师，是当时统治英格兰艺术界的浪漫主义流派的代表人物。——译者注

下的那块岩石搭起来的。我们离开他时他正用弹弓向嘲弄他的孩子们射击。随后，尽管尼扎尔抗议说自己的新裤子上沾了泥土，但我们还是蠕动身体，从后门凸角的一个缺口爬进了堡垒。

堡垒里很暗，充斥着尘土和蝙蝠粪便的味道。等眼睛适应昏暗后，我们看到带拱顶的长走廊从面前延伸出去，廊柱被埋掉一半，只有柱头和上半段柱身还露在外面。两旁是供斐达仪们居住的朴素矩形斗室。我们在掉落在地的石块中寻路而行，漫步穿过堡垒。我们一言不发，满怀敬意，就像身处大教堂里一样。这地方阴森可怖，到处是凄惨空旷的大厅和产生回声、积满碎石的蓄水池。几百年来，温暖的地中海气候将这座堡垒保护得很好，就好像它刚刚被人遗弃一样，但这种情况只会让人倍感凄凉。

穿过这段地下墓穴般的通道后，我们爬上塔楼蜿蜒的楼梯，站在城垛上俯瞰加卜。我试着把眼前的遗迹与自己在剑桥大学图书馆中仔细研读过的传说联系起来。当斐达仪们纵身跳下城垛时，香槟伯爵亨利是站在哪里的呢？给伊夫·勒布雷顿（Yves le Breton）留下深刻印象的图书馆当时又在何处呢？某次休战期间，法国十字军将领圣路易（St Louis）任命伊夫·勒布雷顿为特使，将其派来这里。他获准对阿萨辛派收藏的卷轴进行深入研究，并在数不胜数的符咒、治疗法和咒语中发现了一篇疑为基督写给圣彼得的训诫。他动身回阿卡的十字军大本营时，带着从"山中老人"那里得到的礼物，包括"一尊精美的水晶大象、被他们称为'长颈鹿'的水晶动物雕像、各式各样的水晶球以及西洋双陆棋和象棋棋盘。所有物品都以琥珀为饰，而琥珀是通过纯金拉制的金丝固定在水晶上的。当装这些礼品的箱子被打开时，整个房间似乎都被芬芳扑鼻的香料味填满了"。

离开迈斯亚夫后参观的第二处堡垒使我们大失所望。我们乘坐大巴从加卜出发，行驶了大约十五英里。中午刚过，我们就到达了舍伊萨尔（Sheizar）。这座堡垒遭到了严重破坏。它脚下的大片村庄不过是泥砖和粪便的混合物，毫无吸引力可言。

然而，只需稍加想象，你就会明白为何十字军当时百般努力，一定要攻占这座他们称之为"大恺撒堡"（La Grande Cesare）的要塞。在那个时代，它的外观想必能给人留下深刻的印象。它矗立在拱背山梁上，奥龙特斯河（Orontes）绕了个弯从山脚流过。堡垒的两面对着陡峭的悬崖，第三面对着陡坡。坡上的石头排列整齐、严丝合缝，形成光滑的斜堤；悬崖上则有幕墙防御。第四面缺少天然地形的保护。为弥补此弱点，人们在岩石中凿出一条深一百英尺、宽三十英尺的巨大壕沟。壕沟上方的堡垒主楼由精心修整过的黄褐色石头砌成。一排排被再次利用的古典式柱子由水平方向没入墙壁。

我们穿过宏伟的萨拉森式大门走进堡垒，沿陡坡爬上主楼，找个阴凉处坐下来聊天，直到红日西坠。和迈斯亚夫一样，舍伊萨尔的声名在很大程度上要归功于与之有关的浪漫传奇，而非其建筑风格。任何了解爱德华一世修建的边境区堡垒，或是苏格兰边区的城堡主楼的人，都不免觉得这些外观普通的十字军城堡实在是"见面不如闻名"，只有骑士堡、萨赫雍堡①和萨非塔（Safita）的堡垒不在此列。这一带的十字军堡垒看上去平平无奇，但其特殊之处就在于深厚的历史底蕴。

---

① 萨赫雍堡（Sahyun Castle）位于叙利亚拉塔基亚附近，后更名为萨拉丁堡。——译者注

在舍伊萨尔，这一点体现得尤为明显，因为它的其中一任主人，温文尔雅又有教养的乌萨马·伊本－蒙基德（Usamah ibn-Munquid）的回忆录流传至今。此人生活的年代约比马可·波罗早一个世纪，他书中对中世纪中东地区独特日常生活的描写也许是同时代手稿中最为详尽的。这些细节为《马可波罗行纪》中干巴巴的叙述添加了血与肉。

乌萨马是位绅士，也是学者。他善于观察、文笔出众、聪明过人，同时痴迷于中世纪贵族常有的两个紧密相关的爱好：狩猎和战争。因此，其回忆录中既有对感人家常场景的记叙，也有对战争、伤情和自然灾害的可怕描述。回忆录中的精华部分读起来像是屠格涅夫的《猎人笔记》在 11 世纪的翻版。

> 在舍伊萨尔，我们有两处猎场。一处在城南的山中，可以在此猎杀松鸡和野兔；另一处在流经西边甘蔗田的河流的岸上，是水鸟、野兔和羚羊的家园……那时我们的日子无忧无虑……

> 我们从下城区的城门出发去狩猎，步行到长满蕨类植物的沼泽地。猎豹和猎隼（大型鹰）将被留在猎场外，我们会和猎鹰一起进入蕨草丛。如果有鹧鸪惊飞而起，猎鹰就会攻击它。如果有野兔跳出来，我们会叫猎鹰扑过去。如果猎鹰能抓住它，那真是不错；一旦哪只野兔冲出蕨草丛，我们就放出猎豹去追它……

> 我父亲有其自己组织狩猎聚会的方式，他把它当成战斗或某种非常严肃的事。狩猎过程中，人们不得与同伴交谈，大家都应该专心做同一件事，即观察地上的痕迹，寻找野兔或巢中的鸟雀……

像屠格涅夫一样，乌萨马通过一长串趣闻逸事，逐渐勾勒出关于那个时代乡村生活的美好画卷。我们从他的回忆录中得知了马真兄弟二人的逸事。他们租下了乌萨马位于舍伊萨尔的磨坊。这家磨坊能够盈利，但有个飞满黄蜂的屠宰场位于其附近。兄弟俩中的一个被黄蜂蛰了两次并因此丧命。我们读到关于老强盗扎马拉卡的故事。乌萨马见到扎马拉卡时，他正扮成女人，打算从十字军手里偷马。第二天，乌萨马又见到了他。他虽然受了伤，但收获了一匹马、一块盾牌和一支长矛。我们读到关于商人穆扎法尔的记述。此人患有阴囊疝气，但靠吃炖乌鸦治好了病。

乌萨马有搜集各种故事的癖好。对他来说，一切消息都是有价值、有意义的，都值得记录。因此，在某段关于舍伊萨尔被拜占庭人围困的严肃文字后，他紧接着讲述了几个可笑的故事。其一说有只猫见到一张狮子皮就自杀了；其二说他自己的叔叔是令人敬畏的战士，却害怕老鼠；其三说在大马士革住着头驯顺的狮子，它被一只愤怒的绵羊追着满院子乱跑。

乌萨马的思路异于常人，因此才会记下这些故事。他甚至在年事已高时编辑了《棍子之书》（*Book of the Stick*）。这本极其古怪的选集收录了种种以"棍子"为主题的逸事、谚语和格言。但他同时也是一位曾一再击退十字军大规模袭击的沙场英雄。此外，他还是位严肃的诗人，曾在大马士革的乡间别院里举办文学沙龙，邀请了来自阿拉伯国家首府的最有教养的知识分子。

然而，也许乌萨马著作中最有趣的部分是他关于欧洲邻居，即十字军的思考。他钦佩他们的军事技巧、勇气和骑术，但他的审美眼光使他厌恶他们的习惯，觉得与他们交谈实在是无趣。"他们如同动物，"他写道，"只拥有勇气和战斗方面的优点，就像动物的优点除力量和负重能力外再无其他一样。"
回忆录中的某个故事佐证了这一点。

乌萨马在马莱特家的浴室沐浴时，看见有位法兰克骑士赤身裸体地走进来，拒绝按阿拉伯人的习惯在洗澡时把布缠在腰间。这位骑士走到浴室侍者，即乌萨马的老家人萨利姆面前，扯掉了萨利姆的缠腰布。骑士看到萨利姆的阴毛以阿拉伯人的方式被剃掉了，非常兴奋，用最大音量在浴室的另一端喊道："萨利姆！这真是棒极了！你也要帮我剃成这样。"乌萨马惊恐地看到这位骑士仰面躺下。"他的阴毛，"乌萨马评论说，"和胡子一样长。"但更糟糕的事还在后面。乌萨马说，当浴室侍者帮他剃完后，这位骑士用手摸摸下身，"发现那里十分光滑，令人愉快"。"萨利姆，"那骑士喊，"帮我太太也剃一下。"骑士派男仆去接自己的妻子来浴室。她也仰面躺下，让人给她剃去阴毛，当地的阿拉伯贵族都来围观她。乌萨马感到很恶心。"那骑士谢过萨利姆，"他加了句，"并且为其服务付了钱。"

* * *

五点时，太阳已西沉。夕阳把城堡断壁残垣的影子拉得老长。午后的薄雾散开，你可以清楚地看到下面的山谷和田野对面阿帕美（Apamea）古城的台形土墩遗址①，还有古罗马帝国的种马场会使用的那种所罗门石柱。更远处，险峻的山峦在暮光中变成奶油色。附近扬起一团团烟尘，表明牧童

---

① 中东地区常见的台形土墩遗址由远古之人的村落遗迹堆积而成。——译者注

们正赶着牲畜回家过夜。我们下了斜堤，走到横跨奥龙特斯河两岸的古老拱桥上。这是个凉爽的傍晚，镇上的妇女们正在河里浣衣，水盆的把手在阳光下反着光。一个穿短裤的小男孩牵着奶牛在莎草和芦苇中穿行，不时跨过晾在河岸上的成堆衣物。

我们坐在岸边，双脚在河水里晃荡。尼扎尔说他小时候常去舍伊萨尔钓鱼。他坐在树下读小说，同时把渔线拴在树枝上，让鱼虫在水流中蠕动。如果他有所收获，就把鱼放在炭火上烤或卖给村民。攒够钱后，他就可以坐公共汽车到霍姆斯再买本小说。也许他会买约瑟夫·康拉德的书，或是再买本他喜欢的托马斯·哈代的著作。我跟尼扎尔谈起乌萨马，并给他讲了马真兄弟的故事，因为他们曾经经营的磨坊肯定就在附近某处。尼扎尔耸了耸肩。

"你们英国人的书里写了那么多美好的事，我不明白你为什么还会喜欢我们阿拉伯人的作品。"

"乌萨马也总是描写美好的事物。"

"远不如你们的亨利·菲尔丁①。"

"我从没读过菲尔丁的书。"

"噢，威廉先生，您可真是个大傻瓜。我想劳拉小姐读过许多亨利·菲尔丁的书。"

劳拉点点头。

"亨利·菲尔丁，"尼扎尔咂着嘴，"是英国小说之父。"

"那乔叟呢？"

---

① 亨利·菲尔丁（Henry Fielding）是 18 世纪英国最著名的小说家、剧作家之一。——译者注

"我没听说过什么乔叟。他生活的年代比亨利·菲尔丁更早吗？"

"当然啦。"

"他是位优秀作家吗？"

"相当优秀。"

"我想您搞错了。如果乔叟是位优秀作家，那我肯定会在'万花筒'节目上听说他的名字。这节目介绍过所有优秀作家，但从没提到过您的乔叟先生。"

"那这节目提过莎士比亚吗？"劳拉问。

"没有。但有时我会听人提到他和他那有名的剧团。您了解莎士比亚吗，威廉先生？"

"了解一点。"

"他是伟大的英国剧作家和爱国者，也是阿拉伯人的朋友。"

"真的吗？"

"是的，他是伟大的英国剧作家。"

"不，我问的是'阿拉伯人的朋友'这句话。"

"威廉先生，我正在大学里研究一部叫作《威尼斯商人》的剧本。它讲的是一个名叫安东尼的善良商人的故事，里面还有个邪恶的以色列人叫夏洛克先生。夏洛克先生总是想要安东尼先生身上的肉，但因为夏洛克是个邪恶贪婪的犹太人，最后法官把他投入监狱并处决。这极好地象征了阿拉伯人和以色列人之间的斗争。"

"可这出戏的本意不是这样。"

"噢，你错了。莎士比亚先生非常喜欢阿拉伯人，你们的拜伦爵士也是如此。"

"他也不喜欢犹太人吗？"

"不，威廉先生，您总是搞错。拜伦先生不喜欢土耳其人。他一直和阿拉伯人并肩作战，对抗多年前奴役了阿拉伯人的那些土耳其人。"

"这我倒不太了解，我还以为他曾与希腊人并肩作战。"

"威廉先生，我告诉您的都是事实。很明显您对自己国家的文学懂得不多。"

那天晚上，我朗读了几首哈代的诗，让尼扎尔用他珍贵的盒式收音机录下来，差点就重新讨得了他的欢心。但我觉得他不再把我当回事了。晚饭后他和劳拉去讨论英国人民的伟大文学，而我坐在隔壁的房间里写日记。

* * *

我们试图第二天早早离开迈斯亚夫，但没有成功。阿拉伯人乐于举行激动人心的漫长告别仪式，结果到下午一点时，我们才走到几英里外加卜山顶的吉斯尔舒古尔（Jisr esh-Shughur）。即使手头有阿拉伯常用语手册，我们也搞不清去阿勒颇（Aleppo）的大巴车是已经离开，还是尚未到来。等了两个小时后，我们终于明白自己已经错过了大巴，于是决定搭车。起先我们搭了辆拖车，同两个胖胖的阿拉伯人和一堆西瓜挤在后面的车斗里。拖车行驶了三英里，其间车速从未超过步行速度。然后我们下车，在路边又等了一个小时。有辆黄色计程车停下来，里面的乘客探出身子，说愿意带我们去阿勒颇。

"你们是英国人，对吗？我看得出你们是英国人。"

"您是怎么知道的？"

他看向劳拉的脚。

"只有英国人在穿凉鞋时还要穿袜子。快点，上车吧。"

他有个比目鱼般的前额，长着一头浓密卷曲的黑发，下半张脸几乎要完全消失在浓密如马桶刷的令人叹为观止的大胡子中。克里科尔·贝卡里翁见到我们似乎格外开心。他说自己是信奉基督教的亚美尼亚人。他的家人曾在 1917 年的大屠杀期间逃离亚美尼亚东部的埃尔祖鲁姆（Erzurum），设法来到贝鲁特，开了一家制鞋厂。1976 年，他们被赶出贝鲁特，只好搬到阿勒颇从头创业。但克里科尔不喜欢叙利亚（"政治活动太多，利润不够高"），于是搬到德国，经营某种听起来见不得光的"进出口"业务。最后他在雅典定居，在那里开了一家餐馆和一家夜总会，交了两个女朋友（一个是希腊人，另一个是英国人，就是后者在穿凉鞋时还要穿袜子），还拥有一辆奔驰车。他说自己到阿勒颇是为了看望兄弟，不会在这里待太久，还说很高兴有我们做伴。他喜欢英国人，认为阿勒颇的居民既无趣又难相处，"总是制造麻烦"。

"现在太晚，没法过境，"他说，"今晚你们就住在阿勒颇吧，我们可以一起去跳舞。"

"阿勒颇也有夜总会吗？"

"我堂兄弟开了家夜总会。那地方不错，酒多，女人也多。"

"我没想到在叙利亚也有夜生活，我还以为穆斯林对这类事不赞成呢。"

"他们当然不搞这一套。那家夜总会是基督徒的夜总会，里面没有穆斯林，很适合找乐子。"

克里科尔从包里拿出盒磁带让司机播放。"迈克尔·杰克逊，"他说，"基督徒的音乐。"

他把挂在脖子上的十字架展示给我们看，狡黠地挤挤眼。

　　吉斯尔舒古尔周边的乡间风光特别秀丽，起伏的群山如同科茨沃尔德①的山地，山上覆盖着种植了棉花、玉米和烟草的农田，田地之间不时隔着橄榄树林。这里的风景如同托斯卡纳风格的绘画。村庄就修在遗迹高地上，攒三聚五的养蜂棚屋周围环绕着呈带状排列的果园。车停下时，我们看到路边有农民骑着驴子经过，驴背上鼓鼓的鞍囊里装满了桃子、苹果和樱桃。车开动起来后，车窗外的地形就变得越来越平坦，棉花田消失不见了，映入我们眼帘的先是枯萎的向日葵，接着是一丛丛粗糙的黑色矮草。阿勒颇位于叙利亚沙漠边缘和沿海可耕地之间，是把农田、海上贸易与沙漠商队连接起来的贸易枢纽。

　　小城镇的布局很紧凑，没有城郊。我们驶过一连串警察检查站后，就直接进了城。城镇上方隐约可见堡垒巨大的土穹顶。我们把行李放在克里科尔的兄弟的家里（他家所在街道的名字很古怪，叫作"苏莱曼尼亚夏威夷电话街"），随后动身前往阿勒颇露天市场的贝卡里翁鞋厂。

　　这个露天市场仿佛是直接从《一千零一夜》中搬到这里来的。我们跟着克里科尔走进拱廊下昏暗的光线，从驴子、乞丐和木轮手推车中间挤过去。这里唯一的光源是开在屋顶上的天窗，从那里洒下来的阳光照亮几位摊主，使他们看起来颇似站在舞台聚光灯下的主角；他们旁边的摊位则几乎隐于黑暗之中。拱廊下，小贩们盘腿坐在通道两侧的摊位后，向我们尖叫，让我们过去看看商品，照顾一下他们的生意。和中世纪的

---

① 科茨沃尔德（Cotswolds）是英国西南部的乡村，以风景优美著称。——译者注

欧洲市集一样，在这里，不同种类的商品交易被限制在不同区域。我们走过成排的阿拉伯人，看到他们正慢慢搅拌大桶里的肥皂溶液，这种液体看上去相当恶心。转过拐角后，我们发现面前是香料区，闻到了空气中浓烈的莳萝、姜黄、小豆蔻、胡椒、藏红花和茴香的味道。我在一家店前停下，凑过去嗅闻那些麻袋。克里科尔也停下脚步，生气地对我低声说：

"这些人是穆斯林。"

"我知道，但这是什么？"我指着某个麻袋里的白色粉末问。

克里科尔皱着眉，问那个香料商人。

"这是甘菊。"

"那这个呢？"

克里科尔又问了那个商人，然后把答案翻译过来：

"玫瑰果。"

"那这个呢？"我指着一坛灰褐相间的晶体，它们看起来很像弗罗瑞斯①的浴盐。

"那是磨碎了的雅各伯四角羊的睾丸。穆斯林认为它能帮他们取悦女人。"

经过丝绸和亚麻商人、地毯商及屠夫的摊位后，我们来到了集市中的亚美尼亚区。这个区域的街巷中会聚了珠宝商、铁器商和补鞋匠。突然周围的人都认出了克里科尔。男人们从摊位后面冲出来，用亚美尼亚语（有这种语言做比较，德语的发音都会变得柔和而富有节奏感）喋喋不休，把他搂进怀里，以亚美尼亚人的方式亲吻他，即在双颊上各轻啄一下，再在嘴唇上亲三下。

---

① 弗罗瑞斯（Floris）是有三百多年历史的英国著名香氛品牌。——译者注

"这些人喜欢我，"克里科尔谦虚地说，"他们看到我都很高兴。"

看起来确实如此。一大群人围着我们，互相挤来挤去，吵吵嚷嚷，鞋匠街上的人轮流向我们表示盛情欢迎。有人把礼物塞进我们手中（我得到了一顶圆柱形的鲜红土耳其毡帽），有人把我们拉到货摊后面，送上又浓又甜的土耳其咖啡。

但很快，我们就被迫面对现实。除了教科书中用来展示工业革命时期的血汗工厂的插图外，我还从未见过像贝卡里翁鞋厂这样的地方。它位于鞋匠街的某处地下室，要走下一段楼梯才能到达。我们把热情护送的人群留在地面上，走下楼梯，进入回荡着锤击声的闷热深处。克里科尔的兄弟年纪更大、身材更胖，看起来也更堕落。此人大模大样地坐在屋子一头的台子上，他周围的机器不停地转动，鞋楦发出了响亮的咔嗒声。地板上到处是之前切割下来的皮革，长凳上零乱地摆放着半成品或废弃的鞋子。衣衫褴褛的童工们在这些杂物周围忙得团团转。除了克里科尔的兄弟和一个满脸麻子、面色苍白、咧着嘴笑的工头外，所有的工作人员都很年轻，有些甚至还没进入青春期。我问克里科尔这些孩子是谁。

"是穆斯林的孩子。"

"他们怎么不去上学？"

"因为我兄弟把他们买下来了。"

"买下来了？"

"是的。他们的父母很穷，又需要钱喝拉基，所以就把自己的孩子出租给我兄弟，为期一年。"

"你兄弟给他们工钱吗？"

"别说傻话了。如果他再付工钱的话，哪儿还有利润可言。"

"但这是奴役啊。"

克里科尔耸耸肩。

"他们喜欢这儿。我兄弟给他们饭吃，他们过得很开心。看，他们都很高兴。"

一个小男孩端着两杯土耳其咖啡和一个装满了盐渍瓜子的小碟走过来，模样十分凄惨。

"真可耻。"劳拉说。

"为了利润嘛。"克里科尔说。

* * *

我们和克里科尔暂时分别，并答应当晚晚些时候在苏莱曼尼亚夏威夷电话街跟他碰头。我们漫步穿过集市往回走。克里科尔的话似乎是理解阿勒颇的关键：利润。我前一年在大马士革曾听说阿勒颇人被称为资本家式的商人，而大马士革人的葬礼都要比阿勒颇人的婚礼有趣。不知何故，与大马士革那繁忙拥挤的街道相比，眼前的一排排漂亮的阿勒颇商人住宅看起来正经得有些乏味。

城中的重要历史建筑似乎也体现了这一点。阿勒颇的倭马亚清真寺和城堡山可以跻身我们在东方见过的最出色建筑之列，但它们体现出了与其他伊斯兰建筑截然不同的实用主义精神。它们既与大马士革的绚丽和轻浮无缘，也找不到伊斯法罕①那浮华快活的风格和夸张色彩的影子。

从表面上看，这里的倭马亚清真寺确实和大马士革的那座很相似。两者都建于公元 8 世纪，它们的开放式庭院设计都类

———————————

① 伊斯法罕（Isfahan）是伊朗城市。——译者注

似于剑桥大学的学院。它们的祈祷大厅布局相同，都包括中殿、两条侧廊和一座宣礼塔（其功能类似于教堂钟楼）。上述建筑模式继承了前伊斯兰时期的拜占庭教会建筑传统，只有一点不同：米哈拉布①位于南墙，所以教徒们祈祷时要面向矩形大厅的长边而非短边。然而阿勒颇这座清真寺的建筑风格比大马士革的那座要古板得多。这里没有马赛克镶嵌画，没有阿拉伯风格的花纹，也没有库法体②铭文。唯一的装饰是庭院地板上朴素的黑色大理石镶嵌图案。即便是圣伯纳德，也不会反对在他的西多会③修道院里使用这类装饰花纹。但西多会选择简朴风格是出于节俭理念，而有人怀疑阿勒颇这样做是出于经济方面的考虑。"我们为什么要用马赛克镶嵌画呢？"你可以听到商人们问，"它们要花多少钱？""我觉得咱们承担不起科林斯式柱头的花费。"于是事情就这样定下来了。这里没有马赛克镶嵌画，柱头非常朴素，甚至地毯看上去也很廉价。

城堡山的风格也严肃而拘谨，但这里的节制与其说是吝啬的产物，不如说是严格贯彻了实用主义原则。这处巨大的建筑由芥末色砖石砌成，反映了简洁、等级森严、对称等极权主义的特性，让人想起意大利的法西斯主义建筑。它令人敬畏、固若金汤，有众多塔楼和围墙，以山峰为军事缓冲区，还有一对堡垒守卫门户。

城堡门楼里有座坟墓，它虽然不如坟场里的墓那么可怕，

---

① 米哈拉布（mihrab）是清真寺墙上的"圣龛"，指示麦加的方向，教徒面此祈祷。——作者注
② 库法体（Kufic）是一种阿拉伯文字字体，多用于有纪念意义的场合。——作者注
③ 西多会是圣伯纳德（St Bernard）1098 年创建于法国的天主教隐修会，推崇禁欲苦修。——译者注

但一样令人不安。走过一连串急弯、大门和铁闸门后，你会来到阴暗的大厅，看到拱顶上悬着个巨大的蜂巢。公认的英格兰主保圣人的遗体有两具，其中一具就躺在大厅里的高台上，"淹没"在鲜花、供品和绣着库法体阿拉伯文的层层丝绸中。〔另一具则躺在耶路撒冷附近的拉姆拉（Ramleh）。〕

阿勒颇的历史很可怕。回首望去，只见一连串的屠杀和围城战役渐渐隐入叙利亚史前的迷雾中。该城先被赫梯人占领，接着先后臣服于非利士人、亚述人、巴比伦人、波斯人、希腊人、罗马人、波斯人（又 次）、拜占庭人、阿拉伯人、蒙古人和奥斯曼人。每拨征服者都与前人攀比，想要刷新已有的屠杀纪录。亚述人是最具想象力的施虐狂。他们用长矛刺穿城里的男人，然后大摆宴席，狂欢痛饮两天，与此同时受害者呻吟着慢慢死去。

而在遭到入侵的间隙，阿勒颇被心狠手辣的贵族相继统治。他们横征暴敛，不断完善导致市民破产的各种独到手法。

纵观阿勒颇的历史，只有两件逸事能使人精神一振。其中一件说的是阿拉伯人伪装成山羊，慢慢混进阿勒颇，最终占领了这座城市。另一件则与亚伯拉罕有关，据说他曾在城堡坐落的山顶为牛挤奶。在该城长达万年的历史长河中，这两个故事不过是两朵小浪花。尤其在人们发现事实后，这种感觉更加强烈了。第一个故事以大屠杀为结局（混进城的阿拉伯人杀死了守卫，为同袍打开了城门）；第二个干脆就是虚妄的传说，其出现是因为人们误读了该城在阿拉伯语中的叫法"Haleb"。"Haleb"的词根并非阿拉伯语中的"halib"（挤奶），而是另一个古老得多的词。该词可能来自亚述语，与某种虐待儿童的方式有关。

* * *

克里科尔履行承诺，带我们去他堂兄弟开的夜总会。我想不出那里会是什么样子，也许会是个黑暗的洞穴，里面挤满肚皮舞者和身穿白色晚礼服的摩洛哥人。但它使我们俩都大吃一惊。这家夜总会位于阿勒颇郊外，计程车开过去要十五分钟。那里有个仿佛从山坡上凿出来的巨大露天圆形剧场。露台沿着隆起的山脊修建，上面摆放的桌椅可供上千人使用。攀缘而上的藤蔓隔开桌椅，又从棚架、橘子树和一盆盆蜀葵与杜鹃花间穿过。在古老乐池的底部有个下沉舞池。舞台上有支亚美尼亚人的乐队正为某位声似恸哭的女歌手伴奏，显然她正在演唱一首悲歌。激情四射的威尔第咏叹调和震耳欲聋的噪声混杂在一起。她呻吟、叹息、扭动、抽泣、尖叫，试图制造某种听众期待已久的炽热高潮。那声音真可怕。我们坐下来观看表演。

"妙啊，妙啊，"克里科尔说，"这是著名的亚美尼亚歌曲，是关于大屠杀的。塔（它）非常非常棒。"

"Weeeeeeaaaggh，"歌手唱道，"Croooooosk unkph weeeeagh。"

亚美尼亚语是我所听过的最不适合用来歌唱的语言。

"Skrooooo Vonskum Vwvaaaaaaaaaaaaan。"

"这句唱得真好。"劳拉说。

克里科尔疯狂地摇头晃脑。

"听了真令人愉快，"他说，"相信我，这地方很适合做生意。利润滚滚而来。"

我们聊天时，穿着化装舞会服（"传统民族服装"）、蓄着八字胡的侍者送来一桶火炭和几只水烟袋。他们把其中一只放在克里科尔和我旁边，用烟草和热炭把它的末端填满，然后取走我们的点单。几分钟后他们端来上好的烤肉串，在克里科尔面前放了一大杯拉基，给我上了叙利亚淡啤酒，又给劳拉上了一杯威士忌。

"我堂兄弟在贝鲁特郊外还有家类似的餐厅，利润也很高。那是个很迷人的地方，晚上你能看到火箭弹从头上飞过。"

"你是指花炮吧？"劳拉问。

"不，"克里科尔说，"是能杀人的火箭弹。那景象迷死人了。它们爆炸时到处是火星，从我亲戚的餐馆看出去非常漂亮。"

"难道不是很危险吗？"劳拉问。

"不，餐厅里很安全。贝鲁特真是个好地方。那里有许多夜总会，也有许多姑娘，大家都爱跳舞。但还有些问题，就是爆炸、绑架、枪战什么的，但不太严重。"

"你胆子可真大。"

"不是胆子大。我总是带着两把枪和一只手榴弹，但不经常用。"

"经常？"

"不经常用。"

"那就是有时会用啰。"

"偶尔吧。上次我去黎巴嫩时，几个阿拉伯人找我朋友的麻烦，想杀了他，于是我朝他们开了枪。"

"你把他们杀了？"

"当然。这不算什么大事，重要的是要把自己武装起来。甚至在这里我也带着它们。"

他从衣服口袋里掏出一把手枪。它小而黑，前端凸起的部分又短又翘。

"你带枪有多久了？"

"我一直带着。"

"这样做够傻的，"劳拉说，"没准哪天它会在你的口袋里走火。"

克里科尔露出微笑。"来吧，"他说，"喝点拉基。"

我们都喝得酩酊大醉。克里科尔给我们讲他过去在贝鲁特家中花园里种的玫瑰。他说自己喜欢玫瑰，接着就开始讲一个关于玫瑰、两个土耳其同性恋园丁和铁锹的冗长笑话。但这个笑话翻译过来并不是很好笑，因为笑点在于亚美尼亚语中"挖洞"和"鸡奸"两个词的相似发音。于是我们换个话题，开始谈论克里科尔在雅典开的餐厅。我说我不喜欢雅典，因为在那里甚至吃不上像样的早餐，只有软饼干和淡咖啡。克里科尔说他不到午饭时间绝不起床，所以还真没觉得这是个问题。

"再喝点吧。"他说，同时用铜钳子把炭块重新摆好。不久后，我们就随着亚美尼亚乐队演奏的强哥·莱恩哈特[①]的曲子跳起舞来。那位女歌手已经不见了，两位上了年纪的亚美尼亚人正站在舞台上。其中一位拉着手风琴，另一位弹奏着萨斯（saz），这种弹拨乐器看起来像是低音提琴和班卓琴的结合体。舞池被一场婚礼派对的来宾占据了。在我们跳曳步舞时，后面跟着个拍婚礼视频的家伙。他扛着大摄像机，他的助手则举着

---

① 强哥·莱恩哈特（Django Reinhardt）于 1910 年出生于比利时，是法国著名吉他手，爵士乐史上的伟大琴师。——译者注

盏明亮的灯。灯后拖着根长长的电线，绊倒了所有人。有位派对来宾邀请劳拉跳舞，而我害怕和亚美尼亚人的妻子或女友跳舞会激怒他们，于是继续和克里科尔跳华尔兹。他似乎不像我那么在意这个问题。

我们喝下更多的叙利亚淡啤酒，和克里科尔的一位亚美尼亚朋友聊天。对方说他曾被卷进土耳其外交官在巴黎被枪击的事件。随后克里科尔和劳拉跳舞，而我和这位朋友聊天。

"我听说你来自爱丁堡。"他说。

"没错。"

"你喜欢阿勒颇吗？"

"它非常迷人。"

"我讨厌它，"他答道，"它肮脏无趣，到处都是阿拉伯人。"

他喝了一大口拉基。

"我真不该离开巴黎。"他说，语气多少有点戏剧化。

他在巴黎曾过得很快活。他学过空手道和柔道，还交过法国女友。他们一起在香榭丽舍大街的电影院里看李小龙的电影。他给我讲了在外国杀害外交官可能带来的所有麻烦。他和克里科尔一样，也热衷园艺，于是我给他讲了关于铁锹、土耳其同性恋和玫瑰的笑话，但他也不觉得它很好笑。接着他给我讲新型塑料炸药，还劝我喝拉基。他的样子在我眼里渐渐模糊，唯有那只无毛的大手还算清晰。每当他讲述自己曾在土耳其驻各国大使馆的外面引爆炸弹的故事时，那只手就会挥向空中。

天亮时我们决定打道回府。在被塞进计程车之前，我脑海里的最后记忆是圆形剧场的高墙在天空中框出一个个美妙圆圈，脚下的地板来回晃动。我突然唱起《莫瑞的邦尼伯爵》（*The Bonny Earl of Moray*）。克里科尔说这听起来像首亚美尼亚歌曲。苏格兰人和亚美尼亚人是兄弟，他说。那英格兰人呢？劳拉问。英格兰人也是我们的兄弟。我们都是兄弟。我们当然是了。你看那高地和低地，你到底去了哪里。你的嗓子不错。谢谢。他们杀了莫瑞伯爵，让他的尸体躺在草地上。他的爱人在城堡上久久向下凝望，直到她……你在流口水，威廉。对不起。你不许再喝了。直到她看到莫瑞伯爵穿过镇子回来。妙哉妙哉，这歌真好听。不过我们到底到哪里了？快到了。

计程车停下，我们下了车，在阿勒颇的街道上磕磕绊绊地前行，头昏眼花地寻找苏莱曼尼亚夏威夷电话街。我唱起《斯凯岛船歌》（"The Skye Boat Song"），克里科尔鼓起掌米。

* * *

我们睡了两个小时，醒来时感觉像要死了一样。克里科尔过来给我们送行。他以亚美尼亚人的方式吻了我们俩，然后与我们道别。

"你今天准备做什么呢？"劳拉问。

"我兄弟要跟我谈谈鞋子的事，我肯定会觉得无聊，然后我要独自坐在公寓里喝酒。"

"我觉得事情不会那么糟。"

"你觉得大巴车上会有晕车用呕吐袋吗？"

"闭嘴吧，威廉。"

* * *

我们平安无事地穿越国境线，但在马上要到安条克时我吐了，然后在梅尔辛①又吐了一回。日落后不久，我们到达了阿亚什，去海滩上睡觉。

①　梅尔辛（Mersin）是土耳其港口城市。——译者注

土耳其

埃尔祖鲁姆

锡瓦斯

多乌巴亚泽特

开塞利   苏丹哈尼

幼

发

底

拉

河

西斯

塔尔苏斯
梅尔辛

阿亚什

伊斯肯德伦

叙利亚

头缠头巾、挥舞马刀的土耳其人长期以来都是困扰欧洲人的噩梦，然而现代土耳其人的形象与此相去甚远。今天的他们往往心存好奇、为人善良，还有那么一股子认真劲儿。我在第二天早上醒来时发现的那个土耳其学生就是如此，当时他手里拿着带夹子的写字板站在我们旁边。

"亲爱的先生，"他说，"我爱和旅行者交朋友。请允许我欢迎你们来到土耳其。"

"谢谢。"

"先生，您喜欢土耳其吗？"

"这个国家很棒。我的天，几点了这是？"

"七点一刻，亲爱的先生，我的朋友，您是做什么工作的？"

"我是个有追求的作家。"

"亲爱的先生！您很有名吗？"

"不。你有什么事吗？"

"先生，我是梅尔辛大学旅游专业的学生。请允许我问几个与专业学习有关的问题。"

他开始提问。我裹在睡袋里，在沙滩上躺了三十五分钟之久，同时他把数不清的问题砸在我头上，还把我的回答填在他的表格里。我以前来过土耳其吗？待了多久？去过哪些地方？这次我打算去哪里？先生，请原谅下面这个问题，但为什么要去伊朗？难道我不知道土耳其西部就有现代化的旅游设施吗？难道我不知道在博德鲁姆、恰纳卡莱和安塔利亚①就有沙滩度

---

① 博德鲁姆（Bodrum）、恰纳卡莱（Canakkale）和安塔利亚（Antalya）均为土耳其港口城市。——译者注

假村吗？那里有游客梦寐以求的所有现代化享受，包括日光浴、风帆冲浪、航海、豪华的现代化酒店和赌场。难道我不知道在阿亚什也有新设施吗？这里有家汽车旅馆，每个房间里都有抽水马桶……

他问完最后一个问题，祝我"旅途顺利"，然后大摇大摆地向城镇的方向走去，活像个刚刚顺利完成任务的童子军。我之前忘记土耳其人会有多无趣了。我起身去游泳。

时值清晨，海水清澈见底，海面平静无波。太阳刚刚升到叙利亚山丘的上空。山脉直拐到土耳其的海岸，坚实的山脊一路伸展至黎巴嫩的贝鲁特、提尔（Tyre）和赛达（Sidon）。海面上薄雾朦胧。我离开岸边，向深处游去。

转身回望，古老的港口映入我眼帘。蒙古人入侵后的那个世纪中，阿亚什一直是整个地中海地区最繁忙的港口。那条串联起土耳其、伊朗、中国、印度和撒马尔罕的漫长贸易路线就终结于此。意大利、埃及和整个地中海地区的商人来到阿亚什，购买来自东方的商品。马可·波罗曾这样写道："其国海岸有一城……商业茂盛，内地所有香料、丝绸、黄金及其他货物，皆辐辏于此。物搦齐亚①、吉那哇②与夫其他各国之商人，皆来此售卖其国出产，而购其所需之物。"

现已没什么遗迹可证明其昔日之繁华了。这破败不堪的小地方虽不是 19 世纪末玉尔③笔下"仅有十五间茅屋的可怜村庄"，但比那描述也大不了几分。港口由两道防波堤组成：一

---

① 即威尼斯。——译者注
② 即热那亚。——译者注
③ 亨利·玉尔（Henry Yule，1820～1889 年）是苏格兰东方学家、著名马可·波罗学家、《马可波罗行纪》英译本译者。——译者注

道年代久远，高度已沉降至原来的一半；另一道则是由现代人修建，顶部有海堤。沿海岸线分布着通海闸门和海堤的废墟，那些摇摇欲坠的石塔现在被渔民用来存放篮子、渔网和渔叉。在它们后面更远处有几座年代较近的建筑物仍然位于中世纪的城墙内，它们包括有格子窗和雕花阳台的商人木屋、一座圆顶奥斯曼清真寺、墙壁由粪泥垒成的平顶渔民小屋。残骸和漂浮物到处散落，四周还有成堆的废弃渔具、羊饲料槽、牛饲料、一艘底朝天的小艇和一只在旧贮鱼箱中觅食的公山羊。附近的塔楼上，一对双腿像鲜红细木棍的鹳鸟用漂流木筑了个巢。鸟巢下方的渔民正在修补渔网，解开缠在一起的网线。

　　年轻些的男人们肌肉发达、模样凶蛮，粗犷的脸被晒得黝黑。他们半裸着身体，坐在倒下的柱子上吸烟。他们的父辈待在两百码以外的海堤上。如果只看腰部以上的话，他们就像是乔德人①。他们穿着粗花呢夹克和宽领衬衫，小胡子修剪得整整齐齐，头上戴着脏兮兮的粗花呢扁帽。只要有一品脱棕色淡啤酒，他们凭着上半身的打扮就能毫不违和地融入贾罗的任何一家酒吧，但下身宽大的沙瓦长裤出卖了他们的真实身份。他们看上去和蔼可亲、略显老态，与 19 世纪来到小亚细亚的旅行家们所描述的残忍暴君或爱脸红的同性恋大相径庭。拜伦曾如是评价当时的土耳其人：

　　　　我看不出我们与土耳其人有多大不同，只除了我们有包皮而他们没有，他们穿长袍而我们着短衣，我们爱聊天

① 乔德人（Geordies）指英格兰东北部的港口城市纽卡斯尔及其周边地区的居民。——译者注

而他们惜言如金。英国盛行的恶习是卖淫和酗酒，在土耳
其则是鸡奸和吸烟。我们爱醇酒和妇人，他们则爱烟袋与
娈童。这个民族很明白事理。

然而，在马可·波罗的时代，阿亚什并不受土耳其人控制。11
世纪，来自高加索的亚美尼亚难民逃至南岸，占领了阿亚什和
一系列的山顶要塞。他们在这里定居，过着古怪而漫无目的的
生活。夏天，他们与土耳其邻居进行无意义的战斗，或者沉溺
于漫长而残忍的复仇活动：双方袭击对方的堡垒，抢走牛羊和
妇女。冬天，他们花时间开发种种虐杀囚犯的残酷手段（据
说有位拜占庭主教冒失地给自己的狗取名为"亚美尼亚人"，
于是他和那牲畜被塞进同一条麻袋，直到狗把主人吃掉），与
此同时妇女则为孩子想出难听的名字［如阿格拉里伯
（Ablgharib）、科格（Kogh）、迪嘎（Dgha）和艾姆雷（Mleh）
都是曾风靡一时的男孩名］。在亚洲再没比亚美尼亚人更令
人不快的民族了，他们传遍整个文明世界的名声大抵如此。在
《旅客指南》（*Directorium ad passagium faciendum*）一书中，有
位曾在奇里乞亚旅行的多明我会教徒写信给教宗，警告他南部
沿海地区有多恐怖：

> 美洲豹不能去掉身上的斑点，埃塞俄比亚人也不能改
> 变其肤色（该修士写道）。我们知道东方人有种种缺点，
> 亚美尼亚人则将它们具体地呈现出来了……其王有子女九
> 人，除一女不知所终外，余皆死于非命。兄弟们以利剑毒
> 药互相残杀，或将手足缢于狱中，直到最后一人也中了毒
> 并凄惨死去。

毫无疑问，若是奇里乞亚亚美尼亚王国没有被一股强大的新势力拉上世界舞台，他们会在这条路上继续走下去。

1241 年，蒙古人抵达波斯边境，大败亚美尼亚人的心腹之患塞尔柱突厥人。尚未开化的蒙古人当时过着部落生活，喜欢享受更简单的人生乐趣。成吉思汗曾以最简洁的语言表达他们的哲学。"人生最大之乐，"史料记载他曾如是说，"即在胜敌、逐敌、夺其所有，见其最亲之人以泪洗面，乘其马，纳其妻女也。"

亚美尼亚人无疑可以与这些人做做交易。

1253 年，亚美尼亚国王海屯（Hethoum）长途跋涉，前往位于喀喇昆仑山脉的蒙古都城。他的外交尝试取得了成功。他与新的大汗蒙哥相谈甚欢，然后带着礼物，以及蒙古人与基督徒结盟的承诺回国。双方约定要夺回失去的亚美尼亚领土，并从穆斯林手中解放圣地。接下来的十年中，蒙古大军横扫巴勒斯坦，亚美尼亚军队与他们并肩作战。1260 年 3 月，海屯和蒙古那颜怯的不花并辔而行，走上阿拉伯世界的首都大马士革的街头。

与蒙古结盟为亚美尼亚王国带来的不仅是稳定，还有巨大的财富（这一点更合亚美尼亚人的心意）。蒙古人鼓励商人们冒险走上以中国为起点、途经中亚、以阿亚什为终点的漫长的陆路。与此同时，在蒙古帝国广阔疆域上建立起来的"蒙古和平"① 使香料和丝绸贸易日渐繁荣，而阿亚什就是这两种商品的主要交易港。亚美尼亚人迅速开发新商机。亚美尼亚商人在来自中国、波斯和意大利的商人之间充当中间商，轻轻松松

---

① 成吉思汗及其子孙一扫亚欧大陆，在从欧洲到亚洲的道路上肃清了众多蛮族和盗匪，西方旅东传教士把这种情况称作"蒙古和平"（*Pax Mongolica*）。——译者注

就赚得盆满钵满。国家对集市上每一笔交易都要征税，王室金库也日见充盈。众多商人来到阿亚什，于是肥沃沿海平原的农产品和托罗斯山脉（Taurus Mantams）的森林木材找到了新销路。正是上述因素催生了马可·波罗目睹的大好景象。"国中有城堡不少，"他写道，"百物丰饶。"但亚美尼亚人本身没给他留下太好的印象："昔日其国贵人以好勇尚武著名。然在今日，贫贱可怜，勇气毫无，只善饮酒。"

然而，奇里乞亚亚美尼亚王国居于蒙古世界边缘的地理位置，同时也把这个国家置于危险之中。苏丹拜巴尔一世率领穆斯林发动反击时，曾于艾因贾鲁（Ain Jalud）打败蒙古军队并进军巴勒斯坦，使位于前线的亚美尼亚人如坐针毡。1266年，拜巴尔一世趁海屯离国之机，在叙利亚门①附近击溃一小股亚美尼亚军队，烧毁阿亚什及亚美尼亚王国的都城西斯（Sis），然后带着大批战利品退回阿勒颇。亚美尼亚王国后来从袭击中恢复过来时，已是元气大伤。

仅仅在五年后，马可·波罗于1271年11月末到达阿亚什。谣言在他到达后不久传开，说拜巴尔已从大马士革派雄师来袭。于是恐慌席卷了这座港口城市。两位受命与波罗一家同行的负责帮助忽必烈汗皈依的修士同圣殿骑士团的人一起逃回阿卡，只有波罗一家留了下来……

我游回岸边，边游边看着一群小男孩躲在海边岩石后，一边痴痴窃笑，一边偷看劳拉从睡袋里起身并开始换衣服。与此同时我思考着一个问题：当波罗一家意识到忽必烈汗"遣熟知我辈基督教律，通晓七种艺术者百人来"的命令已不可能

---

① 叙利亚门（Syrian Gates）即贝伦山口。——译者注

完成，同时远行的风险日渐增加时，为何还要继续前进呢？从海上回望阿亚什，很容易就能体会到当时之人的恐惧。这座城镇坐落在海边，地势略低。它的岸墙有几处仍然矗立，高度与初建时相差无几，但显然在初建时就不太坚固。如果拜巴尔决定再次攻城，城墙是不可能挡住他的铁骑的。那么，为何波罗一家没有决定同修士一起逃往相对安全的阿卡呢？

多年来，马可·波罗一直广受赞扬。提姆·谢伟仑①曾称他为"天才"；艾琳·鲍尔②认为"他的成就如何夸大也不过分"，而他的"好奇心永无法满足"；伊丽莎白·朗福特③说他拥有"热情和巨细无遗的记忆力"。许多酒店、名牌牛仔裤专卖店、中餐馆和伦敦苏荷区富有东方情调的脱衣舞酒吧都以他的名字命名。他的行纪（被约翰·梅斯菲尔德④称为"有史以来最伟大的旅行著作"）已被改编为连环画和爱丁堡艺术节上的独角戏，甚至还有一部价值百万美元的电视剧。这部电视剧在欧洲和亚洲播出，剧中由伯特·兰卡斯特⑤饰演教宗，由"斯波克先生"伦纳德·尼莫伊⑥饰演忽必烈汗。

---

① 提姆·谢伟仑（Tim Severin，生于1940年）是英国著名探险家。——译者注
② 艾琳·鲍尔（Eileen Power，1889～1940年）是20世纪上半叶英国最著名的经济史、中世纪史专家，也是妇女史专家和女权主义活动家。——译者注
③ 伊丽莎白·朗福特（Elizabeth Longford，1906～2002年）是二战后英国的顶尖传记作家之一。——译者注
④ 约翰·梅斯菲尔德（John Masefield，1878～1967年）是英国诗人、小说家和剧作家。——译者注
⑤ 伯特·兰卡斯特（Burt Lancaster，1913～1994年）是美国电影演员、制片人、导演和编剧。——译者注
⑥ 伦纳德·尼莫伊（Leonard Nimmoy，1931～2015年）是美国电影导演、诗人、音乐家和摄影师，从1966年至1969年在美国科幻电视剧《星际迷航》中扮演主角之一斯波克（Spock）并因此成名。——译者注

　　然而，这本书的内容乏味得要命。尽管人们称这本书为
"行纪"，但波罗本人想写的并非游记。他也没有描写这次初
心在于拯救十字军王国的外交远征。它甚至也不是关于作者足
迹所到之处的流水账。波罗对自己看到的风景只字未提（甚
至没有提到中国的长城），也很少涉及亚洲的社会风俗（这些
内容本应能增加阅读趣味）。相反，他撰写了一本关于如何在
东方开展商贸活动的枯燥指南，它是"商人写给商人看"的
著作。行纪的主要内容包括商队可沿路购买的商品的名称，以
及关于如何克服沿途可能遇到的困难的建议（比如在哪里获
得补给，如何防备强盗，以及怎样穿越沙漠）。它既非冒险故
事，也非逸事奇谈，更不是以希罗多德的方式写就的世界史。
尽管经鲁思梯谦①苦心渲染，但马可·波罗的初衷确实是编写
一本普通的商业手册，其本质与同时代的其他同类手册［例
如佛罗伦萨人裴哥罗梯（Francesco Pegolotti）的《通商指南》
（*Pratka delle Mercatura*）］相差无几。的确，《马可波罗行纪》
堪称此类作品之典范。它披着传奇故事的外衣，介绍了东方奢
侈品的原产地，记录了关于丝绸之路的信息。里面的内容比当
时伊斯兰世界或基督教世界的任何其他消息源提供的信息都更
为准确详细。

　　马可·波罗并非传说中的那个风流豪侠，而是头脑冷静的
商人子弟，在计算权衡了风险后，踏上了此次有潜在利益可图
的远征。威尼斯人总是对十字军的理念不太感兴趣，波罗一家
似乎很快就忘记了东行的初心。我们只能从《马可波罗行纪》

---

　　① 鲁思梯谦（Rustichello）曾与马可·波罗同囚一室，他把马可·波罗的口
　　述内容记录下来，成了《马可波罗行纪》。——译者注

中寻找证据，而根据书中观点，马可·波罗从阿亚什继续东行的动机很简单：利润。前路也并非迷雾重重。他的父亲与叔叔和许多前人一样无疑已经到过中国，因此他们知道此行无须冒太大风险。事实上，一旦迈出奇里乞亚亚美尼亚王国的国门，远离苏丹拜巴尔的军威所及范围，旅途就会相对平顺些。蒙古人已沿着贸易路线修建起商队驿站，还保证了沿途的安全。"蒙古和平"成为主流。此外，他们还从忽必烈汗那里得到过额外的礼遇——金牌，那可是由至高无上的大汗本人赐下的安全通行证。当然，这一路并不是绝对安全的。就在几年前，有拨法兰克商人曾在阿马西亚（Amassya）附近遭到洗劫。但在中世纪，商人们总是要冒些风险的，而在蒙古帝国境内旅行可能要比在欧洲行商安全得多。十五年后，他们收获满满地回到威尼斯。即使在近百年后的 1362 年，他们带回的那笔财富依然称得上数额巨大，以至于马可·波罗的后代当时仍在为祖先靠远行中国的暴利建起的大宅到底属于谁而争论不休。当年波罗一家看到同行的修士逃回阿卡，却仍然让商队装好货物，继续长途跋涉前往仙那度。在这场赌博中，赌徒事先计算过风险率，并且获得了丰厚的回报。

* * *

我懒洋洋地消磨早晨的时间。我在废墟中行走，漫不经心地寻找能入眼的建筑。但除了一个有宏伟拱顶和锥形拱石的房间（也许是老威尼斯或热那亚领事馆）之外，几乎没有哪里能引起我的兴趣。当年马穆鲁克军队的连续攻击和洗劫几乎完全摧毁了此地。

我在港口边的咖啡馆里找到了劳拉，她正专心阅读言情小说。我最近意外地发现，劳拉居然迷恋米尔斯和布恩出版公司的出版物①。这个女孩曾称霸伦敦周边各郡的冰球场，在德里的公众骚乱中击败一帮强奸犯，征服了牛津大学莫德林学院的导师，令伦敦金融城的董事会大为叹服。然而现在，这个劳拉正如饥似渴地阅读《黑暗王子》（*Prince of Darkness*）、《比亚里茨的玫瑰》（*The Rose of Biarritz*）、《沉默的陌生人》（*Silent Stranger*）和《他的名字叫激情》（*His Name was Passion*）。显然，在她挥舞冰球棍的凶猛外表下，有一股柔情在暗暗涌动。我点了杯啤酒［土耳其人酿的这种埃菲皮尔森（Efes Pilsen）啤酒口感强烈，是德国人喜欢的味儿］，翻开朗西曼②的《君士坦丁堡的陷落》（*Fall of Constantinople*）读了起来。

旁边的桌上坐着三个土耳其人。其中一个大腹便便，脸刮得很干净，似乎是店主。他正向两位朋友演讲，同时拼命打着手势。我很想知道是什么话题值得他这样激烈地做手势。是关于死刑、深海捕捞，还是阉割？他那两位朋友吃饭时一直看着他。其中年长的那位在吃酿茄子时遇到点麻烦。他面对桌子垂下头，胡须几乎碰到了盘子。他外套的袖子也碰到了盘里的菜，于是他用餐巾将袖子擦干净，再在餐巾上吐了口痰，然后将它扔在地板上。另一个男人穿着脏污的白色背心，皮肤呈深棕色，强健的臂膀使他看起来像个体力劳动者。他用叉尖扎向一片面包，再用面包在锡盘里擦来擦去。

那位胖店主一结束讲演，就向我们这桌看来。

---

① 米尔斯和布恩出版公司（Mills and Boon）的出版物多为通俗爱情小说。——译者注

② 斯蒂文·朗西曼（Steven Runciman，1903～2000 年）是英国著名历史学家、旅行家。——译者注

"德国人吗？"

"英国人。"劳拉说。

"英国人。"胖店主用土耳其语向朋友们解释。

"土耳其不错吧？"他喊道。接下来的两周中，我们碰到的每个土耳其人都将会问同样的问题。

"土耳其很好。"我们对之后的每次询问都给出相同答复。这些土耳其人对关于其祖国的话题非常敏感。

胖店主向我们举杯。

他说："英国人，干杯吧。"

服务员拿来张脏兮兮的纸，它的边角皱巴巴的，纸面上到处是茶渍。

"因语（英语）菜单。"服务员说，同时向劳拉微笑。

我们打开满是错别字的神奇菜单，仔细研究。

丘约克阿亚什家庭餐馆
因语菜单

烫类

阿亚什特色烫

土耳其砸碎烫

痛心粉

肉类

靠肉必萨

甜交靠肉

西纸靠肉

肉并

土耳其靠肉，加达块土豆

靠肉串

阿拉布洋排

蔬菜类

土锅炖肉

肉线清交

肉线南瓜

肉线番茄

肉线卷心菜

韭葱肉末

亲菜

沙拉类

免包沙拉

蒜味小黄瓜

煎炒类

煎单

煎炒单

煎炒单捐

煎单捐加免包

天品和水果

炖曹梅

夜莺之巢

处女之唇

面糊和黄油做的天品

想蕉

天瓜

荔支

选择的过程很艰难。劳拉点了一份"烫"、一份"洋排"和一碗"荔支";我则选了"肉并",然后把魔爪伸向名为"处女之唇"的布丁。

午饭后,一杯热而甜的土耳其浓茶消除了我们的疲劳。我们背起行囊踏上泥土小路,向亚美尼亚的古都西斯进发。天气仍然很热,乡间风景单调、尘土飞扬、物产丰饶。我们先是看到小小的农舍菜园里种满蔬菜(也许它们很快就会在丘约克阿亚什家庭餐馆里变成一盘菜并被端上餐桌),然后菜园让位给更广阔的田野。田里种着棉花和烟草,柏树防风林环绕在田地边缘。有片田地已经开始收割,地里到处是弯腰面对麦茬的拾穗者,四周散布着蜂箱状的麦秸垛。在麦秸垛前方有一个孤零零的收割者弯着腰,手中拿着长柄大镰刀。这一幕活像某本中世纪圣咏经的页边插画,或是修道院唱诗班席位的托板上精雕细刻的场景。我们走啊走,直到筋疲力尽才坐下来等待,打算搭车前行。有辆拖拉机停了下来,我们爬进车斗。

车斗里已经坐着位体形庞大的"大地母亲",她的身上裹着好几层白棉布和塔夫绸。她身边坐着个小男孩,可能是她的儿子。她像只抱窝的老母鸡一样看着那男孩,给他擦鼻涕,把他头发上的干草弄掉。她不说话,只是偶尔打个嗝,同时从马粮袋里拿出食物，放入嘴里大声咀嚼。土耳其的男子几乎都很英俊，有柔软的深色皮肤和轮廓清晰的五官。他们骨相出众、眼神锐利、身材高大，还充满阳刚之气。然而，男人们的显著特征在该民族的女子身上竟以最不讨喜的方式体现出来。女子中少见美人。她们鼻子太大，下巴太突出，身材曲线埋没在宽松的裹身长袍里。这想必是土耳其男子中同性恋爱颇为盛行的原因。

西斯的城堡从海岸平原上拔地而起，仿佛平坦大地上孤零零的锥形山丘。"山脚"距我们较近的那一侧有尤鲁克人（Yuruk）的营地。尤鲁克人是土库曼游牧民最后幸存的部落之一。营地中有四五顶紫色毛毡帐篷和几辆马车，它们周围坐着形容野蛮、肤色黝黑、身穿鲜艳的印度拉贾斯坦邦印花布衣物的妇女，她们边上还有外表似狼的大狗和几个脏兮兮的孩子。后来我才知道这种营地是半永久性的。这些尤鲁克人十年前就在那里定居，夏天做按日计酬的临时工作，冬天则以编篮子和买卖马匹为生。最近政府提出要解决土库曼人的问题，在港口城市梅尔辛为数百人分配了住房。他们坐在那里的酒吧里喝埃菲皮尔森，几乎一夜之间就让犯罪率翻了一番。还有些人先是住进房子，但在夏天又开始过上游牧生活。土地复垦占用了大片传统牧场，因此他们很难全年都在草原上游荡。真正的游牧民族现在已近乎消亡。

拖拉机司机把我们送到西斯的市集。我们把背包留在咖啡馆里，沿陡峭的鹅卵石街道向城堡走去。不一会儿，道路两旁的住宅和农场就被果园和橄榄林取代。我们继续向上爬，穿过第一道城墙和外部的庭院。在我们上方，庞大的城堡巍然坐落在悬崖边缘，塔楼耸立在悬崖上。我们穿过古老的下城遗址，这里曾居住着商人和工匠。马穆鲁克的军队曾在下城纵火，所以和阿亚什一样，这里残存的建筑物不多。1266 年，海屯远征归来后，等待他的是如下景象："西斯和主教堂已毁于烈焰，历代国王和贵族的坟墓遭到破坏，他们的骨殖也从最后的安息处被起出并烧化，灰烬随风飘散。"19 世纪末玉尔爵士著书时，亚美尼亚人的大教堂和主教宫仍在使用，但现在它们已片瓦无存。

* * *

斜坡变陡，土壤渐薄。金雀花、蓟草和黄色的欧芹取代了果园。我们前进得很慢，或者更确切地说是我前进得很慢。劳拉一马当先，而我拖着脚步落在后面。尽管已是下午三点前后，天仍然很热，汗水浸透了我的衬衫。我偶尔会一屁股坐在某块凸起的岩石上，觉得脑袋里仿佛有支军乐队在演奏，把我的太阳穴震得发疼。我把水瓶里加氯消毒过的温水浇在头上。劳拉似乎丝毫没有受到炎热、疲劳、脱水或心力衰竭的危险可能性影响。起初她对我很不耐烦（"噢，快点！""你应该减肥。""你上一次锻炼是在什么时候？"），但走到半路时，她似乎已经接受同行者并非运动健将的事实，于是开始像老太太一样温柔地哄我（"加油，再走几步就行了。""你就想想我们马上就到了！""噢，真棒！最后再努力一次呀！"）。

四十五分钟后，我们到了目的地。在我看来此乃惊人的壮举，然而劳拉似乎没把这成就当回事。我坐在塔楼的垛口上把气喘匀，然后慢慢起身环顾四周。

这座建造精良、地处险要的城堡与我前一年在叙利亚见过的某些十字军城堡之间有耐人寻味的相似之处。这些相似之处不仅体现在整体平面规划上（悬崖边缘矗立的一连串塔楼建于幕墙之中，不像欧洲塔楼那样与墙体分离），也体现在砖石的装饰风格上（每块石头都被小心地凿出精致的浮雕）。在许多早期的十字军城堡，例如坐落在拉塔基亚周边的萨赫雍堡身上都可找到同样的特征。十字军首次从欧洲出发前往圣地时，防御工事的建造技艺尚不发达，因此历史学家们困惑于十字军如何能在到达巴勒斯坦的几年内就建起如此非凡巧妙的城堡。如果那些早期城堡与亚美尼亚人的城堡相似，就说明十字军可能从亚美尼亚人身上学到了建造技艺。西斯山顶未经研究的废墟中可能有某些线索，能告诉我们十字军在城堡建筑方面的新思路究竟源于何处。正是这些创新技术传回欧洲，使欧洲城堡的建筑方式焕然一新。

无论真相为何，有推测的余地总是件好事。在欧洲，详尽的研究如同沉重的学术幕布，隔在业余古文物研究者和遗迹之间。他们必须慎之又慎，免得误闯别人博士论文的研究领域。相比之下，奇里乞亚考古学的发展水平相当于英国考古界在约翰·奥布雷①和威廉·斯蒂克利②那个时代的水平，而且这里的旅行者仍然可以写些浅尝辄止的观察记录而不必担心被别人驳斥。他们的脚下仍是未经开发的处女地。

我想起了在剑桥图书馆读到的内容血腥的亚美尼亚编年史译本。我几乎无法从散落在奇里乞亚平原和山顶上的摇摇欲坠的小型废墟中，辨认出史书里提到过的城堡的身影。最高统帅森巴德（Sempad the Marshal）的城堡在哪里？德拉扎克（Trazarg）大修道院又在何方？国王鲁本（Rupen）微服私访安

---

① 约翰·奥布雷（John Aubrey，1626～1697年）是英国古文物研究者、博物学家，著有《不列颠历史遗迹》《名人小传》等。——译者注

② 威廉·斯蒂克利（William Stukeley，1687～1765年）是英国古文物研究者、医生、巨石阵研究的先驱。——译者注

条克的妓院，被人抓了现行，随后被迫退位，在书籍装帧工作和苦修中度过余生。之后，莫勒温（Molevon）、梅格里（Meghri）、斯克瓦拉（Skevra）又有何遭遇？梅扎尔（Maidzar）又怎样了呢？1245 年，亚美尼亚人曾傲然从这里出征，大胜凯霍斯鲁二世。但现在那些亚美尼亚人已离开，这地方也被世人遗忘了。

我们从城堡主楼的顶部俯瞰肥沃的奇里乞亚平原。在马可·波罗的时代，这里仍是散发瘴气的沼泽，"唯地颇不洁，而不适于健康"。透过雾气，我们可以看到附近的亚美尼亚城堡托普拉克卡莱（Toprakkale）和耶勒卡莱（Yilan Kale，又称"蛇堡"）。下方有个骑着马的尤鲁克人朝游牧营地慢速前进，在身后扬起尘土。紫色的帐篷之间燃起傍晚的篝火，细细的烟缕从火上升起。在左手边，我们可以看到西斯城中被山坡遮住的平坦屋顶。在我们身后，前托罗斯山脉（Anti-Taurus Mauntains）向山口奇里乞亚门绵延而去。在远处的山坡上，一辆两轮轻便马车正慢慢向山顶移动，车后拴着头奶牛。

过了一会儿，我打破了沉默。

"我们可能是几百年来第一个看到这景象的人。"我说。我平时难得这样抒情。

"你可得了吧，"劳拉说，"这里不会没有人来的。"

就在她说出这句话的时候，两个牧羊人赶着羊群从城堡后现身。我们之前并没看到他们跟在后面爬山；而在这一刻之前，他们也未曾看见我们。这两人对视一眼，然后好奇地走向我们，似乎打算进一步研究我们。那位更年长的牧羊人一直走到离我们很近的地方，用手指着我们，然后突然爆发出歇斯底里的大笑。他的兄弟也走过来，两人站在城堡主楼的石板地面上捧腹大笑。

"他们在笑你的短裤。"劳拉倨傲地说。她指的是我那条长而宽松的宝贝短裤。我倒觉得这两个牧羊人认为我们俩都很滑稽，但我机智地把这个想法咽回肚里。我们动身下山去取背包。

在咖啡馆里我们受到了更有礼貌的接待。那里挤满了西斯城里年轻潇洒的小伙子。我们受邀坐下，就坐在史泰龙和麦当娜的海报下的桌子旁。桌上摆着几瓶可口可乐。足足有二十个穿新砂洗牛仔裤的年轻人挤在我们身边。

"先生，我能问个问题吗？"

"当然可以。"

"那些英国人，他们需要体育老师吗？"

"他们需要大量老师。每天你都能在报上读到关于诚聘体育老师的消息。"

"哦，先生。"

另一个小伙子挤过来。

"先生，先生，那些英国女人愿意嫁给土耳其男人吗？"

"问劳拉吧。"

"女士，那些英国女人愿意嫁给土耳其男人吗？"

"少数人会吧。"劳拉含糊地回答。

"先生，"又是那位体育老师，"你知道有氧运动吗？"

"不知道。"

"不知道吗？"

"不知道。"

"不知道。"

"但全英国都知道有氧运动啊。这是现代人强身健体的方式。"

他看起来相当震惊。

"那您肯定知道霹雳舞吧?"

"我只懂一点摇滚乐。"劳拉回答。

"摇滚都过时了。"那小伙子说,"您会跳别的舞吗?"

我傻乎乎地想起了自己那些印着麦加天房①的明信片。我曾花大价钱从剑桥的某家巴基斯坦杂货店里买来它们,想要拉近与穆斯林的距离。现在看来如果有一沓萨曼莎·福克斯②的海报,我就能赢得土耳其人的心。

"你觉得他们会喜欢'快乐戈登'吗?"我问劳拉。

"'快乐戈登'是谁?"那位体育老师问。

"是种舞蹈。"

"新的流行舞吗?"

"新得不得了。"

"能教我们吗?"

桌椅被挪走,堆到房间另一头。我和劳拉在二十个土耳其人面前站好,他们兴奋地不停讲话。劳拉举起手,大家都闭上嘴。我摆好阵势,一只手把她的右手举过右肩,另一只手抓住她的左手并和她的腰保持在同一高度。我们静静地站着,这是沉默而激动人心的一刻。我高高昂起头,看上去相当自信,其实是在拼命回忆之前学过的舞步。我是在波特里镇(Portree)附近寒冷的村务大厅里从某个穿皮外套的苏格兰女人那里学会的。

---

① 又称"克尔白"或"卡巴"(Ka'ba),在阿拉伯语中意为方形房屋,指麦加大清真寺中央的立方形高大石殿,为全世界穆斯林做礼拜时的正向。——译者注

② 萨曼莎·福克斯(Samantha Fox,生于1966年)是活跃于20世纪八九十年代的英国流行歌手、演员、模特。——译者注

我们开始跳舞。我们跳到房间尽头，用脚尖旋转，然后转身原路返回，然后再转回来。我们轻快地前进后退，顺时针转，再逆时针转，在咖啡馆里跳跃摇摆着转了一圈，最后停在房间一头的俄式大茶炊旁。

我们深鞠一躬，土耳其人鞠躬回礼，大多数人看起来完全被我们的示范搞晕了。但"快乐戈登"很新潮，他们决心要学会它。

我们按个头高矮帮他们结好对子：队伍的一端是两个看似弱不禁风的农夫的儿子，另一端则是两个大喊大叫、肥壮得像是打手的粗野家伙。劳拉站在长凳上喊："一、二、三！"整列人向茶炊移动过去，好像有人从后面踢他们的屁股一样。我们的"快乐戈登"教学并没完全成功。因为之前我们没能正确演示该如何在房间尽头处理舞步，舞蹈者们很快就悲惨地挤作一堆。

但如果不教会他们点儿什么，我们就走不了。尽管我们失败了，他们还是强烈要求再学一支舞，于是劳拉建议试试教他们跳类似于苏格兰轻快八人舞的某种舞蹈。他们派人去找村里的乐师。几分钟后，两个男人到场，手里拿着长长的俄式三弦琴和一对小牛皮鼓。我们请他们演奏，节奏只要差不多就行。然后我们把那两个粗野的家伙和其他几个不那么热心学习的人赶走，组织剩下的人站成两个圆圈。那两个柔弱的小伙子在我的圈子里，劳拉则和体育老师在同一个圆圈中。

这一次我们的教学取得了令人惊讶的成功，也许是因为八人舞和土耳其舞蹈有相似之处。我们示范了巴斯克舞步的跳法，以及如何绕着彼此转动。然后我们演示了如何绕着圈子的圆心旋转，直到跳出"8"的形状。乐师们敲出节拍："砰——砰——砰，梆！梆！梆！"巴斯克舞步对他们来说仍有些困难，但他们看起来都自得其乐。总而言之，大家转动时都表现得惊人的轻松自如。

我觉得我们的努力为自己赢得了晚餐。夜间大巴要到八点钟才开，而且运动也确实能以健康的方式使人胃口大开。劳拉在八人舞中的舞伴之一、一个名叫拉耶普的小伙子帮我们付了账单。他说自己出生于村中最富有、最聪明的家族，曾在伊斯坦布尔的博斯普鲁斯大学研习法律（他有件 T 恤为证）。他得知我们都是学历史的，非常震惊。"在土耳其，历史一文不值，"他一边带我们走回他家，一边说道，"正经的专业只有工程学、医学、法律和经济学。"

然而他对我们的学校剑桥和牛津的印象还算过得去。"我曾听人说它们是很好的学校。"

他把我们带回他家。我们坐在屋外的无花果树下。当时已是傍晚时分，我们能听到镇上的狗在院外吠叫。它们每天都在这个时候咆哮，因为这正是宣礼员召集大家去做礼拜的时刻。宣礼员停止喊话之后，它们一般至少还要再叫上半个小时才会安静下来。

"我父亲本来不想让我上大学，"拉耶普说，"他认为上大学有违教义。我跪下来求他，最后他才同意。这里的人相当保守，害怕进步。这里有许多——用你们的话怎么说——狂热分子。他们不喜欢阿塔图尔克①为这个国家付出的努力，包括建立民主政体、发展工业和解放女性等。有许多老人想要毛拉的统治，就像伊朗那样。"

"你还去清真寺做礼拜吗？"劳拉问。

"有时会去。我信真主，读《古兰经》，但不喜欢清真寺。那些毛拉不跟我或我的朋友们讲话，因为我们上过大学。他们

---

① 即土耳其共和国的国父穆斯塔法·凯末尔·阿塔图尔克。——译者注

也不会跟我们交流想法。这个国家有两个问题：一是毛拉，二是军方。两者都想统治国家，阻碍民主进程。"

"我还以为军方已经下台了。"我说。

"没有。现在要好些了，但我们还是算不上完全自由。我有好几个堂兄弟都是社会主义者，他们也遇到了不少问题。我堂兄弟——就是我叔伯的儿子——因为支持社会主义被抓了起来，还被警察电击。他们想让他把所有朋友的名字都供出来，但他拒绝了，什么都不承认。最后他从监狱里被放出来，直到现在还在跟人分享狱中经历。在牢里，抢劫犯殴打政治犯，而守卫殴打所有人。那里有黑帮，还有人被杀。我们国家的另一个问题是媒体也受到军方监控，我们仍然没有严格意义上的报纸。军方会关停所有良心媒体，只剩下那些坏了良心的，比如 *Tan*。你读过 *Tan* 吗？"

我们当然读过啦。*Tan* 是份奇妙的报纸，是《卫队杂志》（*Guards' Magazine*）、《教会时报》（*Church Times*）和《太阳报》（*Sun*）的古怪结合体。新闻版的大部分报道和总统凯南·埃夫伦（Kenan Evren）将军，以及高阶毛拉的可敬事迹有关。但在副刊上，读者会发现光着上身的西方游客在爱琴海的沙滩上嬉水的彩色照片。如果有人一丝不挂，编辑就会为她们画上比基尼短裤，再画个黑色小标记遮掩乳头。下方配的图注大概是这样的："可爱的海尔格来自哥本哈根，她在那里学习地理。这是她第二次来土耳其。'我爱土耳其，'海尔格说，'我最爱吃土耳其烤肉。'"

我问拉耶普，考虑到他的家人都没有接受高等教育，而他接受了，他会不会有格格不入之感。

"有时会有。但我尊敬父亲。他和祖父曾努力工作，扩张农场。祖父当年来到这里时，农场基本上还是荒地，而且当时我们分到的土地也非常少。可现在，我们有近千公顷的土地啦。"

"你们不是土生土长的西斯人吗？"我问。

"不是。这里没有土生土长的西斯人。我们都是一战后从希腊的萨洛尼卡搬过来的。"

"那些原住民去哪里了呢？"

"我不知道。我对历史不太了解。问我祖父吧。"

拉耶普把我们领进家门，我们看见在铺着石板的起居室里，他的祖父正坐在餐桌旁。这位典型的"乔德土耳其人"戴着鸭舌帽，满脸皱纹。但你能看出他年轻时一定是位美男子，而且现在仍有"上位者"的气质。他不会讲英语，所以我们只好请拉耶普帮忙做翻译，这使对话过程变得沉闷冗长。

"我祖父想知道你们是不是穆斯林。"

"恐怕我们不是。"

"他问你们是不是基督徒。"

"是的。"

"祖父让我告诉你们，是也没关系……"

"噢，好吧。"

"……而且他童年时在萨洛尼卡有许多基督徒朋友。他说他交过一个很漂亮的基督徒女朋友。"

"一个希腊女友吗？难道别人不会认为这很糟吗？我本以为希腊人和土耳其人有世仇。"

"不，祖父说你们想错了。在萨洛尼卡，希腊人和土耳其人是朋友。他说那些希腊人都很善良，经常帮土耳其人的忙。只有双方的政府才彼此仇恨。他说离开萨洛尼卡让他很悲伤。那些住宅是木头搭起来的，大家住得很挤，但他们什么也不缺。他说他的父亲有家店铺，在城外还有农场。他们在农场里种棉花。"

老人停下来，试着在脑海里勾画七十年前的景象。拉耶普的姐妹们正在准备我们的晚餐，从厨房里传来她们的谈笑声。一秒钟后他继续往下说，让孙子继续翻译：

"1919 年，他们接到了离开的命令。大家非常伤心。他们向所有朋友道别，收拾行囊去色雷斯（Thrace）。他们在埃迪尔内（Edirne）待了一年，但霍乱暴发了。他和两个兄弟，还有其他百余人决定离开，找别的地方定居。"

"当时这里的居民是谁呢？那些亚美尼亚人去哪里了？"

"祖父说当他到达这里时，那些亚美尼亚人已经逃走了。他说他们受法国人启发，想要自己建国。一战后，土耳其的国力已经非常虚弱，他们借此良机开始袭击村庄、杀人。当时许多男人参军未归，于是他们就去屠杀妇女儿童。但阿塔图尔克把他们打败了，让他们失去了一切。不少亚美尼亚人死于战争，但死于饥饿和霍乱的人是最多的。"

"所以亚美尼亚人从西斯逃走了，而他没有打仗就得到了这片土地，是这样吗？"

"没错。他说之前一年加济库朱村（Gazi Kuju）爆发过一场大规模冲突。当他来到这里时，发现这片土地荒无人烟。他的大哥继续前行，去了马拉什（Maras），但在那里就得跟亚美尼亚人和希腊人战斗。然而在这里，他们只要搬进现成的空屋子就好。那一百多个移民每人得到了二十公顷土地。他说他得到的是从没被开垦过的荒地，只好先把上面的杂树清理掉。"

拉耶普的姐妹们从厨房里向我们喊了一声，然后端着托盘进来。托盘上堆着食物，有扫把汤①、鸡肉饭、古斯古斯②和酿茄子。老人微微一笑，使脸上的皮肤皱得像树皮。到这时我才意识到他年纪已经很大了。

他喝着汤，继续说下去。

"祖父说不久后，有些亚美尼亚人回来了。他们已经皈依了伊斯兰教，试着隐瞒自己非土耳其人的身份。他说大家都知道他们就是亚美尼亚人，但允许他们定居，还让他们拥有土地。他说大家都很伤心。"

"为什么呢？"劳拉问。

"因为过去的日子里已经有太多杀戮了，死的人太多了。"

* * *

饭后他们挽留我们住下，但我们谢绝了。我们搭拖拉机去梅尔辛，后来想来这就是个重大失策。当晚是个不折不扣的恐怖之夜，也许最好用我当时的日记来展现它。

20：00：没有大巴车要开来的迹象。

我们喝茶，我教劳拉下双陆棋。

梅尔辛车站的脏乱程度堪比拉塔基亚车站。

20：30：劳拉走远些，想找个地方解手。

路上有人向她扔了只鞋。她回来后，我给她读了旅游指南上的一段话："土耳其的大巴

---

① 扫把汤（Chorba Soup）是一种土耳其清汤。——作者注
② 古斯古斯（couscous）是一种小麦饭。——译者注

车速度快，还很舒适，总是准点发车。无论乘车还是在车站等车都是乐事。"

我们俩都没笑。

还是没有大巴车开来的迹象。

21：00：我们接着下双陆棋。还是没有大巴车开来的迹象。

21：30：同上。

22：00：车来了！

来的是辆豪华巴士，与我们同行的乘客是一群欧化的土耳其人。劳拉坐在车的一侧，身边是个穿喇叭裤、蓄八字胡的商人。我坐在一位女士身边，她手里抱着的婴儿正在尖叫。我们俩的座位都在车轮上方，是车行驶时颠簸得最厉害的位置。

22：30：这辆车的出发时间迟了两个小时，途中只在圣保罗的故乡塔尔苏斯（Tarsus）的车站停靠过。

足以让任何人产生浪迹天涯的渴望：震耳欲聋的土耳其音乐和某个猫一样咪咪叫的易装癖者。这个男人、女人或是非人类告诉我，塔尔苏斯是个"非常浪漫的地方"。他/她/它涂着厚厚的睫毛膏和粉色口红，拿着黄色的小手提包。

0：00：售票员把我们叫醒，建议我们下车吃晚餐。

司机走出驾驶室洗车。

我和劳拉喝茶。

回到车上，发现那个婴儿晕车了。

3：00：售票员把我们叫醒，递给我们一块饼干。

司机在外面洗车。

我和劳拉下车喝茶。那个婴儿又吐了。

4：00：车又停了。

售票员把我们摇醒，又给了我们一块饼干。

我们咒骂他。

司机走出驾驶室，第三次洗车。

那位女士走下车，就着水管里的水给她的婴儿擦洗。

5：30：到达锡瓦斯①站。

冷。

精疲力竭。

身无分文。

6：00：我们和两个陷入困境的美国人换了 10 美元的零钱。

---

① 锡瓦斯（Sivas）是土耳其中部城市，锡瓦斯省省会。——译者注

那些计程车司机仍在睡觉。

接着喝茶。

我装洗发水的塑料瓶坏了。

我的洗漱包里和换洗衣服上全是海飞丝洗发水，最可怕的是书上也全是。

9：30：坐计程车进入锡瓦斯。

入住塞尔柱酒店（Hotel Seljuk）；下水管道里散发出熟悉的恶臭，而且有德国人在我房间外做俯卧撑。他们用德语告诉我说自己是从火地岛（Tiero del Fuego）骑自行车到这儿的："安第斯山是最棒的地方。"

在外面的咕哝声中昏昏睡去。

* * *

有人轻轻敲门，把我吵醒了。我睁开一只眼，发现劳拉不在房间里，于是只好从床上撑起身体。我本以为是住在对面的德国人在敲门，想邀请我们观赏他们的自行车或者和他们一起慢跑，但我想多了——旅馆老板正端着早餐托盘站在门口，这正合我意。几分钟后，他拎着一桶滚烫的水回来，随后如《一千零一夜》里的阿比西尼亚①奴隶一样，毕恭毕敬地鞠躬退场。这才像话。洗漱完毕后我回到床上，挪动身体直到让自己舒服地嵌在床垫中央的凹处，然后开始消灭托盘里的西红柿

---

① 阿比西尼亚（Abyssinian）即今天的埃塞俄比亚。——译者注

切片、橄榄、硬皮面包和白色菲达奶酪。我望着窗外熙熙攘攘的集市，同时从形状仿佛郁金香的高脚杯里小口喝茶。

与我们在黎明到达时看到的景象相比，现在的锡瓦斯大不相同。街上走着大群戴天鹅绒小圆帽、穿厚实花呢外套的"乔德人"。然而令人悲哀的是，他们的裤子裆部不是奇里乞亚人喜欢的那种肥大样式。但妇女的服饰大大地弥补了这一点，甚至补偿得有些过头：她们的衣服好像上细下粗、毫无形状可言的麻袋。她们拖着孩子，拎着购物袋走在丈夫身后，还要保持六步远的距离以示尊敬。在这里，我们看不到叙利亚那种令人羡慕的迷人头饰。可以毫不夸张地说，锡瓦斯的妇女把园艺工作用的麻袋罩在了头上。

看起来锡瓦斯的每个人都在忙个不停。男孩们躲闪着马车，把茶托端给店主；马车拥入城镇，把农场工人和黄色的大南瓜运到集市上；成群结队的"黑帮成员常用车"（锡瓦斯那些有点年头的计程车，多为1930年代的雪佛兰）跟在尾巴肥大的羊群后面，在街道上缓慢挪动。外面的景象正在勾引我出去一探究竟，然而总体来说，我还是觉得躺在床上简直太舒服了。于是我没有动，继续小口喝茶，读那本探险者的圣经，即亨利·玉尔爵士译注的《马可波罗行纪》英文版（1929年版）。不知为何，它居然在那天早上的洗发水喷涌事件中幸免于难。

我手中的玉尔爵士两卷本仿佛重逾千斤。两卷书的书皮均以硬麻布加固，书脊包着深绿色的皮革。书中满是大卫·罗伯茨①风格的精美木刻版画，其中有张马可·波罗的正面大画像，

---

① 大卫·罗伯茨（David Roberts）于1796年出生于英国苏格兰，著名画家，长于画埃及和近东地区的建筑及风土人情。——译者注

以及尺寸更大的玉尔爵士肖像。（画中的玉尔爵士长须飘飘，坐于桌边，正在宽大的四开纸上奋笔疾书。这是对维多利亚时代探险家的典型写照。）两卷书中都有不少占满整页的插图，包括马可·波罗遗嘱的摹本、一张"献给皮埃蒙特的玛格丽塔公主殿下"（字号非常大）的大幅铜版画，以及一张三英尺长的"以中文和古叙利亚语两种文字书写的中国兴安府铭文的缩印图"。但最让我满意的是书中的地图。我花了好几个小时仔细研究它们，跟随标明波罗一家的旅行足迹的点、短横线和叉号穿越亚洲。每当到达新城镇，我要做的第一件事就是查阅书中的"大师级地图"，看看我们已经沿虚线标注的路线走了多远。

"大师级地图"上找不到锡瓦斯，但此地确实在书中那些较小地图的第一张上出现过。在那张地图上它是个小圆圈，旁边还标着"Savast"。这张地图显示，马可·波罗在离开阿亚什后曾穿越塞尔柱土耳其人控制的疆域。我对塞尔柱人稍有了解，因为前一年在重走十字军第一次东征的路线时我遇上过他们。在曾横扫大草原并向温暖南方扩张势力的游牧民族中，他们是最强大的。11 世纪初他们曾征服波斯，并于 1050 年代晚期侵扰拜占庭帝国边境。他们的首领名叫阿尔普·阿尔斯兰（Alp Arslan，意为"攻无不克的雄狮"）。他身材高大，还习惯戴高帽子，好使个头看上去更高。他的胡须很长，上战场前他必须把它们绕过脑后打结。在这样的敌人面前，拜占庭人溃不成军。在 1071 年的曼齐刻尔特（Manzikert）战役中，塞尔柱人击溃希腊人的军队，俘获他们的皇帝罗曼努斯四世戴奥真尼斯（Romanus IV Diogenese），入主小亚细亚。拜占庭人和十字军都没能成功夺回基督教世界的土地。接下来的一个世纪中，塞尔柱人逐渐在原属被征服者的城镇和村庄中定居，建立起强大的国家，发展出繁荣的经济和令人钦佩的原创文化。

在旅店房间里阅读玉尔爵士的译著时，我发现马可·波罗显然没能把塞尔柱人和他们的劲敌，即仍然过着游牧生活的土库曼人（Turcomen）区分开来。土库曼人正是我们在西斯见到的尤鲁克人的先祖。他把这些人视为他口中的"突厥蛮州"（Turcomania）的居民，并相当傲慢地声称："其人粗野，自有其语言，居于山中及牧场丰富之地。盖此辈以牧畜为生。"在"突厥蛮州"，开化居民只有幸存的基督徒、亚美尼亚人和希腊人，他这样描述他们：

> ……与突厥蛮杂居城堡中，为商贾或工匠。盖彼等制造世界最精美之毛毡，兼制极美极富之各色丝绸，所制甚多。又制其他布匹亦夥。其要城曰科尼亚（Konya）、曰西瓦思［即锡瓦斯，圣布莱思（Saint Blaise）殉难之地］、曰凯撒里亚①……

鉴于意大利商人很了解土耳其，也常在此进行贸易活动，马可·波罗的失实描述就显得有点出人意料。而令我非常诧异的是，玉尔在那些冗长的注解中竟也没有对此发表评论。尽管在13世纪末，塞尔柱人苦于蒙古人的入侵，但他们的文明仍处于鼎盛时期。他们沿着商路修起驿站，医院和清真寺随处可见，富有经验的土耳其商人主导了本国的贸易。马可·波罗关于丝绸和地毯生产的评论尤其令人惊讶。这两种商品都是由土耳其人引进小亚细亚的。它们都由土耳其人生产，也都是土耳

---

① 现为土耳其城市开塞利（Kayseri）。——译者注

其的式样。希腊人和亚美尼亚人确实曾为它们的交易做出贡献，但从来没能成为贸易主导者。

上述情形在锡瓦斯体现得最为明显。1271 年，该城正处于自身发展的黄金时期。虽然它拥有举足轻重的地位，以至于最伟大的塞尔柱苏丹之一凯考斯一世（Keykavus I）将其选为自己的埋骨之地，但在蒙古人的一波波攻势下，首当其冲的还是首都科尼亚。1240 年代，蒙古人在克塞山（Kuzadag）大胜塞尔柱人，科尼亚的政治地位因此衰落，于是锡瓦斯和科尼亚这两座城市的相对地位发生逆转。也许因为塞尔柱人渴望传承文化，又为最近一次来自中亚的突袭大军所慑，面对入侵的蒙古人，塞尔柱的武士贵族阶层发起了一波资助活动。马可·波罗于 1271 年抵达锡瓦斯，同年该城的大学至少建立了三所新学院。这座城市愈加声名赫赫，被誉为伊斯兰世界最伟大的学术中心之一，甚至能与阿马西亚的那所伟大学院相媲美。锡瓦斯尤以集医学院和精神病院为一体的伟大的希菲耶教经学院（Shifaiye medresse）闻名。

这些学术机构的支持资金并非来自战争或农业，而是来自商业。蒙古帝国建立，随后横贯阿拉伯世界的商路开通，使锡瓦斯成为阿亚什和黑海港口以东的重要交通枢纽。欧洲和亚洲幸存至今的贸易登记簿都强调了锡瓦斯作为塞尔柱帝国的商业中心的重要性。1280 年，热那亚的公证员们在一位名叫卡迈勒丁（Kamal al-din）的锡瓦斯商人的钱庄里开户。裴哥罗梯在他的著作《通商指南》中说，到 1300 年时，热那亚人已在该城建立了常驻领事馆，还有治安人员负责商路沿途的安全（因为前往锡瓦斯的商人在海上可能遭遇海盗抢劫，在锡瓦斯和海岸间的山区又会被山匪盯上）。大集市、强盗、商队——

这些正是马可·波罗常常谈到的事物。然而，只有这次他在商业事务上缄口不言，不提锡瓦斯是贸易中心，而是指出它是光荣的圣布莱斯（Messer Saint Blaise）的殉道之地。

玉尔爵士称，人们几乎对历史上的圣布莱斯一无所知，只知道他是塞巴斯蒂（Sebaste，锡瓦斯在古罗马语中的名字）主教，在罗马皇帝戴克里先对基督徒的迫害中殉难。然而，史料的缺乏难不倒中世纪的圣徒传作者，他们仍会努力拼凑出圣徒的生平。后来成书的《圣布莱斯传》（*Acts of Saint Blaise*，此书显然是杜撰而成，书中情节全是虚构）称，这位主教"居于洞中，以鸟兽带来的食物为生。它们成群结队地前来拜访他，待他伸手赐福并治愈生病的鸟兽后才会离开"。这种神迹一直存在到圣徒被一群猎人发现。当时这些猎人正在寻找猎物，以便在塞巴斯蒂的圆形剧场中杀死它们（因为能杀的基督徒已被杀光了）。他们马上抓住布莱斯，把他带回锡瓦斯。这段旅程中发生了不少事。布莱斯不仅说服一只狼把偷来的猪归还给身无分文的寡妇，还救了个差点被喉咙里的鱼骨噎死的男孩。布莱斯被判处死刑，他的"肌肉被用来梳理羊毛的铁梳子撕裂了"。出于这个原因，布莱斯最后成为野生动物、猪、喉咙痛的病人和羊毛商人的守护圣徒。

玉尔著书时，圣布莱斯的坟墓在锡瓦斯仍能激起崇敬之情。受所读内容的启发，我终于勉强爬下床，打算去找圣布莱斯之墓。外面冷得出奇。之前的天气称得上晴空万里，而现在红日正在西坠，温度正迅速下降。锡瓦斯是土耳其最冷的城镇之一，它的街道在冬天永远被厚厚的积雪覆盖。旅馆相框里的照片显示，积雪偶尔也会高过住宅的墙头。即使现在正值盛夏，那些不裹"麻袋"的妇女也会套上暖和的紧身棉衣，缠上头巾，穿上打着厚褶边的克什米尔风格的裤子。

在城镇中心，我绕着城堡脚下的斜坡转悠，这里就是玉尔所说的那座坟墓的所在地，然而它似乎没有留下任何痕迹，甚至茶馆里的老人也没能帮上我的忙。从某种意义上来说这并不出人意料。布莱斯在其家乡一直都算不上重要的圣徒。离乡越远，他的声名就越盛。中世纪早期，他殉难的消息一度迅速传播，而且故事情节越传越玄。到 8 世纪时，米兰和热那亚已经为他建起教堂。9 世纪时，他在德国成了受欢迎的圣人。梅茨（Metz）的修道院声称拥有他的一小块头骨（"非常厚，棕色，长约 11 厘米"）。从那以后，他在德国就一直很受崇敬，只有水手不太喜欢他，因为在德语中，他的名字意为风。即使到了19 世纪，"水手们也避讳这个名字……并观察圣布莱斯日当天的风向，据此预测全年的暴风雨情况"。

英国人的理解要更准确些。"布莱斯"指的并非"风"，而是"火"。一部 17 世纪的词典写道，在圣布莱斯日那天，"……乡间妇女兴致高昂地四处走动；如果发现哪位邻家妇女在纺纱，她们就会把卷线杆烧掉，这天由此得名圣布莱斯日"。直到今天，英国大部分天主教堂仍会在 2 月 3 日举行咽喉祝福仪式，让信徒握住两支未点燃的蜡烛顶在脖子上。爱尔兰的教会规定，这种预防咽痛的有效措施也可用在奶牛身上。

也许这就是当我问起布莱斯时，那些老人用古怪的眼神打量我的原因之一。不管怎样，对到处问路，只为找到某个没人听说过的地方这种事，我已经厌倦了。于是我爬上城堡山，坐在一家咖啡馆里。那是个美丽的夜晚。只有当你俯瞰锡瓦斯时，才会意识到它仿佛一座岛屿。从咖啡馆里看出去，可以发现它是位于安纳托利亚高原北部的孤独绿洲，灰色的山脉把它和周围干旱的平原分开。你既看不见老人和"黑帮成员常用车",也看不见马车或马匹,只能看到大片杨树和柏树,以及以不规则的方式掩映其中的古老石屋的屋顶、伊斯兰教经学院的成对砖砌宣礼塔、土耳其浴室的圆顶。

我取出日记,开始草草书写。气温很低,而且还在继续下降,于是写了几页后我就放弃了。我走进外面的暮色,去探索城中塞尔柱王国的遗迹。

锡瓦斯城中最古老的清真寺乌鲁贾米(Ulu Jami)位于城堡山脚下不远处,是座小而低矮的建筑物。它的屋顶由波纹钢铺成,宣礼塔已经倾斜。刚刚做完礼拜的人正按年龄从大到小的顺序退出厅外。领头的是一瘸一拐的老人们,因此退场进行得很慢。老人们离开礼拜厅,在地板上摸索着寻找鞋子。然而天色已黑,他们又上了年纪,所以在地位较高的毛拉已穿过马路,人群也已散去很久之后,还有三个人留在门廊里,面对着五只不成双的鞋子。院子另一端用于斋戒沐浴的喷泉周围也聚了不少人,似乎有半数的锡瓦斯人都围在水龙头四周。女人们往水瓶里灌水或用水擦洗、洗漱,她们的孩子在玩耍,"乔德人"则在梳理胡须。

乌鲁贾米的室内好似黑暗的巨穴。它和罗马式大教堂的地下室一样,似乎建来就是为了承担万钧重担。墙壁向内倾斜,长方形的基座则向外倾斜。每个基座都宽如成年骆驼的身体。它们由巨大的铅灰色石块筑成,上面毫无装饰,柱头处也不例外。石柱拔地而起,撑起由整块巨石雕琢而成的拱顶。磨破了的地毯沿着拱门前的大道铺开,米哈拉布几乎被前面垂挂下来的沉重猩红天鹅绒完全遮住。

只有离门廊最近的那个角落里传出了声音,一位毛拉正在那里讲授《古兰经》。一群小男孩正跪在清真寺的小木桌前，以死记硬背乘法表时的那种速度和流利程度，朗诵面前以奇怪书法写就的古阿拉伯语经文。他们赤着脚，戴着统一式样的刺绣小白圆帽，一边大声唱诵，一边让身体和着唱诵的节奏一遍遍前俯后仰。那声音起先还是低吟，后来渐渐拔高，堪比宣礼员的哀号，听上去古怪而美妙。我走近些，靠在柱基上静听。

下课时天还没有全黑，所以我走回城堡后面，想看看戈克教经学院（Gok medresse）。这所教经学院距乌鲁贾米只有三百码远，在乌鲁贾米建成不足百年后落成，然而这两处建筑的风格大相径庭。乌鲁贾米看上去克制而高贵，作为其"晚辈"的教经学院却用了近似于巴洛克风格的繁复装饰。我之前参观过许多伊斯兰建筑，但从未见过教经学院这样的艺术风格。我在伊斯坦布尔的伊斯兰艺术博物馆（Islamic Art Museum）里参观过"塞尔柱家居艺术"展区，至今仍能回忆起那些缺乏美感的展品：孕妇般的阔口水壶、长而尖的烛台（烛台脚像烤肉串的扦子一样）、一套沉重的黄铜研钵（突出的大把手使它们看上去很粗笨）。各种陶器看起来千篇一律，毫无吸引力，造型（包括色彩和线条）也不精细。就连14世纪科尼亚的著名清真寺木门也没能给我留下深刻印象：它们颇似伊兹尼克①的镶嵌画，样子确实很漂亮，但不知道为什么总是让人觉得平淡无奇、无甚新意。

戈克教经学院正立面的雕刻给人的感觉很不一样。它属于野蛮、狂热、躁动不安的游牧民族风格：交错的纹路从钟乳石形状的拱券中呈放射状"喷涌"而出。平浮雕的蔓藤纹突然

---

① 伊兹尼克（Iznik）位于伊斯坦布尔东南方向一百公里处的伊兹尼克湖东岸，是土耳其著名的陶瓷产地。——译者注

挣脱二维空间，形成高浮雕。大团叶形和藤蔓形纹饰旋转翻腾、彼此缠绞。这位雕塑家想必同盎格鲁－撒克逊艺术家一样，受到了强烈的装饰欲望和"留白恐惧症"的驱使，但他创造的雕刻比任何凯尔特人的装饰作品都更野蛮、更具暴力感。雕塑家于 1271 年接受了这份委托工作，而当时蒙古人正威胁要攻陷塞尔柱帝国。因此，这种艺术风格属于一个走投无路的民族，是文化在亡国灭种的威胁下的"回光返照"。

现在我们已经不可能得知教经学院内部是否还有类似风格的雕刻。1400 年 8 月，"瘸子帖木儿"，即被誉为"上帝之鞭"的帖木儿大帝攻击锡瓦斯，在围城一周后将其攻陷，于是教经学院的大部分建筑被烧为赤地。我们不清楚当时发生了什么，但这件事堪称史上最令人不快的大屠杀之一。《帖木儿的一生》（*Life of Timur*）一书大胆地试图粉饰这件事。书中提到帖木儿饶锡瓦斯城中的穆斯林一命，只杀死基督徒，因为基督徒的西帕希（Sipahi）骑兵队曾是抵抗其侵略的最顽强力量。然而《帖木儿的一生》并不是最可信的史料，因为它的副标题（1597 年版为"非基督徒中不可多得的虔诚、谨慎、宽宏大量、仁慈、慷慨、谦逊、正义、节制和勇敢之人"）令人起疑。

亚美尼亚历史学家麦特索普的托马斯（Thomas of Metsope）给出的解释似乎更接近真相。根据托马斯的说法，在帖木儿的军队发动第一次进攻时，锡瓦斯人把穆斯林孩童聚集在城墙下的平地上乞求和平，每个孩子都带着本《古兰经》。帖木儿意识到了小男孩的吸引力，无疑被这一幕打动了，然而这并没能阻止他对重甲骑兵下达将孩子们踏于马下的命令。他围城七天，在城墙上打洞，破城而入，大肆屠杀，仅有四千名守军幸存。这些战俘被分给他麾下的将军，最后被活

活坑杀。至少有九千个处男处女被掳进大帝的后宫。锡瓦斯被
烧毁，侵略者离开时它已成为空城。

按《帖木儿的一生》的说法，造成这一切的是帖木儿的无
聊之感。书中说，他动身回里海岸边的撒马尔罕时，曾通过
"打猎和鹰猎"消磨时间，"试图稍稍消解行军途中的沉闷"。

* * *

第二天早上，塞尔柱酒店的主心骨、经理和客房服务员奥
尔汀·加齐先生来叫我们起床。他不仅带来了我们的早餐
（蜂窝蜜）和两桶热水，还带来了个好消息：我们的雪佛兰正
等在外面。

前一天晚上从戈克教经学院回来后，我做了些调查。一个
会讲英语的认真的工程学学生，以及挤在一家半地下式茶馆里
的不会讲英语的老人帮助我证实了一点：无论锡瓦斯在马可·
波罗的时代是什么情况，现在城里已经没有希腊人或亚美尼亚
人了。据那些老人所言，这些人都在一战中"离开了"（也就是
说他们都死于 1917 年的大屠杀），而且他们的教堂年久失修，
最终被拆除了。城堡附近的那座教堂可能是亚美尼亚人的圣布
莱斯教堂，它曾被用于存放军队物资。1953 年因屋顶倒塌，它
也毁掉了。还有一座教堂疑为希腊人的圣乔治教堂，它于 1978
年被拆毁，石料被用来建清真寺。两处教堂的原址上面现在都
建起了公寓楼。圣布莱斯的圣祠曾在戈克教经学院附近的城堡
中占据一席之地，但现在人们对它一无所知。然而在 1960 年代
末，人们曾推平城堡山并于其上建起公园。即使在那之前圣祠
没有被亵渎，也一定在山顶被推平时遭到了毁坏。大家达成一
致的一点是，锡瓦斯现在没有教堂，没有神父，也没有基督徒，

只有个嗜酒的亚美尼亚裁缝。但据茶馆里的老人所言，地毯制造业倒是幸存下来了，不过不是在锡瓦斯城中，而是在锡瓦斯南边的村庄里。我决定包一辆"黑帮成员常用车"，花一天去寻找它。车费差不多够我从伦敦切尔西打车到皮卡迪利广场。

我们带着笔记本和照相机走到旅馆门口时，奥尔汗·加齐先生已经向司机做了简要交代。他目送我们坐进那辆豪华轿车，又以阿比西尼亚人的方式深鞠一躬。我们弯腰曲背地坐在车后排的皮座椅上，车子在锡瓦斯的大街小巷中慢慢穿行，经过成群的绵羊和山羊，以及拖着脚步走的衣服如麻袋的女人和她们的丈夫，跟在挤满了"乔德人"的小巴后面。离开集市时，我们险些与对面驶来的一队汽车相撞。对面的车身上拖着彩旗和彩带，司机用力地按着喇叭。如果我正确理解了我们司机的手势的话，对方应该刚参加完割礼（而非婚礼）。如果你是土耳其人的话，这是个很好的庆祝理由（更确切地说，这对你的朋友和亲戚来说值得庆祝，因为至少在一开始时，你自己没有那么充分的理由这样做）。

然后我们离开柏树遮蔽下的马路，驶进刺眼的白光，驶上安纳托利亚高原那被晒白的平整土地。

我熟悉这样的景象。去年夏天，我曾花一个月时间重走十字军第一次东征的路线，当时看到了同样的景色。我还知道旅行者的双眼很快就会因那种广阔和孤寂而感到疲惫。这里并不是沙漠，因为仍有小块沃土散布其间。我们偶尔会经过某个孤零零的农场，看到里面有圆锥状的粪饼堆和白泥砖砌成的牛棚。然而，这突然跃入眼帘的色彩随后会再次被单色的平原取代，而道路会延伸下去，坚定地、笔直地插入小亚细亚干旱的腹地。

这片高原曾是罗马帝国的粮仓，在某种意义上也是帝国的牧场。千年来，这里欣欣向荣的农场是拜占庭军队的坚强后盾——自耕农和小农场主组成了骑兵团。但土耳其牧民于1070年代堂而皇之地进入小亚细亚，农田被抛荒，且灌溉系统很快就出了问题，于是土地变得干涸并开始沙漠化。在曼齐刻尔特战役仅仅二十年后，第一支十字军队伍就穿越了土耳其。他们发现该帝国最富饶的行省已经被荒弃。仅仅二十年间，土耳其人就毁了这片土地。

我们在绿洲村庄苏丹哈尼①停车。在死气沉沉的平原上坐了一个小时的车后，我们觉得这里很不错。我看到新的平房、泥砖砌成的古老农庄（农庄中的菜园还有围墙环绕）、性能不错的新拖拉机和一个小加油站。加油站边上的池塘里，鸭子们围着水面上一丛老山茱萸游来游去。我们往前走时，两只鹅正摇摇摆摆地走开，那神气活现的样子好像肥胖的辉格党地主。草木的芬芳隐隐飘来。

我们坐在一家茶馆外面喝茶，司机则抱着水烟筒吸起来。附近有两位警察似乎感到无聊至极，看到值得怀疑的对象让他们很开心。其中一位警察戴着鸭舌帽，小胡子根根竖起，随意的神态中透着粗鲁；另一位身材较为矮小，悲伤的表情使他看起来活像从一战时的相片中走出来的巴尔干将军或沙皇时期的军备官。他们上下打量我们；但过高的气温扼杀了他们的好奇心，他们很快又开始继续玩纸牌。

我们信步走向商队驿站，这个村庄正是因它而得名。一篇铭文显示，1230年，塞尔柱苏丹凯库巴德一世（Keykubad I）下令建造了这处驿站。人们刻意将其建得宏伟华丽，其他商队

---

① 苏丹哈尼（Sultanhani）意为"苏丹大驿站"。——译者注

驿站与之相比都显得狭小土气。它大方地展示了皇室的审美，更重要的是展示了皇室的财富。

门口一个晃晃悠悠的搁凳上坐着个缺牙的无赖。

"上午好啊，英国人。"他歪着头，"三百里拉每人。"

我们付了离开耶路撒冷后的第一笔入场费，这也是到北京前的最后一笔。

商队驿站的天井比牛津和剑桥的大多数学院的庭院都要大。天井的一侧是客房、浴室和卧室，另一侧则是工坊、店铺和一间厨房。天井较远那端有扇饰有徽章的大门，从那里可进入马厩。马厩好似一座上有拱顶、正殿两侧都有唱诗班席位的教堂，其庞大宏伟的程度超乎想象。只有财富和地位都取决于马术优劣的游牧民族，才会建起这样的马厩。这里的设计与锡瓦斯的伊斯兰教经学院相同。塞尔柱人这个务实的民族当时刚开始着手建造比游牧民族的帐篷更坚固的建筑物。在锡瓦斯的早期伊斯兰教经学院中，他们已经按需求调整并完善了建筑方案（可能借鉴了萨珊王朝的传统），认为不需要再做改动了。他们似乎在想：这种设计不错，为什么还要费心去改呢？因此，从那个时期幸存下来的所有塞尔柱建筑都有可爱的相同之处。他们的驿站与精神病院类似，清真寺和马厩类似，教经学院的外观和某些城堡经常如出一辙，宣礼塔与墓塔也常被人搞混。

只有少数几处设计细节才能体现出苏丹哈尼的驿站和锡瓦斯教经学院的不同。为抵御土匪或土库曼人的袭击，驿站的围墙建得更高、更厚、更坚固。此外，这里的里完①的大门也更坚

---

① 里完（iwan）为清真寺里的常见结构，主要部分是四道平顶的列柱拱廊殿。——译者注

固、更雄伟。这里有支墩和狮头枕梁，而人们可能认为这种装饰不适合出现在庄严的宗教学院墙壁上。马厩顶上的圆锥天窗由板条钉成，外形酷似蒙古包顶端，可以为马匹提供光照。该建筑最有创意之处是天井中央的密斯卡①，其建造意图大概是抵消经特殊加固的围墙所造成的沉重感。这座悬浮式亭阁清真寺的结构复杂到了令人难以置信的地步。它好像轻盈地飘浮在四座精美的杏色石拱门之上，精巧得仿佛有精美镶饰的首饰盒。

塞尔柱人并不是商队驿站的发明者。在中亚和伊朗全境，我们都能发现被称作"汗"（han）和"拉巴特"（rabat）的商队驿站。然而，塞尔柱人是最早沿贸易路线有计划地建起驿站网络的民族。理想情况下，每隔十八英里就会有一处驿站，这恰好是满载的骆驼一天之内能走完的距离。实际上，大多数商路沿线没有可供休憩的房屋，但主要道路上有很多驿站建筑。13 世纪的穆斯林旅行家伊本·塞义德（Ibn Sa'id）称，锡瓦斯和开塞利虽只相距七十英里，但两地间分布着二十多个驿站。

马可·波罗走进其大门时，这个驿站应该已有四十年的历史。他和父亲肯定曾在此过夜。我从大门爬上台阶，目光越过下方的密斯卡，投向那宏伟的马厩大厅。驿站被保护得很好，但和任何被毁的修道院一样空空荡荡，因此在想象中描摹曾在此过夜的旅客的模样是件难事。马可·波罗走进这扇大门时，看到了什么呢？我想到了 19 世纪夏多布里昂②对于商队驿站生活的著名描述：

---

① 密斯卡（mescat）是小型亭阁式清真寺，通常由支架支撑，在塞尔柱商队驿站里很常见。——作者注

② 夏多布里昂（Chateaubriand，1768 ~ 1848 年）是 18 ~ 19 世纪的法国作家、政治家、外交家。——译者注

> 一群群土耳其商人围着火堆，盘腿坐在地毯上。奴隶
> 们正忙着给火上的肉饭调味。其他旅行者在门边吸着水
> 烟……嚼着鸦片，讲着故事……小贩们在火堆间走来走
> 去，推销蛋糕、水果和禽肉。歌手正在献艺，阿訇正在净
> 体……牵骆驼的人躺在地上，鼾声如雷……

塞尔柱时代的驿站也会是这个样子的吗？没有相关书面记录流
传至今，但有的历史学家认为这些建筑物中挤满了认真的手艺
人，提供"立等可享"的兽医和技术服务，其他人则构想出
包括糕点师、乐师和舞女在内的更奢华的服务体系。当然，这
些驿站都很热闹，只要商人缴纳当年的贸易税就可以免费入
住，而且住宿条件似乎比我们住的大多数酒店要好得多，正如
回到汽车边上时我对劳拉说的那样。我们打算接着去寻找萨里
克利村（Sarikli），因为锡瓦斯茶馆里的老人们说在那里可能
还有几个会做地毯的人。

两位警察说我们该朝锡瓦斯的方向沿原路返回；驿站
门口坐着的那个人则认为萨里克利村在相反的方向，说我
们应该朝开塞利的方向走。加油站的工作人员说自己从没
听说过萨里克利村，也没听说过什么手工地毯。"没有。"
他说。无论我们问什么问题，他都会猛地扬起头，这个动
作的含义包括"没有这个地方""我也不知道有没有这地
方""我根本不在乎有没有这地方"。然后劳拉发现玉尔爵
士书中的某个脚注说，安纳托利亚的手工地毯在19世纪前
就已失传。既然这样，劳拉说，萨里克利村在哪里就无所
谓啦。我们又喝了杯茶，决定按警察的指引回锡瓦斯，在
途中寻找地毯。就算它们确实已不复存在，至少我们还能

看到奥尔汗·加齐先生张开双臂欢迎我们回去，他没准还会用蜂窝蜜泡茶给我们喝。

事情当然不像我们计划中的那样顺利。在亚洲，事情很少能按计划发展。

我记得那辆光洁的黑色雪佛兰驶离主路，在土壤被烤干的、尚留有庄稼茬的坚硬田地里颠簸前行，被溪边的粪堆弄得满车身都是污物。我记得劳拉预言说要出事，也记得我们的司机在河对面给境况不佳的发动机做漫长的"急救"，看起来十分心痛。我还记得村里的那个白痴、车胎上的洞，以及汽车从斜坡上缓慢而无情地下坠的过程（最后它撞到了谷底的棚屋上）。尽管如此，我们仍试图像英雄一样坚持相信地毯是存在的，并与住在棚屋里的土耳其人进行了车轱辘式的冗长对话。

> 威廉·达尔林普尔：你好。
>
> 劳拉：地毯。
>
> 土耳其人：地——毯。
>
> 劳拉：你会讲英语吗？听啊威廉，这人会说英语。
>
> 土耳其人：地——毯。
>
> 劳拉：是的，没错。我们想要地毯。
>
> 土耳其人：地——毯。
>
> 劳拉：我们（停顿）想要（停顿）地——毯。
>
> 土耳其人（连连点头）：地——毯。
>
> （司机用土耳其语解释说我们正在寻找地毯。那土耳其人看上去被吓坏了。然后他用土耳其语说"没有"。我们坐在车里，而汽车正有气无力地以每小时十英里的速度

离开，后面跟着一群孩子。这些孩子剃着光头，好像刚从狱中逃出来一样。）

情况没有好转，而是变得更糟。我们再次过河，车胎又被石子扎了个孔。我们只好为这次出游与司机重新协商价格。我怀疑劳拉和司机串通好了，于是和她吵了一架，然后达成妥协：我可以再找个农民问路，然后按对方的指点最多再找一刻钟；之后无论能不能找到地毯，我们都必须回城。

我们遇到的第一个农民明显有智力障碍。他神情茫然地坐在路边，穿的衣物像是挂在稻草人身上的破布。他的脸上带着土耳其体力劳动者所特有的那种令人费解的悲观神情。当被问及去萨里克利该怎么走时，他先是指向天空，然后指向大地，最后指向不远处的田地里的干草堆。劳拉和司机出乎意料地遵守了与我的约定，同意去田里看看有没有人在织地毯。当然不会有，但那里有条下坡小路通向数间小屋。劳拉和司机同意去村里看看，以此作为对我的最后妥协，只要能让他们在回锡瓦斯前喝杯茶就行。

那个村庄正是萨里克利，其中某栋房子里还有台正在工作的织毯机。我和另外两人一样吃惊。我早就放弃了找到地毯的希望，坚持寻找只是出于拒绝承认这次探险很愚蠢的顽固心理，以及对三一学院的模模糊糊的忠诚——毕竟我在租用雪佛兰来到粪堆随处可见的村庄，以便寻找那一度繁荣发展但现已濒于消亡的家庭手工业时，花的是三一学院的钱。劳拉和司机忘记了我们本应去努力发现新事物。

我们的织毯机在一栋由泥和茅草建起的两层大屋中。它的主人是个矮小的"乔德人"，戴着如同茶壶保温罩一样的帽子。这位绅士想必要比他表现出来的样子更有影响力，因为他同我们刚才在棚屋里见到的那位朋友差不多，都有一大群孩子。孩子们一路追着我们的车，跑过干草垛，跑过游有鸭子的池塘和爬满蔷薇的喷泉，跑过驴群和矮脚鸡群，直到雪佛兰停在屋子外面。他们的母亲坐在地上，正用沉重的木棍捶打一堆旧山羊皮。她就是织毯机的操作者，但很明显她也不常动用那台机子，因为织毯机被放在房间后部，在几袋小麦、旧笤帚和一头正在睡觉的母牛后面。虽然织毯机仍在使用，但它织不出欧洲人所说的那种地毯。这台机器的主框架宽不满五英尺，上面有块正织到一半的、由鲜亮原色块组成的华丽基里姆小地毯。不管怎样，这台织布机确实仍在使用，而这位女士也确实知道该如何操作它。

我们的司机钻入汽车引擎盖下，我和劳拉则观看那女人如何工作。经纬线紧紧地绷在两个粗糙的十字形木轴上，她用敏捷得出奇的手指把不同颜色的羊毛线穿过机架上的经纬线，先给它们打结，再用生锈的匕首把它们割断，然后用沉重的铜制羊毛梳把结子重重地捶进基里姆的主纬线。她重复上述动作，速度逐渐加快，完全凭记忆操作，直到织到某一排线的末尾。她停了下来，放下梳子，用长长的特制手工剪刀修整图案。这一幕使人昏昏欲睡，同时又让人产生奇怪的兴奋之感。即使用13世纪的标准看，这也肯定只算小规模生产，然而这种工艺和马可·波罗当年见到的不会有任何不同。玉尔爵士错了。虽然规模大幅缩减，但织毯业仍存在于安纳托利亚高原上。

我们即使在这次旅行中不再有其他收获，至少也已取得了一些成就。就算司机要求我们按之前商定价格的两倍付费，也没能削弱我的成就感。

* * *

最后一辆马车沿着鹅卵石路咔嗒咔嗒地回家时，我们也在灯光的笼罩下回了锡瓦斯。那天晚上，有四十个土耳其人在烤肉店里看电视。我们端着从粗如象腿的大烤肉串上削下来的烤肉，坐了下来，闻着水烟筒发出的辛辣刺鼻的气味。一个胖厨子不停地转动烤肉串。没人说话。我们在开始吃晚饭后，才发现电视里放的是有土耳其语配音的 BBC 系列剧《小公子方特洛伊》（*Little Lord Fauntleroy*）。我坐了一会儿，一边写明信片，一边试着想象土耳其人看到剧里的乡村板球比赛和乡间别墅里的晚餐派对时，脑子里会想些什么。

几分钟后，那两个曾翻越安第斯山脉的德国自行车骑手晃晃悠悠地走进来。他们都穿着蓝色运动服，看上去很和谐。他们大张旗鼓地在座位上寻找灰尘，又用纸巾擦椅子，然后坐在我们旁边的桌边。其中一人靠过来。

"达（他）们管你们要多少方（房）费？"

他们把金额换算成德国马克并讨论了一会儿。

"仄（这）价格不错啊。在德国旅馆费用要高得多，但方（房）间会很干净。仄（这）里太脏了。真是脏。"

我笑了笑，在烤肉的配菜里挑挑拣拣。那德国人又靠过来。

"你知道的，田气（天气）太热，吃沙拉很危险的。不卫生。也许你应该只挑煮熟的蔬菜吃。"

"也许吧。"

他停顿了一下。

"你灰（会）死的。"那德国人说。

* * *

我们本打算在第二天离开，但又恋恋不舍。我们吃完晚饭回来时，发现就像豪华古宅里存在感极低的女仆一样，奥尔汗·加齐先生已经在我们的房间里放满盆栽，把窗帘拉好，还整理了床罩。我们决定至少再待一天。第二天早上，我在劳拉醒来之前溜出去探险。

由于周边山脉四合，锡瓦斯的城镇布局十分紧凑。四周的山峦在傍晚呈现出无精打采的灰白色，早晨则变为浅蓝色。它们环绕在锡瓦斯所处的平原四周，仿佛在耸肩弓背，把街区压挤成车道和小巷构成的密集网格。然而，这里的居民仍以乡下的方式生活，抵抗住了城市化的压力。在宽阔柏油马路的几步开外，就是自成体系、自给自足的小村庄，那里的村民们有自己的牧场和田地。早上八点钟，他们已经干起了一天的农活。女人们扛着成堆的木柴向家里走去，男人们开始郑重其事地从拖拉机上卸货。孩子们坐在折断的栏杆上看守牧场上的羊群，或是用谷粒投喂母鸡和矮脚鸡。年长些的孩子中有几个把念珠捻得咯吱作响。其他家庭在露天茶园里吃饭。他们三两成群，紧紧地围在沸腾的德姆利克（demlik，安纳托利亚的茶炊）周围。和在室内时一样，女孩们在母亲身边围坐成整齐的半圆，与男人保持着安全的距离。

上述场景的周围就是历史遗迹。其中某个茶园附近矗立着一座穹顶状如球根的低矮土耳其清真寺，其外观呈六边形，只拥有一座矮胖的宣礼塔。我向来不太喜爱奥斯曼帝国时期的清真寺。尽管从外面看伊斯坦布尔的苏莱曼尼耶（Sulimaniye）大清真寺和贝亚兹（Bayazit）清真寺（尤其是其阴暗的拱顶回廊和如波浪般起伏的众多穹顶）令人印象深刻，但它们的内部总使人大失所望。其建筑风格只是对圣索菲亚大教堂的拙劣模仿，而且还没能把后者那完美的色彩搭配（金色和紫色）以及外形（完美的正方形和圆形）学到手。相反，我们只能看到俗丽的鲜红、铜绿和淡紫色，还有堪称画蛇添足的尖拱（这种外来元素丝毫不能为建筑设计增色）。最后我们看到的就是维多利亚哥特风格的无趣仿作，与完美的拜占庭建筑的差距堪比伦敦皇家阿尔伯特纪念碑与法国沙特尔大教堂的差距。如果说伊斯坦布尔的奥斯曼建筑就已是如此的话，那么在帝国各处拔地而起的、按大同小异的设计草图修建的数百万清真寺就更糟糕了。锡瓦斯的清真寺内那粗大的圆柱、厚实的拱门和沉重的大理石栏杆使我感受到奥斯曼帝国地方建筑的那种笨拙感。人们期望在伊斯兰建筑中看到的凹槽饰纹和奇思妙想，在这里都难觅其踪迹。这些清真寺也未能传承、发展塞尔柱建筑设计师的理念，只会拙劣乏味地模仿拜占庭风格，但又缺少模仿对象的高贵与宏伟。

位于附近的成立于塞尔柱时期的希菲耶教经学院要有趣得多。当时它是伊斯兰世界最伟大的医学院之一。教经学院里有宏伟的图书馆供学生和工作人员使用。学院里的教学结合了临床实操和理论授课。那里的教职人员包括外科医生、眼科医生和内科疾病专家，以及一个具有开拓精神的精神疾病专家小组。该小组用滴水声、音乐和催眠治疗精神疾病。在此领域，欧洲的学院望尘莫及，即使是意大利萨莱诺（Salerno）的那所卓越医学院也不例外。

希菲耶教经学院建于 1217 年，其正立面也被旋涡般的编织纹覆盖，这种设计明显参考了戈克教经学院的样式。但这里的风格更原始，正立面的图案更少也更粗糙。在戈克，编织纹样仅在里完的大门处出现，周围甚至还有清晰的镶边，且两座宣礼塔的垂直粗线条使图案更加显眼。宣礼塔位于镶边的正上方，由簇新的粉红色砖块砌成，上嵌天青石色的瓷砖，仿佛两根华丽的柱子。然而，在早期的希菲耶教经学院中，镶边的嵌板和宣礼塔并不存在。编织纹样不受任何约束，直接与挡土墙相接。这种设计比戈克教经学院的设计还要大胆，但在布局的和谐性上要逊色些，整体而言也不如戈克教经学院成功。

然而，幸存下来的庭院足够弥补这个缺憾。这是个由漂亮的拱形回廊围起来的四方院子。拱门又高又窄，高拱肩在马蹄形拱券最高处的起拱点才向内倾斜。黑白相间的拱石上饰有彩绘。我以前见过这样的拱券，不过不是在清真寺里，而是在基督教的教堂中。它是意大利卡塔尼亚大教堂（Catania cathedral）十字形翼部的拱券，于 11 世纪问世，可能是欧洲最早的尖拱券。自 8 世纪以来，伊斯兰世界就一直使用尖拱券，很可能就是穆斯林将这一发现经由诺曼人统治下的西西里王国传到欧洲。后来这种风格传播到卡西诺山（Monte Cassino），又被本笃会的建筑师引入法国。希菲耶教经学院中那漂亮的回廊出人意料地证实了尖拱券这一欧洲哥特式建筑的主要特征并非源于法兰西岛（Ile de France），而是同欧洲文化中的许多其他元素一样来自伊斯兰世界。

看起来这是个激动人心的发现。阳光下，我心满意足地坐在拱券下面，把这一发现写在日记中。

在离我不远的地方，有位园丁正在中庭挖土。除了铁锹铲在泥土上的声音和鸽子的咕咕叫声外，教经学院中一片寂静。也许这就是伊斯兰教的和平。洒在我身上的那片阳光已经被阴影替代。我抬起头，看到有个漂亮的黑发女孩正向我走来。从远处看时我还以为她是意大利人；但当她做完自我介绍后，我才发现她其实是土耳其人。她的名字叫凯塞尔，刚从德国回来，她父亲在那里做客工。她已在那边住了十一年，但父亲去世了，她母亲只好带她回来。她也不知道自己能不能再回德国。她已经参加了考试，如果考试通过，她就可能在德国某所大学里获得一席之地。和我一样，她也来到了人生的岔路口，正在等待结果。我问她更喜欢哪个国家，得到的回答使我大吃一惊。

"在过去十一年中，我过着截然不同的两种生活。"她说，"大多数时间我住在德国，但每年夏天我都要回这里度假。我在两个国家都有亲密的朋友。"

她努力搜寻正确的词来表达想法。

"事实上，在德国的生活更好。这里的日子太艰难了。我们要走很长一段路去打水，有时还要挨饿。这里没有电视，没有音乐，也没有娱乐活动。邮递员每周才来一回。如果我住在这里，就会变得很穷。但从某种意义上来说，这里的人更幸运、更富有。在德国，邻居之间几乎不讲话。在大街上，他们会互相说'你好'，但总是聊闲天或谈论天气，并不交心。这里的人脸上的笑容更多。真的。他们更快乐。我和附近的人都是亲戚，因此可以去任何一户人家做客。我想在哪家睡觉就在哪家睡觉，也不会有什么流言传出来。有几个晚上，我和表兄弟们彻夜聊天。我在德国也有许多密友，但我们从不这么做。"

她耸耸肩，笑了。"这种不同很难解释。"

我问她介不介意女性在伊斯兰世界里的地位卑下以及性别隔离的事实存在。

"这里和土耳其的其他地方不同，"她回答，"我的家人，还有许多锡瓦斯人是在一百年前从俄罗斯和高加索来到这里的。在某些方面，我们表现得与土耳其人不同。性别隔离和奴役女性不属于伊斯兰教教义，而是土耳其人的做法。我们是虔诚的穆斯林。我们做礼拜，读《古兰经》，信仰真主安拉，但我们和土耳其人不同。我们讲自己的语言，穿自己的民族服装，跳自己的民族舞蹈，男女可以一起跳舞。我的男性朋友和女性朋友一样多。所以，我在德国怎样生活，在这里也怎样生活，差别不大，我的地位也没有变低。我们家的女孩有自己要做的事，但我们在家庭事务方面仍有很大的发言权。我们在两性地位的平衡上做得很好。我觉得英国妇女拥有的权力太大了。"

"有些英国人会同意你的说法。"

"我听说在英国，女人出去工作，把男人留在家里操持家务。"

"确实有这种情况。"

"你们国家的女人肯定非常坚强。"

"是的。"

当我回到塞尔柱酒店时，英国最坚强的女人之一正在等我。

"你喜欢它吗？"她问。

"哎呀……好吧……它有点……"

"有这么可笑吗？"

"这个嘛……"

"你会习惯的。在伊朗我必须全程这样穿戴。"

我的旅伴从头到脚都罩着黑色布料，像是从低成本恐怖片中走出的吸血鬼。黑色头巾遮住她的额头，只露出她那机警的黑眼睛、鹰钩鼻和方下巴。她抛弃了那件黑色的冲锋队员衬衫，穿上维多利亚时期盛行的那种及踝长裙。在她凉鞋的带子下面，我可以看到那双熟悉的黑袜子。

"我相当喜欢这套行头。它非常……迷人。"

"你一直都很迷人，劳拉。"我说，希望能取悦她。

"不会太俗艳吗？"

"恰恰相反。"

"这衣服很可靠。"

"端庄。"

"踏实。"

"低调朴素。"

"十分高贵……"

"……以伊斯兰教的方式。"

劳拉在镜前转了个圈。那镜子是好心的奥尔汗·加齐先生提供的。

"也许它适合我。"

"也许吧。"

* * *

我们最后在第三天下午离开塞尔柱酒店。我本想在这里再开心地待一周，但劳拉担心我们走不完行程。我们已经比计划落后了。奥尔汗·加齐先生在门口目送我们离开。他最后深鞠一躬，像哀怨的未亡人一样扭着自己的手。此情此景催人泪下。

"友谊是美好的羁绊，"他说，"托神之福，你们会回来的。"

"托神之福，我们会的。"

"真主仁爱。"

"一起期待吧。"

"愿他的祝福长伴你们左右。"

"也长伴你左右……"

在劳拉的催促下，我们到了锡瓦斯火车站，比预定的发车时间早了足有半小时。我之前从没坐过土耳其的火车。以在印度坐火车的经验为根据，我想象车厢和过道会很拥挤，还会有小贩在过道里叫卖商品。但要说到关于火车的确凿信息，我在1920 年版《伊斯兰百科全书》（*Encyclopedia of Islam*）中读到的自信预言算是最新近的了："安卡拉—锡瓦斯铁路建成后，新时代将随之到来。多亏凯末尔共和国政府的努力，这条铁路的修建正在快速推进……"

正如我们很快就会发现的那样，安卡拉—锡瓦斯铁路的建设似乎没能改变任何事。虽说我们从梅尔辛出发通宵坐大巴的经历并不是令人愉快的回忆，但在巴士服务方面土耳其始终是世界上最可靠的国家之一。结果就是除了能免费得到车票的政府官员，没人愿意选择效率低下的土耳其国有铁路。火车时刻表显示，发车时间该是下午四点半。但当这一时刻到来时，站台上除了我们和站长外空无一人，而站长睡得正香。六点钟，他仍睡得鼾声大作。七点钟，站台上的灯光开始变暗，而站长依旧瘫在长椅上打呼噜。八点钟时他醒了，带我们去他灯光昏暗的办公室喝茶。八点四十五分，有三个士兵过来加入我们。九点二十分，我们有八个人紧紧挤在站长的德姆利克周围。有人拿出两瓶拉基，有个士兵试着教我和站长玩一种纸牌游戏。它的规则很复杂，是桥牌、捉对儿和二十一点的结合体。劳拉很明智地没有同我们一起玩。

我们玩了两圈，两次都是站长赢了。我们为彼此的健康干杯，然后又玩了一圈。办公室里也黑了下来，我们几乎看不清牌。我怀疑站长在出老千。

时间流逝，瓶中的拉基稳步减少。事实上我们没喝太多，但整晚我都有罪恶堕落之感。在同穆斯林一起喝酒的场合中这种感觉常常出现。几个清醒的土耳其人在啤酒馆喝淡埃菲皮尔森的景象，常常会使人觉得那里就像最堕落的妓院一样邪恶。

十一点钟了，但火车还没来。屋里闷热憋气，烟雾熏得人眼疼。大家都喝了不少，谈话内容也逐渐变得粗俗。

"我会讲因（英）语，"其中一个士兵说，"我会讲因（英）语脏话。"

"比如？"

那士兵停顿一下。

"使（屎）。"他低声说。

"还有吗？"

他紧张地环视四周，把头凑向我。"租（猪）。"

"果然够脏的。"

他咬着下唇，纸牌游戏在一片寂静中继续进行。

快打完这圈时，站长劝我跟他一起玩西洋双陆棋。我还是怀疑他在出老千。他走棋时直勾勾地盯着我，好像要分散我的注意力。他的动作极快，令人眼花缭乱。一旦骰子停止滚动，他就把筹码拿走。他从不计算自己棋子的步数。我变换战术：缓慢走棋，拼命想办法使筹码加倍。但有个棋子总是孤零零地落在后面，总会被站长的棋子困住。他很快就大获全胜。

我因烟雾、拉基和失败而昏了头，同意再玩一把纸牌，即某种土耳其"脱衣扑克"。这个游戏我玩得也不太好。我感到越来越难受。一个士兵把他那杯拉基打翻在我身上时,我借此大发脾气,好发泄心中的挫败感。

"看看吧,这辆见鬼的火车到底还来不来?"

"来的。火车会来。没问题。"站长说。

"什么时候来?"

"很快。"

"有多快?"

"很快。"

"到底有多快?"

"可能今天,也可能明天。"

"你又输了。"一个士兵说,同时打出那张决胜牌,"威廉先生,现在该你脱衣服啦。"

"先别提这茬。"劳拉说。我很高兴她能暂时分散大家的注意力。"我想知道这火车到底来不来。"

"当然会来。"

"不必担心,小姐和先生,"站长说,"火车会来的。呜——呜——一流的火车,非常快。"

他脸上挂着骄傲的笑容:"锡瓦斯人都很喜欢它。"

"一流的。"第一个士兵说。

"呼——呼——呼。"他的朋友说。

"呜——呜……一流的……轰隆——轰隆。"其他人附和道。

又等了超过一个小时后,火车确实来了。我跟着劳拉进入车厢,垂头丧气,精疲力竭。

我从未见过比这更令人心情低落的火车,它甚至比印度火车还要糟。虽说印度火车上有种种不便之处，但座位上总是挤满了人。乘客们忙着铺床、点便携煤油炉、做晚饭，总之就像待在家里一样。走上印度火车就像走进了印度村庄，而搭乘土耳其火车就像被关禁闭。空荡荡的车厢让我想起了苏格兰高地上某些破败的旅馆大堂的那种不讨人喜欢的邋遢样子。塑料座椅破破烂烂，窗子打不开，空气中有股令人悲伤的尿臊味。

我们待在隔间里，旁边坐着个有自杀倾向的警察。他刚在爱琴海海边度完假，正返回埃尔祖鲁姆去上班。他的衣服大概很久没洗，看上去很脏，他脸上的胡楂也大概有三四天没刮了。他一支接一支地吸烟，往地板上吐痰。他的心情也是我自己的心情。他的叹气声仿佛悠长悲伤的摇篮曲，催我入眠。

"在博德鲁姆，我和坏女人厮混……"

"也许疾病……"

"我老婆以前很漂亮……"

"生了很多孩子……"

"现在胖得像拜兰节的绵羊……"

那夜他唠叨了很长时间。我醒来时发现他还在说话，于是哼哼几声表示同情，然后重新沉入梦乡。凌晨三点钟时，那警察终于睡着了，但我发现自己完全清醒了。窗户上没有窗帘，火车正一抖一抖地在土耳其国境内穿行。你可以听到车轮碾过这片土地时发出的声音：咔嗒，咔嗒，咔嗒。唯有火车孤独的鸣笛声偶尔会打断这心跳般的节奏。这咔嗒声就像胎儿在母亲子宫中听到的声音，让人心安。我就像仍待在母腹中一样蜷起身体，把头枕在折起来的运动衫上。我被之前的睡眠和士兵们的拉基酒搞得疲惫不堪、头昏脑涨，又被尿臊味熏得思维麻木。我坐起身来，向窗外望去，试图忘记鼾声如雷的警察和肮脏难闻的火车。在明亮的月光中,这片土地散发出令人惊讶的生命力。小菜园散布在路边,有些菜园中还有闪着银光的池塘。我能在池塘边看到水牛的倒影——肯定是水牛,这还是我离开印度后第一次看到这种动物。它们仿佛长着獠牙的海象,块头巨大且皮糙肉厚,但坐下时像小猫一样把腿蜷在身下。

这是一处丰美的牧场。马可·波罗的如下文字想必描述的就是这里:"每届夏日,东方鞑靼全军驻夏于此,缘境内牧地甚良,可以放牧也。"我在锡瓦斯读到这段文字时心头大震,因为那里的干旱平原和马可·波罗的描述毫无相似之处。很难想象那片早被耗尽养分的土地如何才能变成《马可波罗行纪》中描写的牧场。

几分钟后,我就看到了造成这种差异的是什么。拐了一个长长的弯后,火车开进宽阔的山谷,两侧山峰高耸。铁轨建在高高的堆满冰碛卵石的河岸上,旁边有一条水面很宽且流速很快的河流。我十分惊讶,起身在警察头顶的行李架上胡乱翻找,摸到了地图,而且没有吵醒他。我沿着锡瓦斯以东的铁路线查看,终于找到了这条河。它的土耳其名字非拉特河(Firat Nehri)对我来说毫无意义。我跟随这条细细的蓝线穿过叙利亚,继续朝巴格达前进,最后看到一个更熟悉的名字:幼发拉底河。

我抓起了日记本。通常我只会在上面写下寥寥数语,这次却潦草地写下了长达几页的散文,它语言优美,还饱含异乎寻常的激情:

幼发拉底河啊!这世上还有别的河流能如此引人浮想联翩吗?在教堂和学校里,我曾多少次听到它的名字?这条河流经伊甸园，是《圣经》中提到的五大河流之一！在地图上找到它的河道后，就能看到它孕育过的古老城市的名字散落在两岸：马里（Mari）、尼普尔（Nippur）、乌鲁克（Uruk）、拉尔萨（Larsa）、埃利都（Eridu）、基什（Kish）。我回忆起在大英博物馆的亚述馆中度过的所有时光，那里到处是莱亚德（Layard）从古代亚述首都尼尼微（Nineveh）带回的浅浮雕和有翼公牛像。那些雕刻家曾从我眼前这条河中取水！建起乌尔（Ur）金字形神塔的工人曾在这条河中沐浴。被掺入尼布甲尼撒宴会来宾的杯中酒的，就是这里的河水。浇灌巴比伦的空中花园的，就是这条河……

尽管很兴奋，但写完这些后我似乎很快就睡着了，因为下一条记录写的是我被售票员摇着肩膀弄醒了。

"德（特）快列车，德（特）快列车，换乘，换乘……"

我们被赶到一段废弃的铁路上，身后还拖着睡袋、水瓶和地图。之前没人告诉过我们需要换乘。

"德（特）快列车会在十分钟内到达。"列车出站时，售票员在车上大喊，但我不相信他的话。

天还很黑，但空气里的味道告诉我们那条河已被甩在身后。铁轨周围的地面硬而粗糙，上面除了垃圾和碎玻璃外没有其他东西。还有三个人影背对着月光站在附近。我们打开睡袋，铺好防水布，躺在铁轨旁等待。

* * *

十四个小时后，我们于上午十点半到达埃尔祖鲁姆。

步行穿过这个城镇需要花上好几个小时。这地方很乏味，到处都是巴士停车场、环岛和烤肉店，同梅尔辛一样无趣，只比那里稍微大一些。城里狭小的大学校园很有辨识度，也许这是世界上唯一一所会季节性地面临狼群威胁的大学。

卡车把我们载到霍拉桑（Horassan）的一架建于塞尔柱时期的桥梁。司机们停下车，在幼发拉底河的支流阿拉斯河（Aras Nehri）中戏水。他们穿着衣服跳入河里，在水中脱掉它们，然后开始洗澡。他们的头发和衣服上满是四处飞溅的肥皂沫。洗完后，他们张开四肢，平躺在地上，把全身晒干。穿好衣服后，他们才让劳拉从卡车里出来。我们坐在一棵白桦树下，把西瓜切成四份，喝它的汁水。那天我们整晚都待在卡车里。早饭是稀薄的扫把汤。饭后我们拦下一辆共乘小巴，前往土耳其东部的多乌巴亚泽特（Dogubayazit）。

长路漫漫，我们在荒凉的乡间高地上穿行。地面和岩石多是深色或黑色的火山岩。尤鲁克人垂着头，慢慢从平原上穿过。他们把吉卜赛式的发绺挽成小圆髻或扎成辫子。有些人赶着牛，让它们走在自己前面。

我们到达多乌巴亚泽特时已近深夜，四周伸手不见五指，仿佛回到了新石器时代。多乌巴亚泽特到处都是皮肤黝黑的土耳其人。有些人长着眯缝眼，而这是蒙古人的外貌特征。他们穿着破烂的马甲，站在打开的房门前死死盯着我们。鞑靼小孩子在踢球玩。风刮过街道。

我们找到一家旅馆，平躺在床上。过了一会儿，店主敲门说如果我们愿意，他可以临时给房间通热水。在如此阴冷的晚上，这提议听起来太棒了，棒到让我不敢相信这是真的。不幸的是，它确实不是真的。我冲进淋浴间打开水龙头，水喷溅出来、滴落下来，然后就停了。我给塞利姆打电话（我们不知道店主的真名，但用"冷酷的塞利姆"[①] 的名字称呼他）报修，他漫无目的地敲打锅炉和管子，而我裹着浴巾站在一旁，丝毫帮不上忙。他走了，然后很快就拿着扳手回来。他又摆弄一会儿，然后转过身。

"我以真主之名起誓，"他用送葬者般的语气低声说，"很热，但没水了。"

* * *

劳拉试着从邮局给家里打电话，而我坐在咖啡馆里给朋友和家人写明信片。那天晚上的一切都被笼罩在一种如末日般可怕的氛围中。多乌巴亚泽特离伊朗国境线只有几英里远。明天我们准备试着穿越国境线，但不知道会遇上什么事。驻伦敦的伊朗大使馆官员给出的信息互相矛盾。有官员说我们会被安置在大巴车上，然后直接穿过伊朗。有官员认为到时候有人会为我们安排一个来自革命卫队（Plevdutionary Guard）的看守，此人将"保护我们"远离那位官员口中的"敏感地区"。劳拉当面问过的第三位外交官则说我们只能指望自己，以及伊朗人民的仁慈。这些选项真是"没有最糟，只有更糟"。

我们对这个国家的看法也不够成熟。一方面，我们亲眼看到了完全开化的伊朗人。但话又说回来，我们也曾看到某些照片，照片里的狂热革命者或是在焚烧"山姆大叔"的画像，或是在监禁人质，或是在祈求地狱之火降在邪恶撒旦（罗纳

---

① "冷酷的塞利姆"（Selim the Grim, 1470～1520 年）即塞利姆一世，是奥斯曼帝国的苏丹，以开疆拓土闻名。——译者注

德·里根）和女魔头（我们自己的首相）头上。来自英国外交部的消息也称不上振奋人心。我们在伊朗信息问讯处碰到的那个人强烈建议英国人避开这个国家。有两个英国人（其中一人是学生）因捏造的间谍罪名正在伊朗监狱里受到折磨。还有个和我们同龄的背包客在边境被枪决，此人被认为携带了毒品，在海关人员面前表现得过于惊慌失措。此外，还有关于阿亚图拉·霍梅尼设立"风化警察"的报道。据说该组织在伊朗家庭中靠告密者组成的网络运作，在公众场合则依赖便衣特工。"风化警察"可以在街上拦住一起走路的男女，要求他们出示结婚证。如果他们无法出示，"风化警察"可以下令立即执行公开鞭刑。"风化警察"在强制执行"着装法"时也有类似的权力。一个人（无论男女）只要被认为穿着有伤风化，比如穿 T 恤衫，或者只是当众露出脚踝或手腕，就可能会被当场逮捕并遭到鞭打。无论我们在衣着上花多少心思，我和劳拉作为未婚男女一起旅行也是有风险的。最后，还有海湾战争和伊拉克空军轰炸的危险等着我们。

劳拉终于跟她妈妈通上了电话。她得到的消息并没有使我们开心哪怕一点点。

"我妈妈说她跟驻德黑兰的英国大使馆谈过了。"

"好啊。他们说什么？"

"他们说我们一定是疯了，才会穿越国境线。"

"哦。"

"'风化警察'已经加强执法力度了。"

"知道了。"

"他们接到命令，每月都必须让施加鞭刑的次数翻倍。"

"啊。"

"很明显，伊拉克人一直在夜间轰炸德黑兰和伊斯法罕。"

"好吧，至少轰炸结束后，我们就能一觉睡到天明了。"

"如果我们继续前行的话。"

有好几分钟，我们两人都默不作声。我喝了一小口茶。

"我妈妈向你问好。"劳拉说。

"她人真好。"

我晃着杯子，让杯底的茶叶荡来荡去。

"你是写了好多明信片吗?"

"是有很多。"

我们又沉默地坐了一分钟。

"还想喝点茶吗?"

"不用了。"

"好吧。你怎么想的?"

"什么意思?"

"你完全明白我的意思。"

"那你又是怎么想的?"

劳拉考虑了一会儿。

"好吧，我们如果真被处决的话，那可真够丢人的。"

"我也这么想。"

"我不太想受到鞭打。"

"我也觉得那不会令人愉快。"

"但我们如果现在打退堂鼓的话，就真没脸了。"

"那我们继续走吧?"

* * *

我在某家茶馆里找到个三流骗子。他右眼下有道细细的红色疤痕。他按黑市价把我们的里拉换成伊朗里亚尔，同时轻声窃笑。他把里拉放在平顶帽里的标签下，眨眨眼，然后溜出茶馆，与夜色融为一体。

接着，我们收拾好行李，定好闹钟，早早上床睡觉。

四

苏联

里海

多乌巴亚泽特

大不里士

奥斯库

伊朗

苏丹尼耶

德黑兰

萨韦

我们第二天早上坐上巴士时不太开心，因为太阳一升起来，天气就闷热潮湿，而且共乘小巴迟到了两个小时。劳拉和我坐在中间那排，身后是两家不断抱怨的伊朗人。一个日本人独自坐在前面，他说自己名字时的发音听起来像是英语里的避孕套。

劳拉今天有起床气。她厉声呵斥塞利姆，因为他在她耳边喋喋不休地说伊朗革命卫队喜欢对不道德的西方女孩做可怕的事情。然后她就静静地坐在那里等巴士，怒气冲冲地从她的罩袍"作战服"里向外看。车开动后的十分钟里，她一句话也没说。

"你今天真安静。"我最后说，"感觉怎么样？"

劳拉在头巾下怒目而视。

"热。"

"没关系，快到了。"

"我知道。"

"开心吗？"

"不。"

我已经发现"避孕套"不会讲英语。他坐在车后，一边修剪手指甲，一边注视窗外。我忍不住盯着他看。他的外表怎么会如此干净、冷静、优雅呢？似乎自他离开东京后，一粒灰尘也没能落在他身上。他的白色拉链款风衣在阳光下耀眼夺目，淡紫色帆布便裤熨得十分挺括，上面一个污点也没有，甚至他的背包也似乎在最近被用力擦洗过。他看上去胸有成竹，丝毫也不紧张。他将要进入革命后的伊朗，然而从他的神情来看，他可能以为自己正在家乡附近坐巴士进行短途游览。

我顺着他的视线向窗外看去。按照旅游指南上的说法，阿勒山（Mount Ararat）① 和诺亚方舟的遗骸应该就在我们左侧，但我只能透过热霾影影绰绰地看到山脉的形状。我拿出笔记本，开始向其中一个伊朗人询问波斯语的基础知识。我把波斯语的"是"和"否"以及其他关键词记下来，然后问劳拉我们还需要知道哪些词。她转向伊朗人。

"'如果你逮捕我，就会引发外交事件'这句话用波斯语该怎么说？"

边境哨所是个布局杂乱无章的混凝土地堡，四周围着铁丝网。我们畅通尤阻地走出土耳其国境，穿过边境大门。门上挂着凯末尔的巨幅肖像画，画中人打着白领带。一个土耳其守卫拍拍我的肩，叫我放心。

"伊朗，好。"他说。

我们走进巨大的厅堂，发现里面挤满了穿黑色长罩袍的伊朗女性，她们身边都有男性家庭成员陪伴。许多人耐心地坐在靠墙摆放的长椅上，等着海关官员搜检他们的箱子。排队时，我请刚才一起乘车的伊朗朋友为我讲解伊朗共和国的肖像学。我们顺墙向前走时，他为我一一介绍墙上贴着的海报。

"那个人是阿里－阿克巴尔·哈希米－拉夫桑贾尼（Ali-Akbar Hashemi-Rafsanjani），我们的国会发言人，是个非常进步的毛拉。"

"在哪方面进步？"

"他认为我们应该先征服伊拉克，再向邪恶的西方国家发动圣战。"

---

① 即《创世记》中提到的诺亚方舟在大洪水期间停靠的亚拉腊山。——译者注

"明白了。"

"啊，这位是阿亚图拉萨迪克·哈勒哈利（Sadeq Khalkhali），革命审判官。他是位很好的法官，判案速度很快。"

"很快?"

"是的。我听说他曾经在一天之内给五十六个库尔德人判了死刑。"

"五十六个？你确定吗?"

那人考虑了一会儿。

"是的，"他深思着，同时点点头，"我想这数字没错。或者是五百六？这无关紧要。他们不是什叶派。"

他指向左边。

"这些人是革命的殉道者。你看到那个人了吗？他是'真主摩托车军团'（Motorihaye-i-Allah）的领袖。"

"他们是谁?"

"他们是信仰真主的摩托车战士。革命期间，他们骑着神圣的摩托车与国王的军队作战。这个人在叶拉赫广场（Jaleh Square）的大屠杀中被国王的犹太复国主义军队杀害。对伊斯兰教来说，那是个黑暗的日子。"

他走到下一张海报前，研究上面的说明文字。

"这个男人曾穿上妇女的罩袍，从下面向警察开枪射击。这一行为持续了两年之久。但他被'萨瓦克'（SAVAK），也就是秘密警察抓住了。他们处决了他。"

"他当时应该把胡子刮掉。"

"也许吧，但我们认为胡子是非常神圣的东西。先知就有胡子，因此所有的虔诚穆斯林都该留胡子。"

"即便在他们戴面纱时?"

"是的，尤其是在他们戴面纱时。"

之后，伊朗海关官员的礼貌和风度就颇让我们失望了。他们与我们预想中的那些戴头巾的狂热分子不同。搜查我们背包时，他们的表情几乎称得上尴尬。他们还客气地对我行李中的一本关于早期伊斯兰艺术的图画书表示欣赏。不，他们说，肯定不会送你们上巴士直接穿越这个国家，也不会指派护送者。伊朗伊斯兰共和国是个自由的国度。你以为你们在哪里？他们都能讲流利的英语，似乎比在土耳其边境做同样工作的人要西方化得多。

出海关后，我们遇到的伊朗人也是如此。他们都从欧洲度假归来，都有私家车，而车在叙利亚或土耳其算是难得一见的奢侈品。我们搭一家人的车去几公里外的马库（Maku）汽车站。我们坐在阿尔法·罗密欧的轿车后座上。大流士曾在索邦大学读书，现在在口香糖公司工作。如果能拿到签证，他应该会在几个月后去英国出差。我们交换了地址。大流士住在伊斯法罕，如果我们能路过那里的话……

我们坐在车站等前往大不里士（Tabriz）的巴士，大不里士是马可·波罗行程中的下一站。我们看着毛拉开着雷诺跑车飞驰而过。巴士站张贴的海报反映了这个国家的古老传统与现代化进程的碰撞。这处带棚子的建筑物的后墙上贴了条长标语，以真主安拉的名义反对乱扔垃圾；在另一面墙上挂着霍梅尼的两张纪念照片，上面的题字有波斯语和英语两种版本：

讲究卫生与个人素质有直接关系。

另一句标语是：

安拉要求再利用可再生资源。

我们曾对霍梅尼寄予种种期望，但很难指望他会成为狂热的生态学家。

＊ ＊ ＊

我那本一向乐观的旅游指南写道，大不里士有"少许 19 世纪早期的守旧气息和明显的俄罗斯风情"。这是我在过去几百年的旅行者记述中能找到的仅有的对这座城市的赞美。似乎人人都不喜欢大不里士，更不用说喜欢大不里士人。"居民贫苦……"马可·波罗说，"并有性恶而崇拜摩诃末名称帖兀力思①之土人。"与他几乎同时代的穆斯林伊本·白图泰（Ibn Battuta）虽然赞美过大不里士的集市，但也得出了相似的结论：

> 每种商品的交易都在专门的区域进行。我穿过集市上的珠宝区时，被各种珍贵的宝石晃得眼花缭乱。漂亮的奴隶穿着昂贵的衣物，腰间系着丝绸，向行人展示这些珠宝。他们站在商人面前，把珠宝拿给土耳其人的妻子；女人们大量购买它们，还互相攀比。结果我目睹了一场骚乱——愿真主保佑我们远离骚乱！我们进入了卖龙涎香和麝香的市场，在那里目睹了另一场类似的骚乱，或某种更糟的情况……

这种不稳定的繁荣状态出现在 13 世纪末，出现原因是波斯的新统治势力蒙古伊儿汗国②定都大不里士。从旭烈兀之子阿八

---

① 即大不里士。——译者注
② 伊儿汗国（Ilkhans，1256~1335 年）是蒙古帝国的四大汗国之一，由成吉思汗之孙旭烈兀建立。——译者注

哈汗统治的时代起，商人们就大量拥入这里的集市。用当时大不里士的一位历史学者的话说，在这个地方，他们与"来自四面八方的哲学家、天文学家、学者和历史学家杂居，其中有契丹人、马秦人①、印度人、克什米尔人、西藏人、土耳其人、阿拉伯人和法兰克人"。蒙古人摧毁了上百座城市，那些城市里的难民想必也被这个城镇吸引，来到这里的贫民窟。城郊迅速扩张，建筑物迅速建起。仅在马可·波罗到来的一代人以前，这座城市的面积就扩张为原来的两倍、三倍、四倍。在蒙古人留下的废墟中，它疯狂而失控地不断发展。

从这方面来说，我们到达时见到的大不里士与马可·波罗到访时所见到的有相似之处。1960年代和1970年代早期，石油为城镇人口的爆炸式增长提供了经济支撑。即使这里曾有古老的俄罗斯风情，在我们到达时它也已消失殆尽。像任何快速发展的第三世界城镇一样，大不里士的周边是缺乏规划的丑陋城区。

* * *

"它以前很漂亮，但今天这城市大变样了。"一个亚美尼亚人指向他经营的小书店对面的小区，里面尽是高楼，"那里原来是个茶园。"

他的朋友，一位年近不惑的瘦削的亚美尼亚神父点头表示赞同。此人曾在牛津大学的黑衣修士学院（Blackfriars）修得博士学位，英语讲得很好。他发现劳拉是牛津的学生时高兴得满面红光。

----

① 马秦（Machin）是古时西亚人对中国的称呼。——译者注

"伊朗国王让他们在城里这么做。任何看起来现代化、西方化的东西他都同意去搞。过去这里到处是花园，还有一排排漂亮的商人住宅。至少人们在国王统治时期过得很开心。你看见那座建筑了吗？"

他指向街道的另一端。

"那里曾是家电影院。现在它成了又一个供革命者发表演讲的会堂。还有那边，它原来是家酒吧，现在开始卖不含酒精的胡萝卜奶昔，甚至连玩象棋和双陆棋都不被允许了。"

我们走进这家书店只是想找本波斯语－英语词典，但很快就意识到，不留下来喝杯茶是走不出店门的。泰迪欧斯神父把我们带进店后的房间，点燃煤气炉，把小茶炊放在火上。他坐在桌边，十指交叉，开始背诵那一连串的灾难性事件。

据泰迪欧斯说，当时经济崩溃，工厂全部关闭，人们大量失业，通货膨胀失控。据他所知，一公斤黄油要卖两万里亚尔，即近三十英镑。糖、肉类和蛋类都限量供应。外汇都花在了军火上，这让商品进口几乎陷入停滞。

"政治局势如何呢？"我问。

"更严峻了。自革命爆发以来，有很多人被投入狱中，甚至被枪决。然后就是与伊拉克的战争。到目前为止有五十万人丧生。你在做记录吗？"

我把数字草草记在笔记本上时，他严厉地瞪了我一眼，最初那种轻松愉快的神气已经从他脸上消失了。

"我们亚美尼亚人也没能幸免。我有个兄弟死于战争。我们有数以百计的年轻人丢掉了性命。然而，亚美尼亚人在战斗中流血的事实会让他们好好对待我们吗？"

"他们允许你们开放教堂吗？"劳拉问。

"教堂？可以开放的。但我们所有的学校和俱乐部都被关闭了。"

"那你们为什么还留下来？"我问。

"有许多人已经走了，"泰迪欧斯答道，"有三万人已经逃走了，有的去了苏联，有的去了叙利亚。犹太人被驱逐后，我们的人被吓坏了。但大多数人留下来了。我们必须挺过这场暴风雨。我们亚美尼亚人在大不里士已经待了几千年，一直被别人统治。我们经历过比这更糟的情况。我们会熬过去的。我们是坚韧的民族。"

泰迪欧斯起身从茶炊里倒出三杯茶。喝茶时他把一块糖噙在齿间，让茶水流过糖块。喝完后他继续与我们交谈。

"尽管如此，有时我还是很担心，"他放慢语速，小心地组织语言，"19世纪，全世界已经就文明世界的行为方式达成了共识。你知道的。大家都认为，人不应该因为平和地信仰某种观点而被杀害，每个人都有权得到公平公正的审判，所有人都有权表达自己的想法。这些价值观往往会被忽视。但无论多邪恶的政府，在口头上总是要支持这些价值观的。然而现在……"

他再次把茶倒满我们的杯子。

书店里的谈话使我们心情低落。我们慢慢走回酒店，一路上看到人行道上处处是穿罩袍的女性，还有穿卡其布外衣的革命卫队。有人在街角卖霍梅尼布道的录音带。象征革命的绿白红三色旗在微风中飘动。半路上，我们在阿塞拜疆博物馆（Azerbaijan Museum）停下来，想参观著名的萨珊雕塑馆，但是展览已经被撤走，馆方用一排排眼镜和假牙取代了展品。我们被告知这些东西属于牺牲的"革命殉道者"。

* * *

那天晚上我第一次醒来时，房间里很安静，不热也不冷，我不明白是什么把我弄醒的。然后我翻了个身，发觉床上有个鼓包。那不是床单上的褶皱，似乎也不是床垫出了问题。我摸了摸床底，没发现有断掉的弹簧。我爬出被窝，打开灯，掀开床垫，发现那里躺着一个格兰菲迪威士忌的空瓶。我把它扔掉，然后又睡着了。

第二次醒来时，我清楚地知道是什么事惊醒了我。我猛地起身，咕哝一声"妈的"，然后飞快地跑出房间，穿过走廊，向另一头的洗手间冲去。那一定是我头天晚上吃的可疑羊肉烤串，或者是马库餐馆里浑浊的饮用水搞的鬼。第二天早上，劳拉醒来时（她没有像我一样感染芽孢杆菌），我已经可以宣布自己曾在七小时内出恭七次。这消息似乎使她多少打起了点精神。

"今天早上你什么也不能吃，"她说，"下午可以喝一小碗酸奶。里面的益生菌会帮助你对抗肚子里的东西——管它是什么呢。绝对不要服用任何抗生素，因为它们只会降低你的抵抗力。我们已经落后于计划了，不能再继续耽搁下去了。"

上午，劳拉出门探索，我则因为腹泻在走廊里来回跑动。我病恹恹地躺在床上，感到空虚、虚弱、难过。我想知道自己有没有发烧。也许我得了痢疾。也许我的病是你听过的医学笑话中的某条蠕虫造成的。有的虫子能长达三十英尺，有的能让人失明。为了暂时忘记腹痛，我打开了《马可波罗行纪》，但发现马可·波罗曾有同样的痛苦遭遇。"盖食者常致泻痢也，"他写道，"……在道必洞泄十次。"

我转而去读罗伯特·拜伦。他的《前往阿姆河之乡》一书是早年引起我对波斯的神往的最重要的因素，是我在心情低落时最心爱的读物。拜伦笔下最有趣的短剧之一的背景就设置在大不里士，但他笔下的城镇和我从窗户里看到的画面毫无相似之处。"柠檬色的丘陵连接着如丝绒般的远山"① 的景象如今被破败的摩天大楼遮蔽。这些大楼上有不少窗户没有玻璃，只留下黑洞洞的窗口，仿佛为大楼戴上了黑色的眼罩。"马乔里班克斯披斗篷的铜像"想必已在革命中倒塌，同"尚可入口的白酒和非常难喝的啤酒"一起消失了。至少当年曾让拜伦的同伴克里斯多夫·赛克斯（Christopher Sykes）感到困扰的活力十足的跳蚤已经踪迹全无。

劳拉在午餐时分回来了。她走到床边摸了摸我的额头，宣布我已经痊愈。

"你需要的是运动，"她说，"在你睡着的时候我做了些调查。我回到我们的亚美尼亚朋友那里，核实了马可·波罗关于大不里士的记录。那些'美丽园林'已经消失了。而且根据泰迪欧斯的说法，亚美尼亚人已经放弃了编织业和手工艺，转而去追捧电子技术和计算机。但是城郊一个叫奥斯库（Osku）的村庄里还有人从事丝织业。你难道不想去找找看吗？"

"我现在还不行。"

"你当然可以。轻微腹泻不会给任何人造成伤害。给你，我为你买了些高岭土和吗啡止泻。"

"你不跟我一起去吗？"

---

① 来自《前往阿姆河之乡》的内容均引自顾淑馨译本（人民文学出版社，2016 年）。——译者注

"不，我想留下来看书。你要保证在六点钟以前回来。我已经买了去赞詹（Zanjan）的长途夜车票。"

在前往奥斯库的巴士上，我觉得自己快要死了。我感到肚子鼓胀，因为之前吃下了足够让伊朗全军便秘的高岭土和吗啡。我诅咒自己的软弱。为什么我总是放弃反抗呢？但现在已经太晚了。我带着高效的波斯语库（里面只有一个词）到达奥斯库。我下了车，说出了这个词。

"Abricham。"

时值午后，我周围的一切都显得懒洋洋的。老人们四肢大张地躺在树荫下。有些人叼着糖块喝茶。天气很热。几个老人抬起头来，但没有人回应我。茶馆里衣衫褴褛的跑腿男孩给我送来一杯茶，我一屁股坐在树干旁。现在不是跟语言问题较劲的时候。

一小时后，太阳又下沉了一些，我又试了一次。

"Abricham。"我说。

我旁边的那位老人耸了耸肩。

"Abricham。"我又说了一次。

出于某些原因，这回它起作用了。

"Abricham？"那位伊朗人说。

"Abricham。"我回应道。

那位老人对旁边的人咕哝了几句，随后大树下的人以我完全听不懂的语言交头接耳。最后，他们把坐在树干另一侧的一位年纪相对较小的老人推举出来。那人站起身，抖掉平顶帽上的尘土，领我穿过泥墙构成的迷宫。我跟在他后面。几分钟后，我们在一扇低矮的柳木小门前停下。老人敲门，等待，再敲门。有脚步声传来，门开了，一个近四十岁的高个子男人走了出来。老人从喉咙里咕哝出几句方言，指指我，耸耸肩，然后又咕哝了几声。那高个子男人微笑着伸出手来。

"您好，"他说，"我叫萨利姆，是乡村学校的校长。这位老人说您是个外国疯子，反复说同一个单词。您想要什么呢？"

"我在找丝绸作坊。我重复的那个单词是'Abricham'。"

"Abricham？"

"Abricham，波斯语里的丝绸。"

"我明白了。很抱歉，在大不里士，大多数人讲土耳其语。这里没人懂波斯语。"

萨利姆带我去了丝织作坊。它也设在一个后院中，但和我们在锡瓦斯城外看到的简易地毯织机相比，这里的织绸机要复杂得多。这处带庭院的宅子位于"泥墙迷宫"中较偏僻的某处。它有一间半地下的泥砖小屋，而织机就放在这小屋中。丝线已被缠绕在七个沉重的纺锤上。萨利姆说这些纺锤来自附近的一个村庄。丝线在整整五英尺宽的织机机架上整齐排列，线与线彼此平行、互不相交。房间另一头有人坐在长凳上操作机器。两个踏板交替上下，带动绷紧经纬线的两个框架交替起伏。框架之间有根链条串着织梭，它在织机机架上飞速左右移动，拖着丝线在之前提到的平行丝线间穿梭。随后织物被一只梳子拉向操作者，缠绕在他旁边的木轴上。

这台机器完全靠人力驱动，而且很明显是自制的。它出现在大不里士附近，而马可·波罗曾说大不里士人会织"种种金丝织物……价高而奇丽也"。这再次证实了他在商业事务上的准确性，尽管自玉尔爵士的时代以来，这一点从未真正受到质疑。作坊里的人展示染色丝绸的成品给我看。在我这个非专业人士看来，它们非常精美。

我想买下一块丝绸，在准备讨价还价时看了看表，发现时间紧迫。我冲回广场去赶下一班回城的巴士。永远别为没必要的事激怒劳拉。

* * *

在长途夜车上是不可能入睡的。我们沿着小道颠簸前行，每半小时就在某个茶馆①门前停一次车。从天朗扩音器里传来喋喋不休的布道声。长途车到达赞詹时已是午夜之后，那时我们已精疲力竭。头两位旅馆老板拒绝让我们入住，第三位带我们去的房间里没有窗户，墙上还满是涂鸦。他说自己十年前去过苏格兰的阿伯丁（Aberdeen）。他闻起来很臭，好像从那以后就没洗过澡似的。但平心而论，旅馆里似乎也没有任何设施能让他洗个澡。

第二天我们早早起床并登上了小巴，车里挤满了愤怒的老妇人。我们的目的地是苏丹尼耶（Sultaniya）。那片荒芜的废墟曾是蒙古人治下的波斯的首都，君主曾从那里发号施令，统治从奥克苏斯河②延伸到幼发拉底河的帝国疆土。

马可·波罗穿越波斯时，这座城镇还未建成，它的位置仍被玉米地占据。但到1324年马可·波罗去世时，该城人口已远超百万。苏丹尼耶是由成吉思汗的五世孙伊儿汗完者都下令建成的。此人与罗马皇帝克劳狄乌斯有几分相似，被家族称作"赶骡人"（Muleteer），在史书中因对宗教的广泛兴趣而出名。他生于景教徒家庭，受洗时得名尼古拉（Nicholas），但后来他先后成为

---

① "Chai-Khaba"指伊朗的茶馆或咖啡馆。自酒吧被关闭以来，它们就很受欢迎。——作者注
② 奥克苏斯河（Oxus）是阿姆河的旧称。——译者注

萨满教徒、佛教徒和什叶派穆斯林，最后又皈依逊尼派。在信奉了所有能信奉的宗教后，他于1316年死于消化系统的疾病。

苏丹尼耶是他的挚爱。童年的大部分时间里，他在这里的丰饶牧场上打猎。1305年，他打算将这里建成世上最大、最宏伟的城市。周长足有三万步的城墙拔地而起。倏忽间墙内纵横交错的街道便已建成，就像有魔法相助一样。他鼓励贵族和官员建造豪华宅邸，并为他们治下的农民建造住宅。历史学者兼维齐尔拉希德丁（Rashid ad-Din）在城外建起了完整的居住区，并以自己的名字命名其为拉希迪亚（Rashiddya）。它包括二十四座商队驿站、一座壮观的清真寺、两座宣礼塔、一所教经学院、一家医院、一千五百间店铺、"三万多处迷人的住宅、养生浴室、宜人的花园、造纸和织布厂、一处染坊和一座铸币厂"。工匠和商人被强行迁进城中，不同行业的从业者被分配到相应的街道上居住。有人曾提议把苏丹尼耶当作朝圣地。完者都开始在城市中心修建巨大的陵墓，打算以此作为什叶派最重要的两位圣徒侯赛因和阿里的埋骨处。后来他皈依逊尼派，于是把苏丹尼耶建成"什叶派的麦加"的计划也宣告夭折。这陵墓成了他自己的坟墓。

此地很快就繁荣起来。历史学家穆斯塔维菲（Mustawfi）说全世界都找不到这么漂亮的建筑物。这里的集市在整个蒙古帝国中堪称无与伦比。

你想得到的所有东西都能在这里找到：印度的宝石和昂贵的香料、呼罗珊（Khurasan）和拔汗那国（Ferghana）的绿松石、巴达克山（Badakhshan）的天青石和红宝石、波斯湾的珍珠、吉兰（Gilan）和马赞德兰

（Mazandaran）的丝绸、克尔曼（Kirman）的靛蓝、亚兹德（Yazd）的美妙纺织品、伦巴第（Lombardy）和佛兰德斯（Flanders）的布料，还有生丝、织锦、漆器、油、麝香、中国的大黄、阿拉伯的猎犬、土耳其的猎鹰、汉志（Hijaz）的种马……

这里甚至还有位天主教的大主教。

然而这繁荣不过是过眼云烟。尽管宏伟如斯，但苏丹尼耶终究是出于个人意志建成的，因此它会随那人的离世而失去活力。在完者都下葬当天就有一万四千个家庭离开了这里。外族统治者在一时心血来潮下强迫他们在这里居住，而他们一抓住机会就弃此地而去。这里在夏天凉爽宜人，在其他季节里则冷得让人难以忍受。此地还供水不足。它远离丝绸之路的主路，也不再有人强迫商人改道来这里，于是他们很快就绕开此处。它的光彩消逝得很快。完者都的继任者定都大不里士。苏丹尼耶的人口流出，他们的泥砖房屋也被荒弃。这里甚至称不上鬼城。整个城市干脆都消失了。只有完者都那巨大的陵墓仍然屹立。

首先映入我们眼帘的便是那在清晨阳光下闪烁的巨大蓝绿色圆顶建筑。它孤零零地矗立在广阔平坦的牧场中央，仿佛由砖瓦砌成的人造山峰。这辆小巴并没在它附近停留。它离大路有两英里远，我们只好步行过去。

无论在哪个时代，这座陵墓都显得非同寻常。由于它是从蒙古人西征留下的废墟中出现的首座大型纪念性建筑，因此势必会被列为中世纪人的最高成就之一。虽说它的落成时间只比锡瓦斯的教经学院晚五十年，但两者之间有巨大的差异。这陵墓不仅能与塞尔柱帝国黄金时代的任何建筑相媲美，还完全超越了那个时代。在它身上，塞尔柱建筑那以自然和壮丽为特色的中古风格骤然变为精巧的古典风格，而这种古典风格将会在印度的莫卧儿王朝开出最美的花朵。泰姬陵在 1320 年才会落成，但促成其诞生的所有理念早已在大不里士以东的平原上得到充分体现。泰姬陵不过是对苏丹尼耶的去芜存菁，从本质上讲不过是在重现某个已有三百年历史的概念。罗伯特·拜伦曾写道，完者都的大胆创新使他想起布鲁内莱斯基①，但其实欧洲建筑史上并没有类似的骤变。这就好比法国沙特尔大教堂建成五十年后，圣彼得大教堂就已竣工一样。

陵墓呈八边形，墙顶上有一道矮护墙，矮护墙上又有八座宣礼塔，它们与蜂巢状的穹顶一起构成皇冠的形状。八个立面并非等宽。正中大门的两侧各有三个隐拱，之前曾镶满精美的彩陶片。墙由草砖砌成，墙头有开放式走廊。拜伦曾指出这是建筑的正立面，反映了伊斯兰建筑的新发展。它的建造目的主要是供人远观。与几乎所有早期伊斯兰建筑不同的是，完者都的陵墓以圆顶为中心向外延伸。这座公共建筑坐落于帝国首都的中心，把皇权具象化了。

城市破败，帝国衰落，这处一度充满傲气的纪念性建筑的命运也令人感伤。然而，它保留了尊严和力量。室内给人的感觉尤其如此。你若从未到过圣索菲亚大教堂，也许会被面前这内无支撑却能直入云霄的巨大穹顶惊掉下巴。内部的空间比从外面看时给人的感觉要大得多，让观者不禁感怀己身之渺小。

---

① 布鲁内莱斯基（Brunelleschi）是 14～15 世纪的佛罗伦萨建筑师，其最大成就是佛罗伦萨圣母百花大教堂的穹顶。——译者注

正因为如此，人们不会马上注意到墙壁和天花板上美妙的灰泥装饰。有些色彩和图案在塞尔柱的琉璃砖艺术中很常见，但其整体设计理念已随建筑风格的改变而变化。它们仿佛蕾丝轮状皱领一样精细繁复。在它们的细节、雅致的浅色以及紧张且充满活力的图案中，隐藏着理解整个建筑风格的关键信息。很明显，中亚甚至中国的思想在此扮演了一定角色。尽管这些当时流行的元素已经与本土传统融合到了一起，但它们的贡献显而易见。尽管蒙古人造成了巨大的破坏，但"蒙古和平"使艺术家和知识分子能在帝国的疆域内自由来去，这种情形史无前例。14世纪早期，受益于各种文明的影响，这株蒙古"枯树"上绽开了绚烂的花朵。正是这种融合推动了波斯艺术在之后的发展。

整个上午我们都在完者都的陵墓里徘徊。对我来说，值得注意的不仅仅是建筑结构本身，它还揭示了促成其建成的社会环境的兼收并蓄。在穹顶下绕圈子时，我想到了创造这个小世界的人。马可·波罗来到这里时，人们想必已开始感受到他们的影响力。完者都是个模糊的影子。他作为赞助人无疑很伟大，但他本人是个天真甚至可笑的家伙。然而，他的维齐尔拉希德丁现在仍然受到关注。此人的许多文章和信件都被保存下来，他本人也在某种意义上象征着那个时代的求知欲和学问。

此人生于犹太家庭，后皈依了伊斯兰教，为伊儿汗及其家人效力，并逐渐向上攀爬，最终成为"一人之下，万人之上"的维齐尔。这个位置赋予他巨大的权力和非凡的财富。仅就其名下的地产而言，他的私人帝国就包括阿塞拜疆的果园和葡萄园、伊拉克南部的椰枣种植园，以及安纳托利亚的渍水草甸和玉米地。但从他的信件中，我们能看出此人首先是个知识分子，而不是野心勃勃的马屁精。信件中体现得最明显的与其说是他的政治才能，不如说是他对学问的热爱。这样一位有权有势之人竟像学究一样写信，这着实使人惊讶。他曾写信给一位来自印度的朋友，激动地称自己发现了某种波斯没有的香料。给另一位朋友的信中，他邀请对方前来参观自己刚在法塔巴德（Fathabad）建成的花园。他把"家禽、蜂蜜和酸奶"送到某家修道院，还把"精挑细选的服装和一匹马"送给某位学者，就因为那学者写了本书献给他。他在儿子们面前是位严父。他写信给某个儿子，对其沉迷于占星术一事表达遗憾之情。（拉希德丁刚刚任命这个儿子为巴格达的总督，认为他应该操心更紧要的事情。）另一个儿子收到过诫子书，父亲在信中警告他不要"懒惰、酗酒、纵情声色"。

与这些警告一起写下的还有他重振波斯文教的计划。对他来说，拉希迪亚最有趣的地方就是教经学院。他经常给儿子们写信，描述教经学院取得的进步。他为《古兰经》的学习者和神学博士，为"来自叙利亚和埃及的五十名内科医生"、眼科医生、外科医生和接骨师，特别为来自整个伊斯兰世界的七千个学生感到非常骄傲。他自掏腰包，资助了其中很多学生。"最重要的是让学者们安心工作，不被贫穷困扰，"他如是写道，"官员最重要的任务莫过于鼓励科学和学术发展。"

因此，他不仅为许多人提供住处，还承担了他们的每日薪俸、年度服装津贴和买甜食的开销。

伊儿汗曾委托拉希德丁编撰蒙古人征战的正史。完者都对他的工作成果很满意，于是命拉希德丁继续编写关于土耳其人、印度人、中国人、犹太人和法兰克人的历史，同时还要编撰地理纲要。按计划，他会编撰单卷本的《史集》（*Jami al Tawarikh*），这部书将会涵盖上述所有内容，成为一部独一无二的、内容极为丰富的中世纪历史百科全书。他整个白天都要处理国事，所以史书的编写必须在日出和晨礼之间抽时间进行。该书的编写工作贯穿了拉希德丁的大半生，直到今天它仍使读者着迷。其中的《法兰克人史》（*History of the Franks*）尤为有趣，它是奥斯曼帝国建立之前，伊斯兰世界中关于欧洲的唯一著作。信息来源有时使他失望（一段关于教宗制度的文字使他误以为教宗习惯于让神圣罗马帝国的皇帝弯腰俯首，在自己上马时充当脚踏），但这本书总体来说既可靠又独特，还充斥着惊人的细节，比如他知道爱尔兰没有毒蛇。

作为历史学家，拉希德丁很清楚人类的功业如过眼云烟，转瞬即逝。年老后他时常觉得心神不安，怕自己毕生的心血被后人遗忘。于是他为自己作品的流传做了精心安排，拿出六万第纳尔用于它们的复制和翻译，以及购买装订、印制材料，把地图和插图"以最精美和最清晰的文字，印在巴格达最好的纸上"。幸亏他这样做了。拉希德丁的巨大权力和巨额财富引起同时代人的嫉妒。在其恩主完者都去世后，拉希德丁的敌人设法革除了他的职务。两年后，这位七十六岁的老人被传唤到法庭，被指控毒害了前代君主。他在简短的审讯流程结束后被处死。人们抬着他的头颅走过大不里士的大街小巷，高喊："这是滥用真主之名的犹太人的头，愿真主的诅咒降在他身上！"

他的家人遭到贬黜，他们的不动产也被没收。拉希迪亚被抢劫一空后又被付之一炬。他们销毁了所有能找到的他的作品。他的名字被人从史书上抹去了。

但拉希德丁没有被遗忘。他的作品在邻近伊斯兰国家的图书馆中以译本的形式幸存下来。处决他的人的名字早已被人遗忘；与此同时，拉希德丁的生平记录的保存比他那个时代的大多数人更完整。与《马可波罗行纪》一样，直至今日，《史集》仍是研究蒙古人治下的亚洲的主要史料。

* * *

我们离开苏丹尼耶，一路上看见绿洲逐渐变为荒漠。这里不是道迪①、伯顿②和劳伦斯③脚下那富有浪漫主义色彩的沙漠，也没有沙丘、骆驼或大篷车。它不过是平坦的不毛之地，只有荒芜和空旷。

几乎没有什么能打破这种单调。一个古怪而忧愁的农民以悲哀的方式劳作，只为了在这片土地上种活蔬菜。两位受困的毛拉以我们听不懂的语言互相谩骂。我们还看见一辆烧毁的巴

---

① 查尔斯·蒙塔古·道迪（Charles Montagu Doughty，1843~1926年）是英国诗人、作家、探险家。其代表作为《阿拉伯荒漠旅行记》（*Travels in Arabia Deserta*）。——译者注

② 理查德·弗朗西斯·伯顿（Richard Francis Burton，1821~1890年）是英国军官、著名探险家，曾乔装成穆斯林在东方世界旅行并在麦加暂住，译有英文版《一千零一夜》，著有《走向圣城》（*Personal Narrative of a Pilgrimage to Al-Madinah and Meccah*），该书描述了穆斯林生活、礼仪，从而引发了西方读者对东方世界的好奇。——译者注

③ 托马斯·爱德华·劳伦斯（Thomas Edward Lawrence，1888~1935年）又被称为"阿拉伯的劳伦斯"，曾在中东地区从事考古工作，后在一战期间效力于驻开罗的英军情报部，在1916~1918年的阿拉伯大起义中充当英国联络官，并以此出名。——译者注

士和一个骑在淋巴肿大的毛驴上的游牧民。道路从中间穿过，尘土从路面上扬起——有的直上云层，有的扑进巴士迷住我们的眼睛，还有的飞进我们嘴里。

汽车一路开下去，触目之处越发荒凉。在我们右侧，地平线上的浅淡山脉轮廓一路下降，最终没入平原。接着，我看到山口和最后一些冒出地面的崎岖岩层，然后就什么都没有了。从未有过哪处风景能使我如此忧郁，这里就像发生了《圣经》中描述的某次可怕灾难——就好像这里的居民被发现行鸡奸之事或阉割以色列人，因此硫黄火如雨点般从天而降，最后只留下几个茫然的游牧民和大量沙砾。

在我们离开苏丹尼耶后不久，劳拉就进入了梦乡，所以只有我能为同车乘客解闷。他们对窗外的景色毫无兴趣，于是不可避免地注意到了我们。我们现在可能看起来很脏，毫无吸引力，但与外面的荒地相比还是更有看头。

"你家是哪个省的？"过道对面的一个农民问。

"苏格兰。"

"苏格兰人说波斯语吗？"

"那不是我们的母语。"

"那边有穆斯林吗？"

"有一些。"

"有祆教①徒吗？"

"没有，我觉得没多少。"

"在伊斯法罕也一样，没多少祆教徒。这宗教不怎么样。

---

① 即琐罗亚斯德教（Zoroastrianism），是古代波斯帝国的国教，信奉多神，尤其崇拜火神，又称拜火教、火祆教。——译者注

他们太喜欢火了。"

"苏格兰人喜欢火，但不是祆教徒。"

"神圣的天房呀！听起来你的苏格兰是个奇怪的地方！"

"噢，是的。那里有些男人也跟女人一样穿裙子。"

"天啊！穿裙子？他们也戴面纱吗？"

"不。但有些女人穿裤子。"

"你真的得带我们去那个省，先生。"

"我很乐意。"

"从伊斯法罕去那边要好几天吗？"

"要很多天。"

"先生，没关系，我不介意长途旅行。我去过德黑兰。"

劳拉醒来后，我们通过阅读《马可波罗行纪》来打发时间，发现了全书中最有趣的一段内容。马可·波罗一反常态，不再关注在某个衰落的无名驿站城镇上能买卖哪些商品，而是讲述了"东方三贤士"故事的某个离奇版本。

波斯境内有城名萨巴，昔日崇拜耶稣基督之三王发迹于此。死后葬此城中。三墓壮丽，各墓上有一方屋，保存完好。三屋相接，三王遗体尚全，须发仍存。一王名札思帕儿，一王名墨勒觉儿，一王名巴勒塔咱儿。马可波罗阁下久询此三王之事于此城民，无人能以其事告之，仅言昔有三王死葬于此。然在距此三日程之地，获闻下说。兹请为君述之。其地有一堡，名曰哈剌阿塔毕里思丹，法兰西语犹言"拜火之堡"。此名于此堡颇宜，盖此地之人崇拜火光，兹请为君等说明其故。

　　相传昔日此国有三王，闻有一预言人降生，偕往顶礼。三王各携供品，一携黄金，一携供香，一携没药。欲以此测度此预言人为天神，为人王，抑为医师。盖若受金则为人王，受香则为天神，受没药则为医师也。

波罗继续讲述"三王"是如何到达孩子的降生之处的。"及至此婴儿诞生之处，三王年最幼者先入谒，见此婴儿与己年相若。年壮者继入，亦见婴儿与己年相若。较长者后入，所见婴儿年岁亦与己同。三王会聚，共言所见，各言所见不同，遂大惊诧。三王共入，则见婴儿实在年岁，质言之，诞生后之十三日也。乃共顶礼，献其金、香、没药，婴儿尽受之。旋赐三王以封闭之匣一具，诸王遂就归途。"接下来便是这个故事中最古怪的一部分，它表明"三王"的传说似乎与祆教的起源有关。

　　三王骑行数日后，欲启示婴儿所给之物。发匣视之，仅石块。三王见之惊诧，互询婴儿给物之意何居。其意义实如下说：盖三王献其供物之时，婴儿尽取三物，由是足见婴儿为天神，为人王，并为医师。以石给之者，乃欲三王之信心坚如此石也。乃三王不解此意，投石井中。石甫下，忽有烈火自天下降此井。

　　三王见此灵异，既惊且悔，乃知其意既大且善，不应投石井中。乃取此火，奉还其国，置华美礼拜堂中，继续焚烧，崇拜如同天神。凡有供物，皆用此火烧熟。设若火息，则往附近信仰同教之他城求火，奉归其礼拜堂中，此地人民拜火之原因如此。常往十日程途之地以求此火。

此地之人所告马可波罗阁下之言如此，力证其事如是经过。其一王是撒巴城人，别一王是阿瓦城人，第三王是今尚崇拜火教之同堡之人……

这个故事乍一看很有趣，但完全出于虚构。在巴士上读这段内容时，我想它一定源于某个幸存的祆教团体。他们可能尝试为自己的信仰寻找历史渊源，希望相关传说能与周围基督徒和穆斯林的经文相吻合。有一两个细节让我无法全盘否定这个故事。我之前以为《马太福音》中使用的"贤士"（Magi，或称"博士"）一词指聪明人，但玉尔爵士的说法有些不同。这个词是波斯语，在希腊语版本的福音书中是唯一的外来词，显得格格不入。其具体含义是古代祆教的祭司阶级。在《圣经》关于该故事的阐述中，圣马太显得语焉不详。《马太福音》中，从东方追随星辰而来的人并非君王，人数也不确定，更没有具体的名字，而关于其人数和名字的说法都源于中世纪的传说。《马太福音》中简单地写道："有几个博士从东方来到耶路撒冷。"圣马太最早的一批信众当时可能已经明白，这里说的是波斯祆教的祭司来到了伯利恒。

读到玉尔爵士的注释时，我记起曾在梵蒂冈博物馆的石棺上，以及意大利拉文那（Ravenna）圣阿波利奈尔教堂（St Apollinare Nuovo）的马赛克镶嵌画上看到的"三贤士"形象。他们穿着长裤和束腰外衣，戴着尖尖的毡帽，而这些都是古代波斯人所特有的服饰。接着，我又想起了前一年在朗西曼（Runciman）的《第一次十字军东征》（The First Crusade）中读到的故事。公元7世纪，波斯人打败拜占庭人，横扫巴勒斯坦。波斯大军所过之处的重要建筑全都遭到洗劫，然后被烧光，只有一个例外，那就是伯利恒的主诞堂（Church of the Nativity）。朗西曼称，他们之所以放过这座教堂，是因为在其门口有幅巨大的马赛克镶嵌画，表现了三位身穿波斯长袍的"贤士"对幼年基督顶礼膜拜的场景。如果说在今天人们已不清楚"东方三贤士"是不是来自波斯，那么至少在中世纪早期这件事还不会被搞错。

我之前就读过马可·波罗关于"三贤士"的故事，但从未真正领会个中真意。现在它似乎突然变得激动人心，而且非常重要。如今大多数《圣经》研究者把圣马太的故事理解为一种象征性描述而非史实。另外三卷福音书都没有提到"东方贤士"之行；而今天人们普遍把这个故事理解为某种象征，认为它暗示所有异教徒都会向基督俯首。然而，如果可以证明祆教徒也有他们自己的前往伯利恒的传统……

这看起来确实值得深入调查一番。我的地图显示，巴士会经过马可·波罗笔下的"萨巴"，也就是萨韦（Saveh）。我们至少可以查明他描述的坟墓是否还在。根据旅游指南，我们还会有额外的收获，即"一家由退休宪兵队长经营的还不错的茶馆，供应美味的波斯食品和烈性酒"。

我们到达萨韦时，当地正在刮沙尘暴。狂风骤起，挟带着尘土卷过街道。我们下了巴士就直接逃到最近的烤肉馆里，很快就放弃了去找宪兵队长开的那家茶馆的计划。正如劳拉（多少有些冷酷地）指出的，那人可能已经因为卖酒而被枪毙了，而花费宝贵的精力去寻找他的遗孀毫无意义。

这家烤肉馆和我们去过的其他烤肉馆一样不卫生，里面挤满了看上去饥肠辘辘的家伙。他们用力咀嚼羊肉烤串，用怀疑的目光盯着我们看。我们找不到会讲英语的人，于是他们的眼睛瞪得更大了。劳拉和我努力把"三贤士"的故事表演出来，但我们的哑剧并不成功。很快我们就发现他们显然都没听过这个故事。尽管如此，他们对劳拉的墓塔素描做出了反应：吃烤肉串的食客中有很多人点头并互相低语。他们派了个小男孩去为我们找计程车司机。在等司机的时候，我们解决了午饭问题。我们吃完四串烤肉，但那小男孩还没回来，于是我们又点了四串。第二批烤肉串端上桌，我们再次把盘中物吃光了，但小男孩还没回来。我们因为要不要再点菜而发生争执，最后我竟然被派去找那个小孩。我离开劳拉，而她开始入神地阅读《飘》。

外面的沙尘暴已平息。我走过纵横交错的街道，一路搜寻那男孩或是某位计程车司机的踪迹。许多店铺和茶馆已经关门了，正午的酷热迫使大部分人待在家中。在正前方，在主干道的尽头，我看见有一小群人聚在清真寺门前的阴影下，于是朝那个方向走去。我觉得在那边一定能找到司机，因为清真寺周围总是有计程车的。然后，我听见有人在我身后说话。

"嘿！你！你在干什么？"

我转过身来，发现有个男人正走下芥末色的旧奔驰车。他穿着卡其色的迷彩服，头戴卡其色的药盒帽，脸上没有笑容。

"你是谁？在做什么？"

"我是个旅行者。"我心虚地伸出手。在剑桥捣蛋的经验告诉我，面对愤怒的警察时，最好的办法就是努力挤出无辜的笑容，同时尽可能少讲话。

"护照！"警察说。

"抱歉，但你看，我把它落在了……"

"没有护照吗?"

"它在……"

"过来!"警察说,指向他的奔驰车。车座上铺着毛茸茸的粉色垫子。我踌躇了。警察把手放在他的手枪枪柄上。我上了车。

"我能好好解释……"

"闭嘴!"

汽车沿着街道开了一小段路,向左拐,然后停在了一个小院子里。我下了车,然后被带进警局。有人示意我坐下。警察把我留在等候室里,让一个下属看管我。我向那下属微笑,他则呆呆地盯着我。

我坐在那儿,等待下文。

那下属继续盯着我看了一会儿,然后把目光转向我们俩之间的某个地方。我注意到地板上有蚂蚁。我开始产生尿意。我在心里哭诉:我的签证还有效,我没做错什么。伊朗人都是以好客著称的好人。我很快就会被放出去,也许今晚就能赶到伊斯法罕。忘掉膀胱,想想那些清真寺吧。这人无权让我这样等待。他为什么让我一直等呢?也许他在做别的事。也许他是文盲。也许他不会拼自己的名字。也许……也许这些小伙子是来真的。别想了,这无济于事。想想别的。想想性生活。当然不是在伊朗。想想你的家人。你可能再也见不到他们了。停停停。你在自寻烦恼。劳拉会来救你的。

那警察招手叫我进去。

"你来自英国吗?"

太棒了,我想,他的英语很好。

"是。"

"英国已经不是伊朗的朋友了。"

"噢，你错了，"我绝望地说，"英国人喜欢伊朗，都是撒切尔夫人制造的麻烦。她是个招人厌的、邪恶的、专制的暴君。"

"英国人也搞清洗运动吗？"

"是的。"

他看起来疑心未去，他有理由这样想。

"你们也会闹场革命吗？"

"快了。也许就在明天。谁知道呢？"

警察在桌面上碾灭烟头。

"你知道今天发生了什么事吗？"

"怎么了？"

"今天有五枚炸弹在库姆①的集市上爆炸了。"

"噢，"我胆怯地说，"真遗憾。"

"也许你是个间谍。"

"我吗？"

"就是你。"

"我不是。"

警察继续用控诉的目光看着我。

"不，我不是间谍。真的。我是个学生。"

"也许是，也许不是。我可说不准。"

他耸耸肩。

然后我灵光一闪，想起了大学图书馆的借书证。我在背心口袋里摸索着，终于找到了我的卡包。

---

① 库姆（Qom）是伊朗西北部的城市。——译者注

"看。"

"这是什么?"他说。他看着卡片,然后抬起头来。

"你在剑桥读书?"

"是啊。"

"剑桥大学?"

"剑桥大学。"

他的表情变了。

"噢,先生,"他说,"看在伟大的阿里①的分上!那是全世界最著名的大学。"

他审视着那张卡片。

"啊,我的天啊!看看这卡片。1987年6月到期。于1986年10月借出。五卷。噢,先生,对我来说,这些文字太神奇了。"

"对我来说也是如此。"

"先生,我听候您的吩咐。"

我坐直了身体。

"你是认真的吗?"

"先生,您是位学者。我愿意为您效劳。"

他确实是认真的。

五分钟后,那位警察的豪华轿车停在了烤肉店外面。一个黑影从门里冲了出来。

"看在上帝分上,你去哪儿了?"

"里萨,"我对那警察说,"这是我的妻子。"

---

① 什叶派唯一认可的穆罕默德的合法继承人。——译者注

*　*　*

我们没能找到保存完好的"三贤士"遗体。鉴于我们之前轻轻松松就在锡瓦斯找到了地毯，然后在大不里士发现了丝绸，这个事实让我们有些惊讶。根据马可·波罗的说法，它们本应静静地并排躺在壮丽的坟墓下。

里萨整个下午都开车带着我们在萨韦的遗迹间转来转去，但很明显，没有哪座幸存至今的建筑符合马可·波罗的描述。确实有几座墓塔，但它们低矮浑圆，顶端呈碟形，底座呈阶梯状，好像古巴比伦的金字形神塔。长眠于其中的是穆斯林圣徒，而且不管怎么说，马可·波罗到来时它们应该还没被建起。最近似的遗迹是市郊人称"伊玛姆扎达·赛义德·伊沙克"（Imamzada Sayyid Ishaq）的墓塔群。它的中央是砖砌的三层墓塔，墓塔周围分布着颇具规模的拱廊庭院和密如蜂巢的小墓室。这里仍被用于埋葬死者，而且很明显加修了很多的东西，比如上方加修了一个洋葱状穹顶。然而，当我们刚开始觉得较旧的那部分建筑可能就是波罗描述的坟墓时，里萨就发现了一段铭文，其内容显示它修建于 1277 年，比波罗来到此地的时间晚了五年。

到傍晚时，我们发现萨韦可能只有两座建筑物在 1272 年之前落成。它们都是结构非同寻常的宣礼塔，外形粗糙矮壮，塔身上有几圈粗糙醒目的砖砌图案，包括犹太教的"大卫之星"、棱角分明的花草图案和难以辨认的库法体铭文。它们使我想起爱尔兰的圆塔，而非后来波斯建筑中的针状宣礼塔。其中一座宣礼塔是坐落于广场上的清真寺的附属建筑。它的许多砖块因风化而剥落，看上去就像在高温下融化的巧克力，塔身已与清真寺的主体难分彼此地融合在一起。后来我发现，它们实际上是伊朗最古老的两座宣礼塔，其建成年代分别可追溯到塞尔柱人征服初期的 1061 年和 1110 年。

下午六点后，红日开始西沉。我们在清真寺天井里种植的石榴树下休息。我望着矗立在泥砖边墙另一侧的古老尖塔，产生了之前站在西斯山顶时就有过的感觉。在某种意义上，这两座宣礼塔的艺术价值可以与同时代欧玛尔·海亚姆①的对句或者欧洲行吟诗人的诗歌比肩。然而，有多少欧洲人听说过塞尔柱人？这种不为人知的状态加强了它们的魅力。学者们的过度研究曾使许多西方艺术门类变得索然无味，可这对宣礼塔还没遭到征服。愿它们永远如此。我们坐在石榴树的树荫下，望向巨大而火红的沙漠落日，一致决定放弃寻找三位"贤士"的坟墓。我们谢过里萨，并为耽误他的时间而道歉。

* * *

事实上，调查工作并未终止。回到剑桥后的某天，我待在大学图书馆里无所事事，于是开始研究关于萨韦的早期历史文献。奇怪的是，这座城镇拥有的天文台在被成吉思汗烧毁之前，似乎曾是亚洲最重要的天文台之一。第一次提到这个史实的是编年史作者穆卡达西（al-Muqaddasi），但对此最详尽的叙述是由接手他工作的哈孜温尼（al-Khazwini）给出的。哈孜温尼说他看到满是天文仪器、地球仪和望远镜的房间，此外还有一座巨大的专业图书馆。换言之，如果"东方三贤士"曾在

---

① 欧玛尔·海亚姆（Omar Khayyam）是波斯诗人及天文学家，代表作为《鲁拜集》（*The Rubaiyat*）。——译者注

某地观测到一颗新星，那么这个地方就应该是萨韦。我越往下读，就越觉得这些巧合很神奇，而且我越来越期望能看到某个历史事件把关于"东方三贤士"的两个传说联系起来——其中一个传说约在公元 80 年前后出现于巴勒斯坦，另一个则在波斯的祆教徒中流传至 1272 年。

当然，最初的圣马太福音故事似乎从祆教的信仰和实践中汲取了养分。祆教里的"贤士"是天文学家，而且确实会解梦。他们像犹太人一样，相信弥赛亚会降临世间。他就是琐罗亚斯德的儿子沙西安（Shaoshyant），会由童贞女诞卜，在他出生时也会有一颗明亮的星星出现，他的诞生预示着正义将要主宰一切。因此圣马太派"贤士"去巴勒斯坦寻找弥赛亚就很合理了。更能说明问题的是，《旧约》中没有黄金、乳香和没药同时出现的先例。然而在相关记载中，这三件礼物常常作为波斯寺庙中的供品一同出现。在《马太福音》中，圣马太的"贤士"确实曾把异教徒的供品呈送到基督的摇篮之前。

然而，马可·波罗讲述的故事中，那些礼物的含义是整个传说中最古怪的地方之一。在西方，人们长期以来认为没药这种礼物象征了耶稣必死的命运。这并非源于福音书给出的任何解释，而是因为《旧约》曾提到没药可用于防腐。然而在马可·波罗的故事中，没药既不是表达敬意的礼物，也不是基督人性的象征，而是某种考验：如果孩子接受没药，那么他就不是国王或神祇，而会成为医生。在祆教的背景下，这个想法完全合理，因为祆教创始人琐罗亚斯德就被视为神圣的疗愈者。作为他在尘世间的代行者的"东方三贤士"将其理念发展成超自然的炼金术体系，他们会在执行祭司职能的同时为人治病。有趣的是，早期的东方基督教也把没药理解为治愈的象征。当西方基督教继续发展"基督君王"（Christus Rex 或 Christ the King）的理念时，东方基督教则保留了"基督疗愈者"（Christus Medicus 或 Christ the True Physician）的旧理念。马可·波罗的故事似乎保留了三件礼物最初的真实象征意义。该象征意义很早就被西方拒绝，但奇迹般地在萨韦附近的祆教徒间保留下来。难道说马可·波罗的故事保留了一个被《马太福音》删减的基督教早期传统中的某些元素？

最重要的是，我们亟须对《马可波罗行纪》中的这段文字进行适当的学术调查。马可·波罗描述的那座建筑到底是什么？当地人并不了解它的意义，说明它不是伊斯兰建筑。祆教徒不会埋葬死者［他们把遗体放在天葬塔（Towers of Silence）上供秃鹫食用］，因此它不可能是标准的祆教历史遗迹。它曾是基督教的圣祠吗？和故事中的许多方面一样，我们就这一建筑能提出的问题远多于它能给出的答案。无论如何，马可·波罗讲述的这个故事都值得关注。它至少揭示了如下可能性：历史上确实曾有"贤士"去伯利恒；这些"贤士"来自萨韦；这个拥有天文台的城镇当时仍保留了"贤士"前往巴勒斯坦的独特传统，而他们正是从该城动身上路，并最终长眠于此。

五

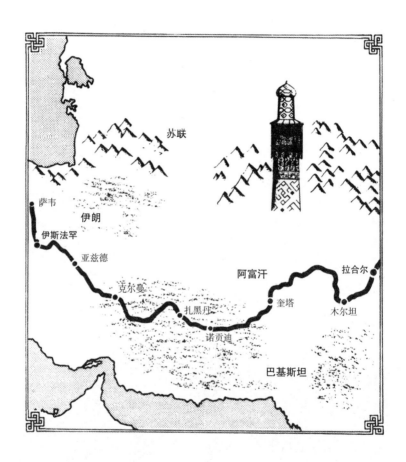

苏联

伊朗

萨韦

伊斯法罕

亚兹德

克尔曼

扎黑丹

诺贡迪

阿富汗

奎塔

拉合尔

木尔坦

巴基斯坦

第二天早上，我醒来时发现劳拉已经起床，也穿好了衣服。她背对着我，仔细研究地图和自己的日记，同时不满地发出啧啧声。她听到我弄出的声响后就转过身来。

"我们的进度比计划落后了，"她说，"看。"

她把地图放到我床上。

"我们花了将近四个星期才走了这么一点儿。"

她用手指划过代表我们行进路线的黑线。

"我们勉强算是走完了到拉合尔的一半路程，而在本周之内我必须回到德里。至少还有一千五百公里要走。我们如果还想成功的话，今天早上就必须出发，而且必须在接下来的六七天里不停赶路。"

"不停？"

"是的，不停。日夜兼程。"

每到这种时候，我总是会对劳拉生出敬畏之情，就好像我面对的是上帝一样。

"换句话说，我建议你马上起床。我要下楼了。三分钟后我就出发。"

她傲慢地走出房间。有那么几秒钟，"随她去吧"这个念头在我脑海里打转，但我还是打消了它。我艰难地从床上爬起来，随便套上几件衣服，冲下楼去追劳拉。她当时正向巴士站走去。

巴士站里挤满了外表酷似海盗的阿富汗人。如果有假腿、眼罩和金刚鹦鹉等道具，他们就可以开心地在电影《金银岛》（*Treasure Island*）或《潘赞斯的海盗》（*The Pirates of Penzance*）里当一回临时演员。他们外貌的可怕之处各有不同。最让人印象深刻的是一个高六英尺半的巨人。他蹲下身体，靠着车站厕所的那面墙，打理着飘逸的胡须，从长长的鹰钩鼻上方盯住身边一个紧张地看行李的矮小伊朗人。这个阿富汗巨人身穿时髦的双排扣背心和宽大的沙瓦克米兹，肩上搭着条厚厚的棕色帕图毛毯[1]。他让我想起了学校古代拉丁语课本中展现年轻的大力神赫拉克勒斯的木版画。离他不远处站着个蓝眼睛的"拉斯普京"[2]，头发刮得精光，留着浓密纠结的胡须，正在咧嘴笑。"拉斯普京"左边那三个比他年轻得多的阿富汗人正大力地咀嚼面包，同时不停用喉音很重的波斯语交谈。他们都留着年轻人的那种毛茸茸的胡须，沙瓦克米兹的扣子系在他们的肩膀上，就像是牙医的工作服。我从没见过这种式样的沙瓦克米兹，它们显然在阿富汗侨民群体的年轻人间很流行。他们衣着相似，只有头上戴的东西不同：其中一人缠着传统白色平纹穆斯林头巾，另一人围着色彩鲜艳的印花棉布巾，还有一人戴着前面呈双尖拱形状的、有金银丝刺绣的帽子。我把劳拉留在他们中间看行李，自己去找巴士时刻表。

我一路问到车站经理的办公室。办公室里有个装腔作势的小个子男人，他正把双腿架在桌上读报纸，他的头顶上挂着张超大尺寸的霍梅尼像。他英语说得很好。

"直到明天才会有往东边去的车，"他并没放下报纸，"但有些阿富汗人会包车去扎黑丹（Zahedan）。他们今天下午就会出发。你可以试着问问他们，看他们能不能捎上你。"

他放下报纸，露出秃头和一副钢框眼镜。

"但我不推荐这个办法。如果是我，就会等到明天。那些

---

① 帕图毛毯（patou）是阿富汗人的万用毛毯。——作者注

② 拉斯普京（Rasputin）是沙皇俄国时期的著名神父、神秘主义者，尼古拉二世及其皇后的宠臣，身材高大，蓄有一脸浓密的大胡子。——译者注

野蛮人气味难闻不说，没准还会抢走你所有的东西。"

"你不喜欢阿富汗人吗？"

"对，我不喜欢他们。"

他又举起报纸。

我回去找劳拉，看见她正坐在我的背包上，双手坚定地交叠在膝盖上。之前坐在她旁边的那帮年轻阿富汗人已经挪开一些，与她保持安全距离。我突然觉得那黑色罩袍非常适合她，因为它赋予了她维多利亚时代的特质。我犹豫不决，拿不准要不要把这一点跟她讲，最后还是放弃了，只把车站经理的建议告诉她。

"威廉，你很清楚我们不能再到处晃荡、挑三拣四了。这些阿富汗人看起来相当不错，而且就算他们不是好人，我们也要坐他们的巴士。看来你还没能完全了解我们的进程。去问那边的毛拉能不能带上我们吧。他看起来像是打头的。"

决策者发话了，于是我顺从地匆匆离开。那位毛拉比他的许多教民都要矮小，鼻梁上架着巨大的黑框眼镜。我努力用波斯语跟他交流。

"我……我们……巴士……扎黑丹。"

"你不会说土耳其语吗？"毛拉问。

我用混杂着其他语言的土耳其语重复了要求。他上下打量我。

"你从哪儿来的？"毛拉问，"从事什么工作？"

"我来自苏格兰，是个旅行作家。"我答道。

"苏格兰是什么？"毛拉问。

"可以把它看作'英格里斯坦'。"

这使他们变得非常兴奋。那些围过来听我们交谈的阿富汗人跳上跳下，用演员高声耳语的方式互相大喊："英格里斯坦！英格里斯坦！"但毛拉并没就此结束盘问。

"'旅行作家'又是什么？"

在土耳其语中，"旅行作家"听起来像一个非常邪恶的职业。

"就是以旅行为生的人。"我说。

"像巴士司机那样吗？"

"是的，就像巴士司机。"

毛拉把我们的谈话翻译给那些阿富汗人。这条信息也取得了很好的效果，也许是因为阿富汗人特别尊重巴士司机。他们齐声欢呼："巴斯（士）司机！巴斯（士）司机！"

"跟我们一起来吧，"毛拉说，"欢迎乘坐我们的巴士。"

然后他们一拥而上，兴奋地叫喊："巴斯（士）！巴斯（士）！""拉斯普京"和另一个外貌有蒙古人特征的阿富汗人把我举起来，扛着我向巴士走去。我最后瞥了眼劳拉，好像看到她挣扎着想要摆脱同样的欢迎待遇。然后我就被举过车门，扛过过道，放在靠窗的座位上。几秒钟后劳拉坐到了我旁边。至少他们没指望由我开车。

这辆巴士乘起来很舒服，椅垫上的装饰图案是一朵粉色玫瑰和一架正在起飞的大型喷气式客机。四周都有阿富汗人骄傲的面孔向我绽开笑容。

"我在苏格兰从没见过这么漂亮的巴士。"我说。

他们看起来很开心。这样的话由一位巴士司机说出算是恭维了。

所有人都上了车。我们等待开车时，毛拉领着大家做祷告。那些人刚刚看起来还像电影《日落黄沙》（*Wild Bunch*）

阿夫兰吉商队驿站，阿卡※

上图：城堡，阿勒颇 //
下图：希菲耶教经学院的里宛，锡瓦斯 //

// 上图：渔民，阿亚什
// 下图：即将入境伊朗穿着"作战服"的劳拉

上图：从城堡俯瞰，西斯 //
下图：牧童，西斯 //

// 上图：墓塔，埃尔祖鲁姆近郊
// 下图：塞尔柱酒店的奥尔汗·加齐先生，锡瓦斯

伊沙克帕夏宫，多乌巴亚泽特 //

// 上图：鹰，埃尔祖鲁姆
// 下图：阿富汗牧羊人，奎塔

上左："拉斯普京"，萨韦巴士站 ∥
上右：库尔德长者，埃尔祖鲁姆 ∥
下左：当地老人，曼塞赫拉 ∥
下右：毛拉，曼塞赫拉 ∥

// 上图：悲观者，曼塞赫拉
// 下图：旁遮普小孩，拉合尔城外

上图：水果摊贩，喀什集市 ╳
下图：傍晚散步的老人，克里雅 ╳

// 维吾尔族小孩，克里雅

在印度河河岸做礼拜的毛拉，塔科特》

上图：巴士发生故障后，步行回喀什的朝圣者 //
下图：行驶在丝绸之路南线上的运煤卡车；路易莎入睡后，
一个维吾尔族男人跟她的随身听较劲 //

中的不法之徒，现在却突然变得像修女一般虔诚。他们向天空扬起长满胡须的脸，车里回荡着"感谢真主！赞美真主！真主至大！真主全能！"的声音。然后他们开始精神饱满地唱清真言。比起基督教中的《使徒信经》，这首短促的颂歌听上去更像橄榄球队队歌。他们结束祷告后，我们的车就出发了，驶入沉闷荒芜的俾路支①。

外面的沙漠有多令人望而生畏，巴士里的气氛就有多友好。阿富汗人在我们周围围成半圆，双眼大睁，好奇地看着我们。有那么一会儿我以微笑回应他们，同时友好地做手势，然后我看向窗外，最后进入了梦乡。

我再次醒来时发现车上空无一人。天很黑，伸手不见五指，而且冷得要命。劳拉不知道去哪儿了。我套上运动衫，起身去看发生了什么事。我突然想到她可能遇到麻烦了。我记起了车站经理的警告。我睡觉时，她可能被剥光了衣服或者遭遇了抢劫或绑架，甚至可能被强奸了。肯定发生了不寻常的事情，她毕竟是车上唯一的女人。我惊慌失措了一秒钟。我怎么能放任自己在这么危险的一群人面前睡着呢？我该如何向她母亲解释呢？她可是位比劳拉更令人生畏的女士。

事实证明我多虑了。我从车上跳下时，看见劳拉戴头巾的身影就站在不远处的沙地上。她听到我从后方靠近，转过身来叫我保持安静。

"嘘——"

"怎么了？"

---

① 俾路支省（Baluchistan）位于巴基斯坦、伊朗及阿富汗三国交界地区，是巴基斯坦面积最大的省。——译者注

"他们正唱赞词呢。"

二十码外，在沙漠的旋风中，在漆黑的夜幕下，阿富汗人排成长长的一行，脸朝下俯在沙上。毛拉双臂上举，面向他们站着，他们朝毛拉的方向高呼清真言。这一幕持续了超过二十分钟，直到礼拜者们被沙尘暴赶回巴士里。巴士再次出发，这次一直开到路边一家餐馆才停下来让我们吃饭。这家餐馆孤零零地矗立在漫天风沙中。

我们在天亮后不久抵达了扎黑丹。我们冲下车，进入汽车站。我感觉自己又冷又脏、筋疲力尽，突然很想发火。扎黑丹没有什么东西能使我们振作。这个破败的地方由沙子建成，触目皆是沙土的黄色。它位于沙漠正中，为严酷的气候所苦。就像我们在土耳其最后停留的城镇多乌巴亚泽特一样，这座边境小镇的存在意义不过是供人过夜。但与土耳其的类似城镇不一样的是，它建成的年代相对较晚。从古至今，没有哪条起于波斯的主要贸易路线向东南方延伸到印度，因为人们一直认为俾路支的流沙比帕米尔高原和兴都库什山还要可怕。大家通常走北线，即从伊朗的麦什德（Meshed）出发，经阿富汗西北的赫拉特（Herat）到达喀布尔（Kabul）和坎大哈（Kandahar）。1542 年阿富汗人入侵印度时，莫卧儿皇帝胡马雍（Humayun）出逃波斯走的就是这条路线。只有那些走不了北线的人才会尝试走南线。

但现在北线已经无法通行了，这也许是千年来的第一次。1979 年苏联入侵阿富汗后，旅行者就很难从伊朗进入阿富汗。1985 年，人们修建了高压电围栏，还沿整条国界线布置了可怕的雷区。之后就再没人能从这里进入阿富汗了，连阿富汗的圣战者组织也不能。

就算不考虑时间问题，我们也绝不可能沿马可·波罗的路线穿越雷区进入阿富汗。我们别无选择，只能在这一段偏离马可·波罗的路线，从巴基斯坦绕道。直到进入中国境内的首个城镇塔什库尔干，我才重新踏上他的足迹。因此在那天晚上，自离开阿亚什以来，我们首次离开丝绸之路的主线。该主线起自伊朗中部的亚兹德，延伸一百公里后向北转至麦什德；而我们则向东南方向进发。

扎黑丹把守着把欧洲与印度、中国连在一起的唯一开放道路，但这种地理位置上的重要性没有体现在它的城镇面貌上。这里只有一家肮脏的旅馆，而通往塔夫坦（Taftan）边境检查站的长达八十四公里的公路上既没铺硬质路面，也没有人行的痕迹。此外，沿途也没有巴士服务。我们在汽车站周围徘徊了半个小时寻找交通工具，最后来到城镇另一端某位俾路支商人的办公室里。

"我们想找辆巴士去边境。"

"噢，先生！对我来说今天真是悲伤的一天！"

"为什么？"

"因为没有巴士。"

"总该有什么方法能让我们到边境。"

"先生！赞美归于真主！有的！"

"该怎么去？"

"我兄弟有辆小破车。"

"我们能租它吗？"

"看在先知胡子的分上，先生，您的要求很难满足啊。"

"我倒觉得这要求非常简单。"劳拉说。

"这位太太，您有所不知。很难开车去边境。路上有许多

坏人。他们可不是文明人。他们有枪，先生。他们想要买路
钱。这可是笔大开支。"

"我们有钱。出个价吧。"

"真主做证！八百里亚尔。"

"八百里亚尔？你疯了吧？你是想说八十吧？"

"先生，八百里亚尔。一口价。想喝点茶吗？穆扎菲尔·
巴鲁姆在哪儿？穆扎菲尔·巴鲁姆呢？过来给我们的客人
上茶。"

"让茶见鬼去吧，我们想去边境。"

"今天带你们来见我的是真主，先生！我们的友谊是神的
安排！八百里亚尔。"

"这价格太荒唐了。"

"何以见得？"

"因为我们买辆小车都花不了这么多钱。"

我们花了半小时讨价还价，但那人寸步不让，于是我们去
了附近的餐馆，想等等看有无其他旅客愿意与我们拼车并分担
费用。餐馆又小又闷，墙上污迹斑斑、壁纸剥落，天花板上有
带状灯，地板上撒着锯末。屋里有三排桌椅，一台电视放在对
面墙边的架子上。除了店主，这里空无一人。店主是一对脾气
暴躁的俾路支兄弟，可能是双胞胎。他们留着亚述人那种长胡
子，戴着高高耸立的头巾，脚上穿着黑金双色的塑料凉鞋，鞋
底有厚厚的防水台。我们吃了几个加洋葱和辣椒的煎蛋，然后
边坐边等。我们又点了些辣味煎蛋，坐着又等了一会儿。我开
始抱怨屋里太热了。

"噢，威廉，求你别抱怨了。"

"为什么？"

"之后可能会更糟的。"

"怎样个糟法？"

"哎呀，"劳拉苦苦思考，"你可能会生病。你可能会拉肚子。"

"我拉过肚子了。"

"我也是。没必要为小事抱怨了。无论如何，既然你拉过肚子，现在就不该吃这么多煎蛋。"

我们继续坐在餐馆里等待。我重读《罪与罚》，劳拉则读《飘》。我们只在扎黑丹待了五个小时，但已经迫不及待地想要离开了。我们感觉这里就像地狱的第十层。其他乘客一个接一个地到来：去日本履新的加纳工程师乔、正在德黑兰学习伊斯兰教法的西方化巴基斯坦人拉梅什、正在巴基斯坦执业的一脸苦相的伊朗外科医生纳齐尔。每个人都急于离开伊朗，但谁也不愿支付八百里亚尔。我们又吃了些辣味煎蛋，同时痛骂那个拥有小车的强盗。

"辣银（那人）是个混球。"乔说。

"包子？"纳齐尔说。

"不，混球。混——球。坏银（人）。混蛋。"

"真不是个好东西。"拉梅什表示同意。

"他一定不信教。"纳齐尔说。

我们坐在那里抱怨了半个小时，直到大家都厌倦了。然后乔睡着了，拉梅什去对面角落的水槽旁边刮胡子，劳拉则走开去骚扰小车的主人。她离开后，纳齐尔从桌子那边靠过来，低声对我讲话。

"先生，您和那位美丽的女士结婚了吗？"

"是的。"我说。我这样回答只是出于习惯，并不是有意要骗他。"我们结婚三年了。"

"有孩子吗?"

"很遗憾,还没有。"

"您能找到老婆,真幸运,"他说,"但没有孩子这件事是个可怕的诅咒。"

"我对此很有信心,"我答道,"我老婆的屁股一看就是好生养的样子。"

"我想娶个欧洲姑娘。欧洲姑娘喜欢伊朗男人吗?"

"肯定喜欢。"

"我有大胡子。"

"的确很浓密。"

"我希望自己的欧洲老婆是个虔诚的穆斯林,而且还得有——您刚才是怎么说的——大屁股。但很难找到这样的女人。真的很困难。"

"是的,我可以想象。"

"您太太崇拜基督吗?"

"是的。"

"有次我碰到个欧洲姑娘。她崇拜基督,个子很高,屁股也很大。我向她求婚了。"

"她同意了吗?"

"没。"

"真遗憾。"

他挑挑拣拣地吃辣味煎蛋。煎蛋已经冷掉,在盘子上坨成厚厚的一块。乔伏在桌上睡觉,脑袋就搁在盘子旁。他鼾声如雷。

"她是个好女人,"纳齐尔说,"她本应为我生许多孩子的。但现在她走了，留下我独自一人。"他摇摇头，停顿了一下，然后继续说："今天我要去巴基斯坦。在那里我无亲无故。巴基斯坦男人会说'这伊朗人不是好东西'，而且他们也不会跟我讲话。巴基斯坦女人不理我。有时我觉得自己似乎被真主遗忘了。"

"不会那么糟糕的。"

"会的。也许会更糟。我在奎塔①以南的沙漠里有个小手术室。那边的俾路支人总是互相残杀，向别人的房子投手榴弹。在奎塔以南的沙漠里做外科医生真可怕。对我来说那段时间简直是暗无天日。"

"那你为什么不留在伊朗？"

"伊朗还不如巴基斯坦呢。在伊朗我曾被派到前线去——用你们的话怎么说？——解直。"

"截肢？"

"对。我被迫给人做截肢手术。他们对我说'纳齐尔，你必须把这根手指切下来'，或者'纳齐尔，你得把这个必（鼻）子割掉'。所以一整天我都在割必（鼻）子，而且总是有更多的必（鼻）子要割。枪声一直砰砰砰地响。我的手术刀会因此颤抖。我宁愿没有妻子儿女，孤零零地死在巴基斯坦，也不愿留在前线。但不管怎样，我的生活都是一片黑暗。"

正午都过了好久，纳齐尔才停止向我倾吐心声。他就像从可怕的19世纪德国小说中逃出来的角色，像在层出不穷的灾难中踉跄而行的疯子，坚持走完第一、第二、第三、第四卷，

① 奎塔（Quetta）是巴基斯坦西部的城市。——译者注

只落得个在第 987 页自尽的结局。和那类德国角色一样，他也可以把忧郁传染给别人。几个小时后，我也相信自己会孤零零地死在扎黑丹，咽气时无儿无女，身边只有打鼾的加纳人和吃了一半的辣味煎蛋。

他仍在描述俾路支人的截肢手术，此时有大约二十个阿富汗人溜达进来。领头人的走向纳齐尔，问了他一个问题，然后我第一次见他露出笑容。

"他问了你什么？"我说。

"他说他正找人拼车去边境。他们想马上离开。"

这句话就和天上的仙乐一样动听。

* * *

接下来的几个小时非常可怕。上午闷热，下午的天气令人窒息。车开得很慢，车里很热，我们的衬衫都贴在了塑料座椅上。如果天气晴朗，车辆状况良好，沙漠里道路畅通，你就可以在四十分钟内走完八十公里。但那天光是启动发动机就花了一个半小时，开到边境检查站又花了四个多小时。问题不在于车辆本身，而在于俾路支司机忘记加油，而且所有的阿富汗人都没有护照。

在第一个检查站，我们在乱七八糟的带刺铁丝网里耽搁了两小时，同时阿富汗人挥舞着肮脏的身份证明文件，与革命卫队成员争论不休。那文件上的文字是普什图语，但革命卫队的人说波斯语；而且卫队的人无聊得要命，除了争吵外就没有别的事情可做了。到第二个检查站时，太阳光十分刺眼，守卫们靠着卡拉什尼科夫自动步枪站立。他们想要的只是买路钱，因此我们只在那儿耽搁了三十分钟。第三个检查站的革命卫队成员是帮爱摆官架子的青少年，急于证明自己。我们把阿富汗人留在离边境不到半公里的地方。他们跪在铁丝网里祈祷，而那些旁观的青少年像小学生一样叽叽喳喳。

几分钟后我们到达了边境哨所塔夫坦。在哨所的一侧，有条长满疥疮的狗抬起后腿，对着"美国去死"的壁画屙尿。对面的阴凉地里躺着条陷入昏迷状态的母狗，它看上去死气沉沉。海关小屋散发着令人不快的气味。有个警卫穿着件针织背心。一位海关官员伏在木桌上，脑袋周围摆着护照图章、印台、用了一半的圆珠笔和一把旧刮胡剃刀。他穿着卡其布衣服，头顶上方挂着个相框，照片里是伊朗伊斯兰革命"三巨头"，即霍梅尼、哈梅内伊和拉夫桑贾尼。照片上还写有一句英文："吾等之唯一目标乃在全世界建立伊斯兰规则和法律。"拉梅什和乔坐在外面，劳拉斜倚在门的侧柱上，我站在纳齐尔身后，而纳齐尔正在讨论目前重新开放边界的必要性。海关官员打了个嗝，打量我和劳拉，然后颇有洞察力地得出结论："我想你们两个是欧洲人。"我和劳拉讨论出一个金额，让他检查了我们的背包，向他支付额外的"离境税"，然后等着警卫把一个俾路支游牧民和他的山羊送走。等他们找到边境大门的钥匙又花了我们半个小时。晚上七点半刚过，我们进入了巴基斯坦。

* * *

这种感觉就像终于能浮出水面透气了一样。两个多星期以来，我第一次卷起了衬衫袖子。劳拉大喊着扯下黑色头巾，把黑色长裤扔过带刺的铁丝网，然后在黑色罩袍上跳起吉格舞，让巴基斯坦的海关官员看得很开心。在伊朗待过之后，我们觉得他们看起来像电影《警察狄克逊》（*Dixon of Dock Green*）里的主人公一样亲切且毫无威胁感。自三年前我离开印度后，就再没见过这样的景象。海关官员坐在印度式轻便绳编床上，端着白色的小瓷杯喝奶茶。两支檀香在移民登记簿旁燃烧。一辆自行车斜靠在外墙上。

"先生，请问您的全名是？"那海关官员问，"还有您的国籍是？"

我如实回答了这些老套的印度式问题，对方则详细地做了记录。

"您吉芬了吗？"他问。

"对不起，我不太明白。"

"您和这位女士吉芬了吗？"

"请讲英文。"

"您不会说英文吗，先生？"

"我就是英国人。"把苏格兰扯进来似乎只会使这个问题更复杂，而且没有意义。

"您会说几个英文单词吗？"

"是的，会说很多。我就是英国人。"

我已经忘记当地人的这个特点了。

"您和这位女士吉芬了吗？"

他用右手食指做了个含义不明的手势。

"结婚！你是不是在问我们结婚了没有？"

"是的。您和这位女士吉芬了吗？"

"没有。"这是自我们离开多乌巴亚泽特以来第一次否认这一点。

"没有吉芬吗？"

"是的，我没有结婚。"

"对不起，先生。我听不明白您的英语。我想可能您讲得不太好。我能问下您的母语是什么吗？"

"我已经告诉过你啦。我是个英国人，我英语讲得极好。耶稣啊！"

"耶稣？"

"他正在呼唤他的神。"另一位海关官员解释道。

"您生我的气了吗，先生？"

"不，我没生你的气，咱们继续吧。"

"先生，最后一个问题了。"

"是什么？"

"您喜欢臀部吗？"他指着我。

"我看起来像那种人吗？"

"不，不，先生。你喜欢臀部吗？我喜欢臀部。"

"我不明白。"我说。我确实不明白。

"臀部，臀部，"他一边说，一边以印度人的方式把头扭来扭去，"我喜欢臀部。我是臀控。你喜欢臀部吗？"

"好吧，有些臀部我还是喜欢的。"我说。

"所以说你确实喜欢臀部？你是臀控吗？"

"是的。"

"所有英国人都喜欢臀部。"

"噢，是的，"另一位海关官员说，"所有巴基斯坦人都喜欢伊姆兰·汗①，所有英国人都喜欢博瑟姆②。他是你们国家

---

① 伊姆兰·汗（Imran Khan，生于1952年）是前职业板球运动员，1982年出任巴基斯坦国家板球队队长，从2018年起任巴基斯坦总理。——译者注

② 指英格兰知名板球运动员伊恩·博瑟姆（Ian Botham，生于1955年），"博瑟姆"在英文中的发音与"臀部"（bottom）相近。——译者注

的著名板球队员。"

警卫允许我们在他们的小屋里换衣服。我穿上那天早上在扎黑丹买的蓝色沙瓦克米兹，劳拉则换上她心爱的粉红色T恤和花哨的罗兰爱思（Laura Ashley）牌裤子，戴上珍珠耳环，然后点火把罩袍和面纱烧掉。等她那边一切就绪，我们就和拉梅什、纳齐尔和乔动身去寻找交通工具。由于之前我们在路上耽搁过久，每周发车一次的巴士已经在七个小时之前开走了，而下一班火车要到三天后的星期日才会来。我们决定拼车去六百五十公里外的奎塔。

塔夫坦距海关只有半公里，傍晚的微风送来烹炒的辛辣气味，于是我们循味而去。在经历了沙漠的可怕酷热之后，那晚的时光显得特别特别宜人。大而红的落日挂在苏丹山（Koh-i-Sultan）的山尖上。村民点起油灯，蹲在屋外，用粪饼烧火，在散发出甜香味的火堆上做饭。

这村庄比我们在伊朗见过的任何村庄都要贫困，但极符合欧洲人的想象。男人们粗糙的脸上布满皱纹，看上去丝毫没有伊朗人的那种阴柔之气。他们举止拘谨、气度威严，以随意而好奇的态度打量我们，并不像大多数印度人那样谦卑到自贬身份。他们穿着长而飘逸的沙瓦克米兹，其剪裁要比阿富汗人的款式更宽大。许多女人头上都没戴头巾或面纱。

纳齐尔带我们穿过村里的小巷。女人们在干活，有的杀鸡，有的用笨重的手推石磨磨谷物。男人们则三五成群地坐在一起抽比迪烟①，沉默地盯着炭火盆看。其他人就没这么安静

---

① 比迪烟（bidi）是印度次大陆的卷烟，用树叶卷生烟草做成。——译者注

了。这里仍是伊斯兰国家，严格执行伊斯兰教法。然而在几间小屋里，有俾路支人在尖声大笑。由此可以判断，这边的酒精饮料比我们在伊朗看到的要多得多。

纳齐尔没打招呼就像只雪貂似的一头扎进某间小屋，我们可以听到从里面传出讨价还价的声音。然后纳齐尔带着个步伐不稳的俾路支青年出现。"搞定了。"他说。那年轻人摇晃着走开，我们跟在后面，搞不清纳齐尔到底解决了什么问题。我们跟着那年轻人走过几条昏暗的小巷，最后在村子尽头一块被一圈墙围住的空地停下来。

空地中间有个盖着防水布的大长方体。劳拉和我对视一眼，然后那俾路支人扬手拉下防水布，向我们展示下面那辆崭新的丰田皮卡车。

之前一连数天，我们都挤在陈旧的巴士里，它们早在伊朗革命之前就失去了最后一个减震器。因此对我们来说，眼前这辆皮卡简直是邪恶的奢侈品。那俾路支人爱抚着它的引擎盖，然后从沙瓦克米兹中掏出块布，把自己刚刚碰过的地方擦干净。这一了不起的交通工具能以疯狂的速度行驶。车里那两排垫着海绵的座位看起来比任何双人床都更舒适。这辆车还有巨大的后备厢、仍在工作的加热器、看着就很可靠的引擎和收音机。像孩子在圣诞节给新玩具装电池一样，我们兴奋地把行李放上车。俾路支人打着嗝，启动发动机。皮卡车呼呼叫着醒来。我们出发了。

接下来是整趟旅行中最令人兴奋的时刻之一。我们的车像离弦的箭一样在塔夫坦拥挤的街道上以疯狂的速度行驶，后面跟着一群蹒跚的乞丐。我们冲向开阔的乡间，车后扬起厚厚的尘土，似乎半个俾路支沙漠都变成了我们身后的浓密尘土云。

路况像伊朗和巴基斯坦之间的关系一样糟糕，但这只会使我们更加兴奋。伴随着司机带着醉意的叫喊，以及我们同样热烈的欢呼声，丰田的车头猛地陷进巨大的坑里，然后又昂然腾空。我们会平稳行驶几分钟，再一头扎进小溪或是风蚀的弹坑里，随后又冲进开阔的沙漠和月光。收音机一直在播放响亮的印度电影配乐，巴基斯坦人和他们的印度邻居都喜欢这些电影。

第一小节：

>Ek, do, wail, wail, wail
>
>Teen, char, wail, wail, wail
>
>（乐器演奏刺耳的间奏曲）

合唱：

>shriek, shriek, HOOEE, HOOEE,
>
>shriek, shriek, HOOEE, HOOEE
>
>（又是一段令人痛苦的乐器间奏）

第二小节：

>Pange, che, wail, wail, wail
>
>Sart, arht, wail, wail, wail
>
>（第三段乐器演奏的间奏曲）

合唱：

>shriek, shriek, HOOEE, HOOEE
>
>shriek, shriek, HOOEE, HOOEE
>
>（又是可怕的间奏曲）

>>（重复半个小时，
>>声音越来越大，
>>越来越刺耳。）

伊朗南部那沉闷的荒地已被我们抛到九霄云外。在那里，柏油路、正规巴士服务和车上播放的布道录音带大大削弱了冒险的感觉。现在则大不一样。在开阔的沙漠中，我们只能依靠含义不明的几块路标石，以及之前车辆留下的模糊轮胎印认路。我们正以惊人的速度在这样的"路"上狂奔，把自己的小命交到醉酒的"精神病"手中。我们感到自己就像勇敢强悍的贝都因大篷车队一样，能体会到命运、运气和自然的伟大力量。

但其他人不像我和劳拉这样欣赏这一切。几小时后，他们看起来明显很疲惫。拉梅什和纳齐尔两人都多次走过这段路。正如纳齐尔经常用悲哀的语气指出的那样，对他们来说这段旅程并非冒险，而只是不得不完成的讨厌过程。纳齐尔以巴基斯坦的落后和腐败为主题，向我们发表冗长的演说，提到伊朗国王为重修道路拨下的数万里亚尔在革命后凭空消失了。拉梅什像个易怒的民族主义者一样反唇相讥，大发脾气。后排可能更加令人不适。乔的精神也低落下去——这并不奇怪，因为他的头不断撞到车顶上。他越来越痛苦，于是把这情绪变为对"精神病"的强烈厌恶并发泄出来。他确信"辣银在凯车时碎觉（那人在开车时睡觉）"。为了让司机保持清醒，他开始辱骂司机，还戳司机的肋骨。司机则以自己唯一能采用的方式报复：加速行驶，故意朝坑坑洼洼的地方开并碰撞路标石，还把本来已很吵的收音机的音量再调高些。

劳拉试图安抚他们，建议他们想想到了地图上标出的第一个定居点诺贡迪（Nek Kundi）时，大家该有多开心。她说那里可能到处都是迷人的小餐馆，它们会提供最好的俾路支菜肴。但她的这番话让我们在到达时感觉更糟了。诺贡迪是方圆四百公里内唯一有人烟的地方。地图绘制者将这里抬举到相当于某省首府的地位。标注其名称的黑体字非常醒目，使我们误以为它是个拥有医院、学校、电影院和商店的繁荣城镇。诺贡迪实际上只有六座棚屋、一家茶馆和一张轻便床。这里没有餐馆，而且居民们拒绝出售任何食物。我们在茶馆的地毯上围成一圈坐下，用在塔夫坦买的面包蘸着拉梅什的一罐冰冷的烤豆子吃。有个小男孩向我们扔石头。这并不是我们所期望的美餐。劳拉叫"精神病"过来一起喝茶。

"别管他，"拉梅什说，"他是个混蛋。"

"他一直在开车，他需要喝茶。"

"他是个混蛋。他的思想真醒龊。"

"辣银是个混球，"乔表示赞同，"他在凯车时碎觉。"

"太混蛋了，"纳齐尔说，"我们让他快点开时，他偏开得慢；我们说慢点开时，他又开得很快；我们说要喝茶时，他就去尿尿了。"

"真是混蛋。"

他们怀着愤怒之情回到皮卡车里，就像是三个被判有罪的犯人来到绞刑架前一样。我和劳拉精疲力竭，但根本睡不着，而是陷入半昏迷状态。后来我们觉得这整个夜晚都不太真实。午夜后不久，我们偶遇一群骆驼，大概有近百头。车灯的光线中，我们首先看到了扬起的尘土，它们像是打旋的海雾，沿着公路朝我们飞来。车减速时，你可以听到驼蹄踏地，声若雷鸣。随后过了很久我们才看到骆驼群。它们把我们围住，碰撞车身，在我们周围漫无目的地游荡。虽说整片沙漠都可供它们乱跑，但它们偏要紧紧围在车边，像是英国多塞特郡（Dorset）巷子里的奶牛一样。

大约凌晨三点钟时，我们偶然驶进俾路支沙漠中央的超速监视区。"精神病"驾车以每小时 100 公里的速度颠簸前行时，有辆警用吉普车从沙堤后面驶出来，开到路中间。我们的皮卡车开始急刹，在离警车只有几英寸的地方停下。等待"精神病"的毫无疑问是超速罚单和警告。四个警察抓住了他，开始用木警棍打他，而我们只能无助地坐在车里旁观。他们狠狠击打他的肋骨、肩膀和紧抱着头的双手，打得他跪在地上。暴行在绝对的沉默中进行：警察没有解释，"精神病"不哭喊，我们也没人抗议。然后他们向劳拉和我脱帽致意，返回吉普车里。"精神病"倒在地上哭泣。然后我们过去看他时，他站起来用手背擦去眼泪，回到车里继续驾驶。有两分钟之久，没有人说话，然后劳拉通过拉梅什问我们的司机他还好吗。

"他们为什么这样对待你？"

"因为我是俾路支人。"

"他们难道不是吗？"

"俾路支人是当不了警察的。警察都是旁遮普人。"

"他们对所有俾路支人都这样吗？"

"不一定。"

"那为什么偏偏是你？"

"因为我没有驾照。每次他们都打我。"

"以前也打过吗？"

"每次都这样。"

"那你为什么不考驾照呢？"

"我没钱。那要花很多小费的。"

俾路支人耸耸肩，继续开车。

* * *

天刚亮时我们偶然发现一条柏油路。天很冷。整晚我们都被摇来晃去，几乎没有注意到气温。可现在，当皮卡车行驶在柏油路上时，我们冷得打战，缩成一团，双手拢在袖子里瑟瑟发抖。晨光如琉璃般易碎，又如生铁般坚硬。寂静中，我们看清了那令人沮丧的景色：被太阳晒得褪色的苍白荒原、干枯的河床、小山、悬崖，以及无处不在的沙子。

旭日初升，我们拐过一个弯后，看到了非同寻常的景象：一支由两百只骆驼组成的商队沿着低处的干涸河道蜿蜒而行，向奎塔进发。在队伍最前端的是个大块头阿富汗人，手腕上站着只有头冠的猎鹰；他身后的另一个阿富汗大块头留着《旧约》先知式的胡子。几只骆驼驮着帐篷和财物，还有一头背上坐着个女人。她头上的金丝面纱从头顶垂到脚下，只在脸前留出面网的位置。她笔直地坐着，骄傲得好像乘四轮马车的公爵夫人。骆驼后面跟着山羊和绵羊，后面还有一群衣衫褴褛、脏兮兮的小男孩。他们举着棍子追着羊群跑，把掉队的羊往前赶。

两小时后我们抵达了奎塔。从遇到那支骆驼商队开始，沙漠中渐渐有了人迹。起先我们遇到了被阿富汗牧羊人抛弃的黑毛毡帐篷，之后又见到几顶属于救灾工作者的白色大帐篷。黑色的帐篷四五顶为一组，很随意地散布在半山腰；白色的帐篷则各自立在谷底，被带刺铁丝网和小股阿富汗难民围住。公路上挤满了卡车，它们被漆成亮色，车身上用英文写着"公共运输公司——请鸣喇叭！夜间用铲斗"。文字周围是以乌尔都语和阿拉伯语的花体字组成的花饰。它们点缀着车身上的鲜亮原色色块，仿佛景泰蓝饰品中镶嵌的珐琅。接下来我们看到了水牛、拖着沉重步子前行的公牛、由戴眼罩的马拉着的马车，以及成群的轻型三轮机动车（它们像被踢到的猪一样尖声长叫）。我们看到了电影广告牌，上面的明星被俗丽的蓝色和地狱般的橙色包围了。巴士车里装满行李，挤得乘客爬出来坐在车顶上。我们经过几张展现戴羊皮帽的男人的海报，还经过以一辆拖拉机和两个俾路支人为中心的小型政治集会，与会人员正举着横幅高喊。我们看到农民赶着羊群来到市场上，看到农场工人高高坐在拖车上。工人们带着刺绣拎包、粮食袋和装着浓稠凝乳的大锡桶。没有锡克人，妇女们穿着沉重的白色罩袍；但就其他方面而言，这个场景很有辨识度：就像典型的印度北部小镇一样，它忙碌、嘈杂、肮脏、臭气熏天、拥挤、炎热。这让我感到好像回到了老家一样。我很熟悉，也很喜爱这景象。我已经三年没见到它了。

* * *

我们把拉梅什和纳齐尔送到一家旅馆，然后返回皮卡车。拉梅什走进去问有没有空房，而纳齐尔来到窗边，紧紧握住我们的手。

他说："我会永远记得你们的。"

"能与你相识真好，纳齐尔。"

"你不知道你对我意味着什么。你确实不知道。从来没有人如此在意我的生活和不幸遭遇。"

"我很愿意听你倾诉。"

"我现在不太开心。"

"总有一天我们还能再来一次噩梦般的夜间飙车，别担心。"

"你不知道我在跟你聊天时有多开心。"

"我也很开心。"

"我会永远记得你的。"

"我们应该在扎黑丹再会，再吃点煎蛋。"

"愿安拉保佑你。"

"祝你在俾路支有好运相伴。"

"写信给我吧。"

"肯定的。"

我们最后一次握手，纳齐尔吻了我的双颊。皮卡车继续向车站开去，然后我们付钱给亲爱的"精神病"。这一切都让人生出一种古怪的感动。

我们买了去拉合尔的票。火车要到下午三点钟时才开，但这点时间不够我们探索奎塔。我们所能做的就是瘫着休息。在休息之前我还有个承诺要履行。劳拉和乔留在候车室里，四肢大开地躺在"孟买私通者"（在印度的英国人发明的柳条椅，有加长扶手可以放脚）上，而我出发去找电报局。我在那里发了两封电报：一封给我的父母，告诉他们我已经离开伊朗；另一封给我的叔祖母，告诉她我已经到达奎塔。1920 年代末至 1930 年代初，叔祖母曾在奎塔住了近十年，因为她的丈夫是印度西部军区的指挥官。她迷上了冷溪近卫步兵团①的一位将军。婚后，她发现自己要从诺福克郡（Norfolk）寒冷的大农舍搬到俾路支的荒野。

她毫不费力就完成了这个过渡。在许多方面，她都是传统

---

① 冷溪近卫步兵团（Coldstream Guards）是英国陆军近卫师和王室近卫师的一部分，1650 年由乔治·蒙克在苏格兰边境区的冷溪创立。——译者注

的"英国太太"。但和其他太太不同的是，她克服困难学会了乌尔都语，且可以讲得很流利。她开始自学绘画，还穿着白色平纹细布长裙，带着画架和水彩颜料在集市上闲逛。多年来她孜孜不辍地创作了一系列反映部落民和商人的小幅画作。画中人总是站在同样的铜绿色背景前，总是有一张英俊而粗糙的脸庞。他们总是裹着长长的头巾，穿灰色的沙瓦克米兹或"穆斯林联盟"① 的硬领短上衣。

她于二战前回到英国。丈夫去世后，她搬到了萨福克（Suffolk）海岸，我经常从剑桥去那儿看望她。她坐在罩着印花棉布的扶手椅里，颤抖着下巴描述自己在奎塔度过的黄金岁月，还有在雨季去印度北部的西姆拉（Simla）度假的经历，同时静静地把我灌醉。她长寿的秘诀就是喝得烂醉如泥。午餐前，她一杯接一杯地喝烈性杜松子酒和杜本内酒，小口吃孟买拼盘。她不时会突然咯咯笑，可能要笑个五分钟才停止。然后她会毫无预兆地将头垂到一边，很快就进入梦乡，发出响亮的鼾声。她常常要到下午茶时间才醒来。收到我的电报后，她在家里写了封回信表示感谢，上面的笔迹仿佛蜘蛛网。但我再也没见到她，因为我回国两星期后她就去世了。葬礼上，人们在她的棺材上盖了面英国国旗。当遗体离开教堂时，乐队演奏了《希望与荣耀的土地》②。

---

① 穆斯林联盟（Muslim League）于 1906 年建立，前身是全印穆斯林联盟，现为巴基斯坦政党，先后有五任巴基斯坦总理为该党派人士。——译者注
② 《希望与荣耀的土地》（"Land of Hope and Glory"）是英国的著名爱国歌曲。——译者注

* * *

我们打完了盹，冲完了澡，吃完了咖喱羊肉片。下午两点钟，我们准备去杀出重围挤上火车。我们走出昏暗的候车室，被月台上耀眼的灯光晃得不停眨眼。月台顶上铺了木板还刷了石灰，由做工精良的带沟槽的谢菲尔德钢条支撑。它在月台上投下一块小小的阴影，但我们之前待在候车室里，所以现在感觉这里炎热、明亮、嘈杂，而且丑得让人看不下去。所有人都在忙活。苦力穿着鲜红的衣服，头上顶着如山的行李蹒跚而过。卖茶水的人把手推车推到站台上，喊道："甜茶! 甜茶!"手推车里装着闪闪发光的大热水瓶，它们看上去像是漫画《战争中的希思·罗宾逊》（*Heath Robinson at War*）中那种长着毛发的弹壳。卖萨莫萨三角饺的人沿着火车窗移动，把那些油腻的三角形炸饺从窗户塞进车里。其他小贩跟在他们的后面，把梳子、《古兰经》、电子表、修面刷、念珠、剪刀和太阳镜凑到乘客眼前。穿制服的警察晃着警棍。士兵们背着鼓鼓的行囊。男孩们拿着装了水的罐子。毛拉带着成群结队的小学生。卧车厢服务员身穿白色外套，上面缀有闪闪发光的黄铜纽扣。

火车就位于这团混乱的正中。车厢很可能生产于巴基斯坦独立前，也许生产地点就在英国的克鲁郡（Crewe）或德比郡（Derby）。或许它们在英国见过更美好、更辉煌的日子，但肯定没在那儿见过比眼下的情形还要繁忙的场景。我、劳拉和乔都有在第三世界坐火车的丰富经验，但谁都没见过类似于现在的情况。我们知道会碰上些常见的麻烦，但眼前的情况比预想中的要糟糕得多，不难想象车上更是如何乱成一团。这不是找座位的问题，"有座位"这种梦想过于乐观，根本不可能实现。我们也没必要幻想能找到最后一个空行李架并蜷缩在上面。此时此地，除了"能挤上火车"之外，你不会再有别的奢望。走廊、厕所、门口和踏脚板上都已经挤满了人。我们沿着火车走来走去，寻找突破口，最后锁定了一扇掉了护栏的窗户。

我们把劳拉扛在肩上，猛地塞进火车。她像萨拉森人一样勇猛地杀开血路挤进去。一旦她站稳脚跟，我们就紧随其后。有个苦力举起背包递给我们。我们在腿、肩膀、午餐罐头、麻袋、桌子和长椅之间千方百计地寻隙移动，一直挤到中间车厢的上空才开始向下钻。几分钟后，我们的双脚就落到了地板上。几秒钟后，我们已经开辟出足够的空间放下背包，然后坐在背包上面。我们三个你看我我看你，眉开眼笑，为这成就感到满意。

然后，有乞丐来到我们的身边。他们的敏捷身手仿佛奇迹，简直无法用任何已知物理定律解释。他们的行动速度和饥饿的样子让人想起争吃面包屑的鸭群：蹒跚，尖叫，在我们的肩膀上面兜圈，同时把手伸下来。他们在我和劳拉身边徘徊，盯着我们的脸看。接着他们注意到了乔，于是停下来，疑惑地歪了歪头，再回头看向我们。

"这是什么？"有个人用英语问。

"他来自加纳。"我答道。

"一个加纳人。"他向同伴低语。

"加纳，加纳，加纳。"他们重复道。

"我叫乔。"乔说。

"他会说话。"第一个乞丐说。

"是呀，除了这个，还会很多别的事呢。"乔说。

"听啊！"乞丐们大喊。

爪子般的手摸向乔的头发。有个麻风病人用残肢碰触他闪亮的黑皮肤。有个女人咯咯笑了起来。

"嘿，别摸我的透（头）！"乔说，"是的，别碰。嘘——"

他站起来把他们轰走。他们匆匆跑出车厢。但三点半火车准时驶出车站时，他们仍在窗外嘲笑他。

"该死的动物，"乔说，"塔门就是辣样的（他们就是那样的）。该死的动物。"

我又读了几页《罪与罚》，但刚读到讲拉斯柯尔尼科夫用斧头砍死老太婆的那段就觉得精疲力竭。我蜷缩在背包上，很快就睡着了。我躺在走廊中央，奎塔的一半人口都从我身上跨来跨去、捅我，或以单调得可怕的方式反复问那几个东方式问题（你是谁？从哪儿来？来干吗？噢先生，再问最后一个问题。怎么来的？）。我沉入梦乡，直到次日上午九点钟才醒来。

* * *

触目皆是绿色。看过那么多天的风沙、页岩和干旱的荒地之后，这种颜色几乎要灼伤我的双眼。铁路修建在河岸上，旁遮普广袤而富饶的土地在我们周围展开。甚至"旁遮普"这个词也暗示了生育能力。"pange ab"意为"五大河流"，即杰纳布河（Chenab）、拉维河（Ravi）、杰赫勒姆河（Jhelum）、萨特累季河（Sutlej）和印度河。河网中的旁遮普由此成为类似于美索不达米亚的文明摇篮，且现在仍然是印度和巴基斯坦的粮仓。

现在正值雨季，第一场雨已经下完了。透过窗子，我看到水田在铁路两侧伸展。到处都是小村庄，它们似乎有一种生命力，让它们从土壤中生长出来，成为这丰美富饶的沃土的一部分。这片土地与分隔旁遮普和地中海的死气沉沉的阿拉伯半岛形成了鲜明对比。只有穿越土耳其和伊朗的可怕不毛之地后，你才能完全理解为什么伊斯兰教中的天堂是充满生机的绿色花园。

这一天太平无事。马不停蹄地赶了四天三夜的路之后，我渴望停下来休息。我静静地幻想着洗热水澡、在凉爽干净的床单上打滚、穿上新内裤等开心事。我渴望一个人待一会儿，享受几秒钟的独处时间，但天不从人愿。农民们倒是一如既往地与我保持距离，问题在于那些"伪欧洲人"。第一个打断我遐想的是个衣冠楚楚的家伙。他坐在离我不远的座位上，捧着本工程学教科书。我瞄到他先打量了我一会儿，然后放下那本《基础工程图纸》，走到我跟前。

"《罪与罚》，"他说，"这是什么？"

"小说。"我说。

"你在研究这本书吗？"

"不，我读这本书是为了消遣。"

"为什么要消遣？"

这是个好问题。某些小说在再三阅读后，会使人有更深的领悟，但这本不在其列。

"我想我喜欢读小说。"

他用怀疑的眼光看着我。

"你是什么学历？"他问。

让人尴尬的问题。

"我没有学历。"我说。

他的眼神仿佛在说"我就知道"，然后他回到座位上。

我们继续在稻田中穿行，田边有灌溉渠，水在渠里缓缓流

动。田里几乎没有人，只有一两个男人站在那儿，俯身面对庄
稼。田里的水位和他们的膝盖一样高。他们在收获庄稼，或是
在嫁接嫩枝。接着，我们把稻田甩在身后，经过更干燥的田
地，地里种着椰枣和香蕉。然后我们又看到茂密的沼泽草丛，
还有更远处的成熟稻田。我记得在我们路过一个铁路道口时，
有群大象在升降闸后排成一队，就像在英国类似升降闸后面等
待的福特雅仕车一样。

　　火车在巴基斯坦中东部的城市木尔坦（Multan）停了一小
时。所有人都离开车厢，找地方吃午饭。我们又吃了一盘咖喱
羊肉，然后回到火车上，努力保住位子。我打了一会儿盹，醒
来后便开始和年轻的巴基斯坦律师菲尔多西聊天。他的家人是
穆哈吉尔①，在印巴分治前是"德里富人"，也是月光集市
（Chandi-Chowk）上的商人，曾垄断德里当地的黄麻贸易。他
长相英俊，有双聪慧的黑眼睛。

　　"当然，"他说，"律师不是最有趣的职业。"

　　"真的吗？"我说，"我认识一些热爱自己工作的律师。"

　　"别搞笑了，"他回答说，"人人都知道律师是世上最闷的
人。唯一值得一提的是收入很高。"

　　"找工作容易吗？"

　　"是的，很容易。在巴基斯坦有很多罪案，拉合尔的案子
更多。有很多工作需要律师来做。"

　　"什么样的犯罪？我还以为拉合尔是个稳定、繁荣、干净
的城市。"

---

①　穆哈吉尔（Muhajir）指自 1948 年以来从印度逃到巴基斯坦的穆斯林难
　　民。——作者注

"不，不，"他看上去来了精神，"到处都是犯罪——谋杀、抢劫、强奸，尤其是强奸。拉合尔的强奸案比巴基斯坦其他任何城市都要多。"

"真的吗？"

"噢，是的。上周在我家所在的街道上，有个十四岁的女孩被强奸了。她是个可爱的女孩，受过教育，长大后会非常漂亮。但是现在她的脸被严重划伤了，她很难嫁出去了。"

"真可怕。我之前一直以为强奸是西方的弊病呢。"

"噢，是的，但巴基斯坦人现在非常西方化了。"

* * *

五点钟，我们到达拉合尔，然后坐机动三轮车去找我在剑桥认识的巴基斯坦朋友，他叫莫扎法·奎兹帕什。莫扎法是伊顿公学教出来的艺术家，在某种意义上可以说是艾克敦①式的穆斯林。他住在沙贾马尔（Shah Jamal），即拉合尔绿树成荫的北郊，和他的画布和藏书一起生活在宫殿般的大宅里。在他家里，我们受到了热烈欢迎。

"威廉，亲爱的，能见到你真是太棒了。但是，我亲爱的，你真的太脏了。你为什么要穿这种衣服呢？"

他的丝绸衣物正沙沙作响。

"赶紧去洗漱吧，然后来看看我最近画的画。它折磨了我一个星期，表现的是爱在欲望跟前的无望挣扎。"

---

① 艾克敦（Harold Acton，1904～1994年）是著名英国诗人、作家、学者，代表作为《牡丹与马驹》（*Peonies and Ponies*）。——译者注

六

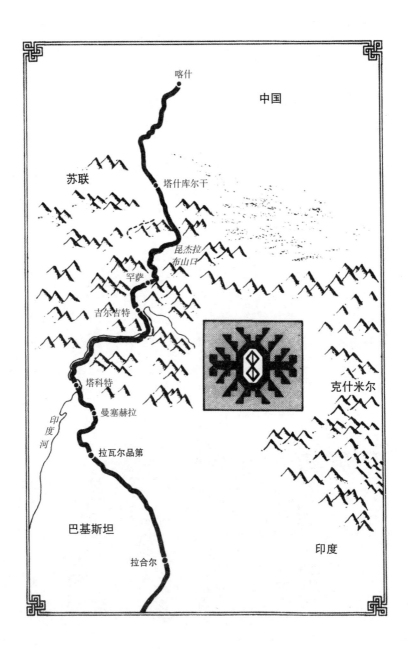

喀什

中国

苏联

塔什库尔干

昆杰拉布山口

罕萨

吉尔吉特

克什米尔

塔科特

曼塞赫拉

印度河

拉瓦尔品第

巴基斯坦

印度

拉合尔

摘自日记：

1986 年 7 月 26 日，拉合尔

拼命吃东西，拼命喝茶，拼命洗澡，躺在床上就不想起来。

我正在莫扎法开着空调的客厅里写作。莫扎特的音乐在屋中回荡。我穿着干净的衣服，把日记本放在路易十四风格的办公桌上。莫扎法躺在对面东方风格的长沙发上，手里拿着本弗洛伊德的《列奥纳多·达·芬奇和他童年时代的一个记忆》平装版，偶尔读出其中的片段。这里的一切都奢侈到让人觉得不真实，我把过去一周都用来享受生活。对我来说，走到室外的游泳池都算是件苦差了。任何奇想都会有莫扎法的仆人为之奔走。这里有传令人、司机、裁缝、园丁、洗衣男工、厨师和包车司机，人数之多堪比维多利亚时代。

令人迷惑的等级制度为这个家庭创造了就业机会。如果奎兹帕什夫人想从集市上买只鸡，大家就会执行一个复杂的流程。她必须先叫传令人前来；传令人受命后，会派厨师的儿子去找秘书；秘书会数出卢比给这孩子，让他去找清洁工；清洁工会去叫园丁；最后园丁会跑到集市上，向鸡贩子，即自己的表兄弟提出采购要求。流程走到这一步时，夫人可能会想起有客人即将来访，于是告诉传令人自己需要三只鸡，而不是一只。厨师的儿子将会被再次派出去找秘书，然后会再去找清洁工；清洁工会去找园丁的儿子，而园丁的儿子会去找园丁。最后，夫人可能会想起印度大使是位素食主义者，于是要撤回前两个命令，园丁的另一个儿子会去召回同事；与此同时，看门人将去市场买木豆、大米和土豆。

这种纵容溺爱正在迅速瓦解我继续上路的决心。出发时间已被推迟两次。拉合尔是我见过的最美丽的城市之一。如果这里没有严格禁酒，我简直想不出离开它的理由。

在这样的奢侈生活中，我就像个监护人不在身边的被宠坏的孩子。昨天中午劳拉乘上了去德里的航班。长途跋涉后，她发现印度因旁遮普邦的锡克人起义而关闭了边境。她的第一个冲动是加入生活在俾路支省和拉贾斯坦邦（Rajasthan）间沙漠地带的游牧民骆驼商队，以非法方式穿越边境。我们最终劝阻了她。莫扎法带她到巴基斯坦航空公司的办公室，想买张去德里的机票。当得知已无余票时，她最后一次在旅途中展现了某种精神——正是靠这种精神，我们才能比计划提前两天安全到达拉合尔。据莫扎法称，她猛烈抨击那位不幸的航空公司职员，用外交事件威胁他，逼他想办法。第二天中午她就出发了，登机时还受到某个巴基斯坦官员代表团的欢迎。他们似乎觉得她是王室成员。

和她一起旅行时，我永远无法确定她到底更像布狄卡①还是乔伊斯·顾莲费尔②。现在她刚离开，我就发现自己已经开始想念她了。正是在她的激励下，我才走了这么远；现在没有她，我不知道自己到达北京的可能性有多大。两天前，我余下那段旅程的旅伴路易莎飞过来与我会合，打扮得好像要去伦敦的国王大道似的。比起上一位旅伴，路易莎更容易相

---

① 布狄卡（Boadicea）是公元 1 世纪东英吉利亚地区古代爱西尼部落的王后和女王，领导了不列颠诸部落反抗罗马帝国占领军的起义。——译者注
② 乔伊斯·顾莲费尔（Joyce Grenfell，1910～1979 年）是英国女演员、歌手、喜剧演员、作家。——译者注

处，但也更脆弱。她像是朵美丽娇嫩、芬芳扑鼻的花。上午她起得很晚（现在已经快中午了，但她仍在睡觉），醒后也只是出神地四处晃悠，不太能意识到奎兹帕什夫人及仆人们的存在。恐怕这是因为她正沐浴在爱河中，不过不是与我一起，那些日子已经一去不复返了。她的新男友是爱德华，她已经给他写了两封信，各用了十页纸（我甚至记不起自己是否收到过她三页纸以上的信了）。

但我们的远征还面临着更严重的问题。我们没有必要的许可证，无法经喀喇昆仑公路或昆杰拉布山口（Kunjerab Pass）进入中国。巴基斯坦驻伦敦大使馆告诉我们，走喀喇昆仑公路的文件也许能拿到，但过程会很艰难；而根据中国负责旅游事务的部门的说法，走昆杰拉布山口的许可证几乎无法获得，因为它只能由北京颁发，要花至少六个月的时间走程序，而且一般只会颁发给由八旬美国老人组成的旅行团。

然而我们还有一线希望。离开英国之前，劳拉曾写信给外交部的常务次官寻求帮助，而常务次官的回信就在我面前。信纸是厚重的提花纸，右上角有狮子和独角兽的纹饰。从信中可以看出常务次官和劳拉有私交，还能看出英国驻北京大使馆已受命与中国外交部联系，以便通过专门渠道安排许可证。英国驻伊斯兰堡大使馆也准备帮我们同巴基斯坦的行政机关打交道。在过去几个星期中，我曾看到劳拉创造出许多奇迹，但这一定是其中最惊人的。我还想办法（尽管是在劳拉的指示下）搞到了第二封信，它的信纸厚得接近羊皮纸，上面有剑桥大学三一学院的巨大徽章。如果其内容属实的话，那么任何会阻碍这次远征的行为都可能给我们关于东方的研究造成重大损失。

致相关人士：

兹介绍剑桥大学三一学院的学者威廉·汉密尔顿·达尔林普尔，他一直在研究马可·波罗的旅程和忽必烈汗时代的中国的情况。眼下他希望通过重走马可·波罗的路线前往北京，以便完成他的研究。

汉密尔顿·达尔林普尔先生的考察计划得到了三一学院的一个学术委员会的仔细审查，并获得了学院的巨额资助。作为学院代表，本人乐于为考察队的学术目标和其成员的个人品质提供担保。这次考察获得的成果将结集出版。我们热切希望该书能大力促进剑桥大学和英国对中华人民共和国历史文化的了解。

本人希望汉密尔顿·达尔林普尔先生能够获得相关许可，从而完成此次卓越考察。本人谨代表剑桥大学感谢您为此次考察提供的一切帮助。

> 伦敦文物协会成员、英国皇家历史学会成员、三一学院研究员、大学讲师
> 西蒙·凯恩斯博士

写这封信的人（愿上帝保佑他的灵魂）曾在一学年中收到五篇我提交的关于盎格鲁-撒克逊人的论文。作为卫生、特殊教育和社会服务部部长，奎兹帕什夫人也写了封信，信中说如果考察队遇到障碍，就将严重危及巴基斯坦的卫生计划。问题是这些胡说八道很难让中国人买账。读这些信时，他们会以为自己将要见到一支百人团队，成员包括瘦削的教授、资深汉学家和联合国卫生官员。当衣衫褴褛的我们出现在中国驻伊斯

兰堡大使馆时，使馆人员肯定不会相信这些信的内容：信里一个汉字都没有，而且从中能看出写信人对中国历史只了解皮毛。他们甚至可能取消我们的签证。

奎兹帕什夫人刚刚派头十足地走进来，宣布午饭将在十五分钟内就绪。我最好去把路易莎叫醒。

* * *

每当回想起在拉合尔度过的日子时，我脑海里总是浮现出一座被暮色笼罩的城市，因为傍晚是一天中最美好的时刻。印度次大陆的巨大太阳悬在穹顶和圆顶观赏亭之上。你会嗅到各种气味，包括粪饼烧起来时散发出的好闻烟味、雨季里潮湿的木麻黄的气味、苦力的汗味。集市上，理发师给商人刮胡子，裁缝伏在缝纫机上工作。色彩鲜艳的电影广告牌矗立在街角，广告牌下是卖萨莫萨三角饺和水果的人。这里有江湖郎中、鞋匠和穿着黑色印花布斗篷的女人。到处都是孩子，他们放风筝、打板球、跟在牛车后面跑，还追逐野狗。我们通常会在傍晚时分漫步穿过集市，或者去沙利玛尔花园（Shalimar Gardens）。我会坐下来写日记。莫扎法会告诉我们附近树木的名字：桉树、榕树、雪松和桑树。路易莎会画速写。

但我最感兴趣的地方在阿纳尔卡利集市（Anarkali Bazaar）的另一端，远离乱糟糟的人力车和人群。你会看到拉维河（Ravi）在那里流淌，河岸上有带围墙的花园，里面是莫卧儿王朝皇帝贾汗季（Jehangir，意为世界的征服者）的陵墓。我对它感兴趣并非因为这座陵墓特别精美，也不是因为这位君王特别重要，而是因为我崇拜的旅行作家之一托马斯·科里亚特（Thomas Coryat）的作品。比起本名来，他更喜欢别人叫自己

"奥德科姆的大长腿"（Odcombian legge-stretcher）。他是个弄臣，是詹姆斯一世宫廷里的"开心果"，以"极度好辩"闻名。据与他同时代的人说，"他那张脸就是一出讽刺剧"。但他也是位令人惊叹的旅行家，是已知首位纯粹为获取乐趣而到访亚洲的英国人。"我渴望看到所有陌生的国家，"他写道，"那是世间之无上乐事。"

1608 年，科里亚特曾短暂游览欧洲，并在途中发现了自己对旅行的热爱。他把这次旅行经历详细记录在《科里亚特莽言》（Coryat's Crudities）一书中。该书"于时长仅为五个月之旅行中草就……于萨默塞特郡名为奥德科姆之荒村中新近成书，现流播以飨国中同为旅者之众人"。虽说书名古怪，但这本书很畅销，以对欧洲大陆上许多奇景的描述而闻名，其中的著名段落描写了枫丹白露的鸵鸟："这鸟非常愚蠢，把头插进灌木丛，以为这样就能让人看不到自己，实际上大家都能看到它。"出版了《科里亚特莽言》的增补卷后，他动身上路，打算走陆路去莫卧儿大帝的宫廷，在那里骑大象。他"艰难跋涉，不顾身体的劳累与不适"，"每天只花一个便士"来维持生活。1613 年春的某天，他渡过印度河（"像我们伦敦的泰晤士河一样宽阔"），最终进入了莫卧儿大帝的疆域，得到的回报是饱览鼎盛时期的拉合尔之机会。"它是整个宇宙中最大的城市之一，"他写道，"因为它方圆至少十六英里，甚至比君士坦丁堡还要大。"他认为印度北部的城市阿格拉（Agra）"从各方面看都要逊色一些"。

科里亚特虽说是个滑稽人物，但很有洞察力。他那幽默、准确、饱含细节的叙述引人入胜。他对贾汗季的描述就是此中典型：

> 如今在位的君主相当值得尊敬。他的肤色既不白也不黑，介于两者之间……他举止得体，身高和我差不多，但比我胖得多……据说他未受割礼，这与世界上所有穆斯林王公都不一样。

在"浪迹天涯"的过程中，科里亚特学会了阿拉伯语、波斯语、乌尔都语和印地语，于是他能从市井流言中搜集劲爆的细节，从而更加生动地描述印度要人。皇帝和宫廷诸公在他书中的形象比在任何现存正史中都更加生动。

> 当年某日，为取悦国王的后宫，所有商人之妻带着货物走进宫殿，开办集市。国王做嫔妃的经纪人，还用那天的收益大开晚宴，但在场者中没有男子。任何有阳根的人都不能入场。正如各种事例所示，这个民族的嫉妒心是如此强烈，恶行是如此频繁，以至于要切掉宫内男子的阳具，以防他们滥用这个器官。国王用这种方式看到了城里所有的美人。就在某个这样的集市上，他得到了心爱的努尔·马哈尔（Nur Mahal）。

被称为"宫廷之光"的努尔·马哈尔是著名的美人，也是出类拔萃的才女。她是才华横溢的诗人、卓越的地毯设计师和神枪手（她打猎时坐在封闭的象轿中），似乎也一直是忠实可爱的贤妻。但她有多美丽，就有多野心勃勃。她会毫不犹豫地利用对丈夫的影响力来达成自己的目的。根据当时的英国大使托马斯·罗伊（Thomas Roe）爵士的说法，"所有与司法有关的事情或是公共事务都要听取她的意见或由她决定，她比任何女神或异教徒的秘境都更难接近"。贾汗季去世后，她的影响力也消失了，于是她借为丈夫修陵的机会淡出权力中心。贾汗季的墓建在美丽的莫卧儿花园中心。这座花园在昔日和当下都远离熙攘的城市。她可能参与了这座陵墓的设计，因为它与她为父亲伊蒂马德－道拉（Itmud ad－Daula）设计建造的陵墓非常相似，那座陵墓位于阿格拉的泰姬陵上游。

伊蒂马德－道拉墓是我见过的第一座莫卧儿陵墓。我在十七岁那年的春天花了一上午欣赏它，对伊斯兰建筑的热爱由此在我心中萌芽。从那时起，这种热爱一直推动我去探寻亚洲的清真寺和陵墓。车从拉合尔驶出，驶向贾汗季的陵墓。一路上我开始担心，之前见过的塞尔柱帝国、萨法维帝国或奥斯曼帝国的伟大建筑可能会让莫卧儿建筑黯然失色。但这次参观给我的感觉就像是回到阔别已久的家园一样。位于莫卧儿花园中心的贾汗季墓外观十分精美。花园里的水池、河道和已有破损的长长红砖小径组成的对称图案无与伦比。这是我离开伊朗后看到的第一座伟大建筑，其简洁的设计和材质深深地打动了我。它呈低矮朴素的矩形，四面都有拱廊，中央是风格低调的里完，两侧共列了四座宣礼塔。它由棕色石头建造，镶以白色大理石，没有马赛克镶嵌图案，没有烦琐的细节，毫不铺张。但坟墓本身极尽繁复之能事：镶以半宝石，覆以库法体铭文，列出九十九位神祇的名字。

正如同时代的欧洲巴洛克建筑一样，莫卧儿建筑也是脱胎于某个已为人所熟知的传统主题。然而巴洛克建筑最终流于奢华，拉合尔的莫卧儿建筑则删繁就简，与之前追求宏伟规模、极度奢华和烦琐细节的潮流唱反调。再加上莫卧儿人在园林造景领域之天赋的作用，它们最终摒弃宏伟豪华的风格，向庄严的感觉靠拢。以此陵墓为例，我们意外地从它身上感受到了谦逊和人性。这是座非常平易近人的建筑。

离开花园时，我们好像正赶上大门边的乞丐换班。一拨乞丐站起身向茶摊走去，另一拨占据了他们的位置。喝完茶后，其中一个已"下班"的家伙走过来，漫不经心地想在我们这儿碰运气。

"噢大人，"他悲叹道，"我父亲难受，母亲也病了。"

我正要给他一枚硬币时，从门口传来一声怒吼。那乞丐匆匆逃走了。乞丐工会的规章制度刚才差点就被我破坏了。我在印度听说过关于乞丐公会的事（据说拉贾斯坦邦的乞丐们会在夏季飞往北方度假；只有嬉皮士才会从德里出发，痛苦地坐上四天巴士去同一个地方），但直到此刻才相信的确存在这种组织。这些乞丐又让我想起了托马斯·科里亚特的遭遇。

他抵达莫卧儿宫廷时几乎一贫如洗。尽管他之前发现在亚洲旅行所费不多，但"他被某些卑劣的亚美尼亚基督徒至少偷走了十先令"，因此不得不求见贾汗季，向其乞求帮助。

"世界的守护神啊，"他说，"我向您致敬。我是个穷困的旅行者，正游历四海。我来自遥远的国家，她叫英格兰……是世上所有岛屿的女王……"

贾汗季把他当成圣人，以为他和印度那种自愿舍弃家财的"萨杜"①差不多，于是只给了他一百卢比。科里亚特准备回英国，但在离开印度之前他得了病，又在印度西部的港口苏拉

---

① "萨杜"（Sahdu）指印度圣人。——作者注

特（Surat）被英国商团劝着喝了太多葡萄酒。他的痢疾加重，人也发起烧来，几天后就去世了。这消息一经公布，他此前写回英国的信就立即被结集出版。但不幸的是，他没能活着完成自己最杰出、内容最丰富的作品（如果托马斯·罗伊爵士的话是真的）：

> 他不知疲倦地跋山涉水……（他已经做了）大量笔记……（有些）被他留在了阿勒颇，有些留在了西班牙，它们的数量之多足以让任何文具商仅靠为印刷商提供纸张就成为市议员……

* * *

我在拉合尔足足待了八天后才开始设法取得许可证。我们决定在拉合尔打电话，把前期工作做好，随后再向伊斯兰堡那噩梦般的官僚主义发起攻击。我们希望几个电话就能打开局面，接下来就能传真相关信件，拿到许可证，踏上通往中国的喀喇昆仑公路。但我们当时已经忘记了巴基斯坦电信的网络有多糟糕，也没有见识过中国人面对外国人时会采取哪些策略。

奎兹帕什夫人的办公室里有三部电话和一位愤怒的秘书。那秘书戴着黑框眼镜，看上去厌倦而恼怒（说不清哪种情绪更强烈）。虽然夫人在前一天向他告知过我要过来，但他十分痛恨我这个入侵者。"先生，不要把您的信放在我的桌子上。"他在我坐下时说。我道了歉，并试着拨打英国大使馆的电话。电话没能接通，我又试了一次。电话里传出"嘟——嘟——

嘟——"的声音。我用眼角余光可以瞄到秘书正盯着我。我试了三次后，他从我手中接过话筒，脸上的表情仿佛在说"我开始做这事时你还没生出来呢"。他打电话给接线员，和他认识的某个人说了几句，然后电话首次接通了。

我同疲惫的苏格兰籍领事谈了谈。此人说自己目前负责把登山者的遗体送回英国的相关事宜。他已经收到了常务次官的信，并说只要我们答应不去爬山，他就很乐意帮助我们。他帮我接通了联络官的电话，后者听我介绍完情况后，同意给中国大使馆打电话。接下来我给巴基斯坦旅游部打电话。最开始没人接听，然后有个怒气冲冲的声音愤愤地问我想要干什么。我说我想找穆尼日丹先生，这名字是巴基斯坦驻伦敦的大使馆给我的。那声音说穆尼日丹先生在度假。穆尼日丹先生什么时候回来？我问。那个声音说不知道。没有人知道吗？我问。是的，没人知道。那个声音说。我解释了一下自己的难处，这是那天上午我第三次这样做，但不是最后一次。我为什么不试着联系体育部呢？对方建议，然后多少有些突兀地挂断了电话。

就在这时，之前那位联络官打了办公室的另一部电话，告诉我：我该找的是中国大使馆的邱先生（Mr. Qiu），他正在等我的电话。联络官说他自己会联系巴基斯坦的行政部门。我谢过他，然后给中国大使馆打电话。第二次拨号时电话接通了，但大使馆的人否认他们中有邱先生这个人。您那边是中国大使馆吗？我问。没有哪个人的名字甚至只是听起来接近"邱先生"吗？是的，大使馆接待员说，这里眼下没有邱先生，也从来没有邱先生。此外，据她所知，使馆也没有雇用哪位邱先生的计划。

　　我把几种可能的对策都考虑了一下，然后模仿法国人的口音再次打电话给中国大使馆，要求同签证处通话。我介绍了自己的情况。我该申请旅游签证吗？不，我该申请通过昆杰拉布山口的许可证。我报了什么旅行团？我其实没有报团，我是英国某大学的二人考察团队中的一员。啊，签证官说，在这种情况下，我需要与文化处取得联系。然后他也挂了电话。

　　午休后我继续战斗。最开始中国使馆的文化参赞正在睡觉，然后他又去开会了。那天晚上我终于把他逼到无路可退。他很愿意帮忙，他说，但如果我想要的是通过昆杰拉布的许可证，那么我应该去找大使馆的邱先生。

　　事实证明巴基斯坦的体育部同样莫名其妙。最后在奎兹帕什夫人的帮助下，我得以直接跟部长本人通话。我们友好地聊了很久。我的全名是什么？剑桥大学？我是多么的幸运啊。我是夫人的老朋友吗？她是个了不起的女人。也许我能把家里的地址给部长？他正计划去英国探亲。如果他去剑桥的话也许我们可以见个面？我们交换了地址，并发誓要让友谊地久天长。但对于申请喀喇昆仑高速公路的许可证一事他感到非常抱歉，因为他对该许可证一无所知。我有没有试过去找旅游部？

　　三天后，那位秘书设法联系上了邱先生和穆尼日丹先生。他们的意见相同：无论是走喀喇昆仑公路，还是穿过昆杰拉布山口，都不需要出示许可证。伦敦的蠢货什么也不知道。巴基斯坦、中国和英国是友好国家，三国的人民亲如兄弟。我可以去任何我想去的地方。

　　这两人说的话我一个字都不信。但现在看来我别无选择，只能试着先抵达中国，然后再走一步看一步。

* * *

那天晚上，奎兹帕什夫人让传令人去安排两张前往伊斯兰堡的巴士票。传令人找上厨师的儿子，后者先去找秘书，然后跑出门消失在花园里。晚饭后我们回到卧室时，发现行李已经打包好，床头柜上放着个小信封，里面装着两张票。

* * *

我和路易莎在一个凉爽的夏夜抵达曼塞赫拉（Mansehra）。它位于喀喇昆仑山一条小山脊的顶部，四周的山坡上长满了云杉、冷杉和桦树。巴士到阿伯塔巴德（Abbotabad）时我们坐在车顶上。随着山势渐高，气温开始下降。夜间很冷，部落民在火盆旁挤作一团。曼塞赫拉是我见过的最"原生态"的地方。舒适的旁遮普平原被我们甩在身后，狭窄的山谷和树木繁茂的陡峭山坡在眼前展开。居民外表的变化更大。拉合尔的集市上，到处是优雅有礼的旁遮普人；但在这里你看不见他们的踪影，当地人是我见过的样子最可怕的人。快到目的地时，手中拿着书的我从书页下方瞄到某个部落民巨大的脚，但后来我发现这些人的一切都是特大号的。他们有大手和大鼻子，胡须如瀑布般垂落在胸前。他们用深沉洪亮的声音含混不清地讲话，那音色能羡煞任何威尔士男低音歌手。正如路易莎当时称赞的，他们是真正的男人。

"你在这些小伙子中间可找不到那种爱看书或学英语的娘娘腔。"当我们走下巴士时她说。事实很快就证明她是对的，因为我找不到懂英语的人带我们去找旅馆。

我们最后还是找到了一家旅馆。它藏在巴士车站后面。它狭窄的小门之后是空旷的庭院。旅馆是用木头建造的，上面的楼层有木制栏杆。它看上去不错，我们决定要间房。我们见到了店主。他是个帕坦人①，是我们见过的块头最大的人之一。我填写了登记簿，然后胆怯地问他能否送壶茶到楼上的房间。

"不行，大人，"他答道，"这是自助旅馆。"

"自助？"

"是的，大人。"

"所以我们没有茶喝了吗？"

"是的，大人。"

他把钥匙交给路易莎，我跟着她上了楼。她打开双开门的锁，往房间里看。

"威利，我知道我这么问很蠢，但巴基斯坦的旅馆里通常没有床吗？"

"当然有。"我回答。劳拉离开后，我就扮演了"经验丰富的旅行家"这一角色，现在我相当享受这种感觉。我往房间里看了看，发现路易莎说得没错，里面没有床。我小跑下楼，回到前台。

"对不起，"我说，"我想我们的房间里没有床。"

"是的，大人。"

"难道……房间里不该有床吗？"

"该有，大人。"

"是这样啊。"

那帕坦人轻抚他的胡须。

---

① 帕坦人（Pathan）是住在巴基斯坦西北部和阿富汗东南部的民族，讲普什图语。——译者注

"嗯……很抱歉……我不想讨人厌或怎样，但您的客人……通常……会怎么办？"

那帕坦人想了一会儿。

"他们租床垫，大人。"

"太棒了。太棒了。嗯……他们在哪里租床垫？"

"在我这儿，大人。再交十卢比。"

"很好。我们能要两个床垫吗？"

"可以，大人。"

"您有时间时再把它们送上来吧。不急的。"

那帕坦人皱起粗眉毛。

"不行，大人。"他的声音表明他逐渐失去了耐心。

"您这是什么意思？"

"大人，这里是自助旅馆。我之前告诉过您的。床垫在那边。"

他指了指院里排水沟边上的一个潮湿角落。我付了二十卢比，挑了两张潮湿的床垫拖上楼，我干活时那帕坦人一直看着我。

当晚，我们和一个矮小得使人心安的旁遮普人同桌吃饭。他刚刚在斯瓦特（Swat）那边的山上完成了一个学期的英语教学工作，正以最快的速度返回拉合尔。

"噢，先生－大人，"他说，"这些帕坦人没有什么文化，也不怎么思考。"

"您是指什么？"

"先生－大人，他们就像住在丛林里的动物。"

"这不是他们的错，"路易莎说，"他们不过天性如此。他们还没被文明世界带坏，是高尚的人。"

"噢，女士－大人，此言差矣。我听说过那些事，也亲眼见过，"他摇晃着头，"山里那些人很邪恶。他们唱歌、跳舞、做爱。女士－大人，他们不是穆斯林。"

"那他们信仰什么呢？"

"噢，女士－大人，请听我说，他们崇拜山羊。"他从桌子对面探过身来，眼睛因恐惧而瞪得大大的，"我没开玩笑，真的。我见过他们。他们中有许多女巫。"

"女巫？"

"就是那些帕坦女人，她们甚至比男人还要邪恶。如果帕坦女巫想去看望朋友，她就会爬上一棵树，用它飞到想去的地方。"

"你应该不会相信这些胡说八道吧？"

"是的，大人。但他还是会做出很多邪恶的勾当。"

"给我讲讲吧。"路易莎说。

"女士－大人，让我想想。上学期有个警察死了，也下了葬。两天后，人们发现他的坟墓被挖开，尸体不见了。这个人过去总是到处树敌，总是管着帕坦人，不让他们随意做这做那。也许他的敌人想把他的尸体挖出来报仇。也许这就是真相，但是在集市上还有其他传言。"

"什么传言？"

"那些帕坦女人……生来就非常淫荡。不好意思，女士－大人。据说如果女巫看上哪个男人，想跟他上床，就会去坟场，挖出一具刚下葬不久的尸体。"

"这样做有什么用呢？"路易莎问。

"女士－大人，听我说。据说女巫会把尸体挂在树上，把水浇在它头上，然后收集从脚上滴下来的水，再用这些水洗澡。洗完澡后女巫就会变得非常美丽，没有男人能抗拒她们的魅力。"

"斯瓦特那边现在还有这样的事吗？"我问。

"大人，我发誓还有。"

"但所有的英国官员以前都来斯瓦特打野鸭，"我胆怯地指出，"斯瓦特省长家里的派对很有名。"

"大人，派对今后不会再有了。"

"您这是什么意思？"

"大人，斯瓦特省的省长去年被几个帕坦人劈成了碎块。现在他已经不在人世了。"

那天晚上我们步行回到旅馆，耳朵里灌满了关于去吉尔吉特（Gilgit）和罕萨（Hunza，据我们的朋友说，那里的帕坦人以杀婴和食人著称）的途中的种种危险的描述。然而，更迫在眉睫的是解决旅馆房间里等待着我们的可怕事情。当地的蟑螂随着夜幕降临潜入屋中。我们发现有许多虫子在床垫上筑窝，于是花了半小时进行大屠杀。但我们入睡后，它们那猫须一样的长触须还是会不时拂在我们脸上，把我们惊醒。唯一的安慰是蟑螂似乎赶走了跳蚤，且此地海拔八千英尺，对蚊子来说太高了。

* * *

从阳台外传来的清嗓子的声音吵醒了我们。水花飞溅声和咕噜噜的漱口声从院里传来。帕坦人显然和次大陆上的许多其他民族一样，认为盥洗很重要，非常令人愉快，因此做这件事时显得兴致勃勃。人们清喉咙、擤鼻子、放屁，然后在水龙头下面清洗所有不必脱掉沙瓦克米兹就能清洗的身体部位。出于某种原因，耳后的清洁尤其重要。人们先用小树枝擦牙齿，再用牙签剔牙，最后终于到了帕坦人梳胡子的时候了。他们要花很长时间来做这件事。帕坦人的胡子体现了一个人的阳刚之气，因此很受重视。人们以修剪、弄卷胡子或为其染色为傲（我们当时发现把胡子染成橙色似乎是社交礼节的需要）。任何观察部落民盥洗的人都会发现帕坦人天生爱修饰，喜欢赶时髦——这一特质真令人惊讶。有人甚至连眼影都用上了。

我们退房后，发现直到傍晚才会来巴士，于是决定搭便车进山。但离开之前，我想去看看刻在镇外两块巨石上的岩谕。它们是由公元前 2 世纪的孔雀王朝第三位君主阿育王放置在那里的。亚历山大大帝从南亚次大陆撤退之后的那个世纪里，阿育王曾建起广袤的帝国，其疆域覆盖了今巴基斯坦和印度的大部分地区。阿育王厌恶这血腥的征服过程，于是改信佛教，并将其确立为帝国的基石。整个次大陆都可见到由他颁布的以非暴力原则为基础的新法，因为其内容就雕刻在岩石上。这让人产生一种奇怪的似曾相识之感：虽然两千多年后甘地才会出生，但阿育王的行事风格让人想起圣雄。

该法令以素食主张开头：

> 从前在御膳房中，每天都有成千上万的动物被宰杀并被做成菜肴。现在每天只可杀死三只动物，即一只孔雀和两只鹿……即便是这三只动物，将来也应免于一死。

接下来的一段话更令人费解：

> 道德警察受命监督人民虔敬法律，并向人民灌输服从

和慷慨的信念，同时还要防止帝国各阶层行事过于荒淫。过去很长一段时间里，事务未得到处理，汇报也未得到妥善接收。未来不可再如此松懈。一切工作都是为了公众利益，除此之外没有其他目的。

在较小的那块圆石上，阿育王宣布他将通过巡游帝国来"宣扬正道"，并禁止举办"堕落及毫无价值的仪式"。坐在那里，凝视着那已几乎看不清的象形文字，我想知道生活在阿育王的统治下是何种感觉。H. G. 威尔斯①在他的《世界史纲》（*History of the World*）中写道，那就是天堂，而阿育王是古往今来最贤明的皇帝。但后来威尔斯拥护集权政府。1930 年代，他成为最先追随安德烈·纪德②，并宣扬斯大林主义优点的西方知识分子之一。尽管其中体现的素食主义很感人，但阿育王的法令确实有清教徒式的专制色彩，令人担忧。

在我看来，该法令的最早的译者詹姆斯·普林塞普（James Prinsep）比阿育王更有同理心。普林塞普是加尔各答皇家亚洲学会（Royal Asiatic Society in Calcutta）的秘书。19 世纪初，英国对印度的态度日益偏执，这威胁到了对整个印度文化的研究，而普林塞普带领加尔各答皇家亚洲协会做了对抗这种偏执的最后一搏。当时英国人开始鼓励印度人西方化，而非鼓励英国人东方化，这成了 18 世纪英国政策的基调。普林塞普是"婆罗门化"英国人的伟大传统的最后体现，这些英

① 赫伯特·乔治·威尔斯（Herbert George Wells, 1866～1946 年）是英国著名小说家、新闻记者、政治家、社会学家和历史学家。——译者注
② 安德烈·纪德（André Gide, 1869～1951 年）是法国作家，曾获诺贝尔文学奖。——译者注

国人认为印度文明与欧洲文明同等重要。从那以后，"英国太太"的到来、俱乐部的出现和白人社区的建立隔离了两个民族，同时也使人们忽视印度历史。这种情况直到 20 世纪才被莫蒂默·惠勒①终结。普林塞普是位工程师，在加尔各答造币厂工作，在研究古代印度硬币的过程中对东方文化产生了兴趣。人们至今还没有忘记他，主要是因为他能翻译两种已被遗忘的印度文字，即笈多王朝时期的婆罗米文和阿育王时期的婆罗米文，而后者就是岩谕所用的文字。然而在当时，对蒸汽船做防锈处理的技术及加尔各答冰库的设计给他带来的名声也很大，不亚于其对印度古文字的辨识能力。在冰库设计项目中，他与一位名叫詹姆斯·帕特尔（James Pattle）的酒鬼共事，而后者是我高祖父的爷爷。这座冰库是加尔各答在制冷方面的首次试验，第一船冰块从美国运抵的那天成了公共假日。"中午之前所有业务都暂停……大家互邀共进大餐，品尝用从美国进口的冰块冰镇过的红葡萄酒和啤酒。"帕特尔用"顶级香槟"招待了大家。

虽然这是颇有公共精神的举动，但两人最后的结局都很悲惨。普林塞普试图翻译阿育王时期的婆罗米文，但因过度劳累而病倒。四年后他终于破解了这种文字的秘密，但"脑子已不清楚了"。他被捆好塞进回赫特福德郡的蒸汽船时，仍然神志不清。他回到英国，但一直没能清醒过来，"直到一年后才完全解脱"，当时已是 1840 年。而他的老搭档詹姆斯·帕特尔也过得不太好。这位公认的"印度头号说谎者"（这种说法很

---

① 莫蒂默·惠勒（Mortimer Wheeler, 1890~1976 年）是英国考古学家，以工作严谨、方法细致而著称。——译者注

公正，因为他自称曾坐在鸡笼里横渡大西洋）因酗酒而亡，遗体被浸入一桶朗姆酒中防腐。回英国的路上，他的妻子把酒桶放在自己的卧室门外。午夜时酒桶猛地炸开了。这位未亡人冲出门，发现酒桶在走廊上爆炸，而自己丈夫的半个身子卡在酒桶里，另外半个身子露在外面。"她当时就疯了，可怜的人，她去世前还一直在胡言乱语……"但最坏的情况还在后面。木桶被钉牢运回甲板。船启航后，水手们猜到木桶里装满了酒，就在桶侧钻个洞，开始痛饮。他们喝醉后，朗姆酒继续往外流，酒液着了火，又把船引燃了。当醉醺醺的水手们试图扑灭火焰时，船撞到礁石上爆炸了。因此正如帕特尔所希望的那样，他没有在英格兰入土，而是在火中化为灰烬。

我和路易莎仔细思考这个故事是否蕴含了道德寓意，然后动身前往喀喇昆仑公路。那天天气很好，甚至那位旁遮普朋友的警告——即使我们不被活生生地吃掉，也肯定会被落石砸死——也没能使我们的心情变糟。我们很快就搭上了一个公路包工头的车。他正负责维修高速公路，施工的地段就在前方六十英里处。他说自己能开多远，就会把我们捎多远。

1960年代，中国和巴基斯坦携手修建了喀喇昆仑公路。它原本是严禁外国人进入的军用道路，巴基斯坦政府于5月宣布了它的对外开放。这就是我们远征的催化剂，我们成了最早目睹这条公路的西方人之一。离开拉合尔之前，奎兹帕什夫人曾送我们一本枯燥的宣传册。如果其内容可信的话，那么这条公路长八百公里，修建耗时二十年，其间有三千万立方码的岩石被炸掉，四百余人因它失去了生命。

离开曼塞赫拉后，我们沿着曲折的河谷前行，看到湍流从车下流过。山坡上开满了野花，更高的斜坡上树木繁茂。路边有几栋板条木墙的小屋，里面有部落民在卖甜瓜。随着公路的海拔越来越高，气温也逐渐下降。我们眼前豁然开朗，发现自己置身于悬谷中，谷中梯田里的成熟稻谷呈深绿色。在旁遮普省，稻田里到处可见嫁接庄稼和照料禾苗的村民，而帕坦人似乎对农业采取了更为随便的态度。他们像身边的水牛一样，一动不动地坐在印式轻便床上等待稻谷生长。路上有个制造板球球拍的村庄。一小摞已完工的球拍靠着某间小屋的墙壁摆放，村里的人看上去也不太忙碌。我们停下来喝茶时，遇到的男性村民都很和蔼、放松、高兴。他们蹲在地上，送我们杏干吃。这些村子里几乎见不到女人。

我们的车继续行驶，山谷又变窄了。村落越来越少，房屋里的东西越来越多，屋子本身也越来越结实。屋墙用泥垒成，内侧衬以原木。它们的窗户很小。在某个村子里，我们让一家帕坦人搭车。这家的父亲是个模样凶狠的部落汉子，其胡子被染成橙色。他一手拿着把大砍刀，一手拎着只活鸡。

有时候，包工头会让我们中的一个来替他驾驶，但路易莎和我大部分时间都坐在后座上。我翻阅着第一位莫卧儿君主巴布尔（Babur）回忆录的英译版，这是莫扎法借给我的书，他拿走了我的那本被翻阅多时的《罪与罚》作为交换。巴布尔是贾汗季的曾祖父。与贾汗季的时代相比，在他生活的 16 世纪，中亚河中地区①的局势更加动荡。年轻时巴布尔并未掌握权柄，而是日复一日地和同伴住在一起，偷窃羊和食物。他偶尔会占领某个城镇（十四岁时，他曾夺取撒马尔罕并占领那里三个

---

① 中亚河中地区（Transoxiana）指中亚锡尔河和阿姆河流域以及泽拉夫尚河流域，包括今乌兹别克斯坦全境和哈萨克斯坦西南部。——译者注

月），但通常住在帐篷里。这种漂泊的生活对他毫无吸引力。"我想起那时的生活，"他在《巴布尔回忆录》（*Baburnama*）中写道，"就是从一座山走到另一座山，无家可归，无片瓦遮头，没有任何亮点。"

穿过巴法（Bafa）和巴塔格兰（Battagram）的山谷时，我正在读这本书。这位莫卧儿君主描述的近五百年前的风景，与眼下车窗外的风景颇为相似。他这样描述家乡费尔干纳（Ferghana）：

> 这里盛产谷物和水果。葡萄和甜瓜味道可口，产量也很高。甜瓜成熟的季节，在瓜圃里将它们卖掉并不是惯常的做法：路人可以免费品尝它们……这里还有大量飞鸟走兽可供狩猎。野鸡特别肥，据说用一只鸡炖的汤就足以给四个人喝，而且还喝不完……

他写的可能就是巴塔格兰。莫卧儿王朝早期的细密画表现的宫廷场景中，到处是满脸胡须的男子。现在不需要有很强大的想象力，就可以看出眼前包头巾的山谷部落民也有相似的面庞。

那家帕坦人在一个堡垒式村落下了车，我们在曼塞赫拉以北四十英里处的道路施工点停车吃饭。路面有大约三分之二已塌陷在下面的梯田里，一辆小丰田皮卡已因此翻落下去。那辆皮卡车有我们这辆车的两倍大。我们坐在悬崖边上的印式轻便床上，而那包工头很高兴地把那辆车指给我们看。

"丰田里是澳大利亚人，"他愉快地举起手臂，指向那皮卡车的方向，"他们现在都死了。"

　　他的这番话和他朋友为我们做的饭一样令人不安。烹调时，巴基斯坦人把完全正常的动物、绵羊或鸡处理成肉块，但这些肉与欧洲人餐桌上的动物肉块相去甚远。我永远搞不清那天午餐时摆在面前的究竟是羊身上哪个部位的肉。它柔软而有弹性，上面覆盖着灰色胶质，尝起来有点像阿拉伯树胶。为欢迎我们而呈上的私酿酒更糟。巴基斯坦是禁酒的伊斯兰国家，因此所有的酒都是非法私酿的。包工头自豪地说这酒是他在医院工作的朋友酿的。它被存放在装咳嗽药的毛玻璃小瓶里。他小心地把它和一瓶甜得令人作呕的可乐混合，然后把混合液体倒进脏茶杯。路易莎坐的位置离包工头较远，因此能偷偷把杯中物倒下悬崖。然而我只能把它喝干。这东西真可怕，喝起来的味道有点像麻醉剂，又有点像消毒剂，但至少冲淡了我嘴里阿拉伯树胶的味道。

　　车继续沿着高速公路往前开，但我们明显感觉很不好。包工头喝完"消毒剂"后感觉良好，继续以可怕的速度飙车。他似乎特别喜欢与对面开来的重型卡车近距离会车，然后转身向我们露齿而笑。下次会车时，我们的车与对方的距离会更近，于是他会变得更加亢奋。巴基斯坦人视犯戒饮酒为时髦之举，还会故意撒酒疯。我们闭上眼睛，但仍然心神不宁，觉得马上就要大难临头。大难果然降临了。一个急转弯后，我们突然看到印度河在远方高山的脚下蜿蜒流过。包工头环顾四周，把它指给我们看。突然车身剧震，令人头晕目眩。我看到有头牛凌空飞过公路，落在悬崖边，四蹄着地——真是了不起。它连看都不看我们一眼，继续大嚼青草，显然对刚才短暂的飞行无动于衷。但丰田报废了。车前散热器的一侧完全塌陷进去，里面喷出的水在路上汇成个大水坑。

有那么一会儿，我们绝望地在车边站着。包工头清醒过来，检查了损坏情况。我们试图表现出同情的样子。路易莎帮助包工头打开引擎盖。我轻敲散热器，看上去就像机械方面的权威人士。路易莎指着水坑。包工头点点头。他胡乱摆弄电池。他转动风扇。他仰躺在地上，蠕动到散热器下方。他摇了摇头。牛慢慢撕扯着一丛草叶。我从车后取下背包。很明显，皮卡车哪儿也去不了了，至少眼下是这样。

问题是下一步该做什么。包工头决定回到道路施工点的朋友那里，看能不能叫他们来帮忙。我们决定继续往前走。我们把卡车推到路边，握了握手，分道扬镳，留下那头牛跟车做伴。

前方的峡谷口通向印度河的主河谷。河面大约半英里宽，长飘带般的石灰色融雪水从群山间流过。有条小路通向河边一座孤独的白色平房。平房周围是修剪过的草坪，针叶树像篱笆一样围在草坪四周。时间已近傍晚，而我们夜里的宿处还没着落。我们跌跌撞撞地沿小路走下去，在谷底遇到位警卫人员。

"大人，"他说，同时微微躬身，"这里是驿站。不好意思，这里只有巴基斯坦政府的公务员能住。"

我以前在印度见过这些驿站小屋。按官方说法，它们只对巡回法官、邮政总长、准将或类似人员开放。但有时如果对警卫人员做出适当表示（即行贿），就可以在里面睡上一晚。我刚准备与他协商，路易莎就在旁边怒气冲冲地开了口。

"我们就是巴基斯坦政府的公务员。"她说。

我回头看她。

"不对吗，威利？"

"什么？"

"我们是官方派遣的盎格鲁－巴基斯坦马可·波罗之路考

察队。"她向那警卫解释。

"噢，一点没错，"我立刻就明白了，"我们是公派益格鲁－巴基斯坦马可·波罗之路考察队。没错，就是这样。"

我找到夫人的信，把它交给警卫。那人看了看，又鞠了一躬，把我们领进了驿站。路易莎向我眨了眨眼，然后跟着警卫进屋。我们得到了一个可以俯瞰印度河的房间，里面有两张配了精美蚊帐的华丽四柱床，还有干净的欧式浴室，浴室里甚至还有卷柔软的厕纸。

那晚，一切都渐入佳境，不仅因为驿站里体贴的服务团队可以同莫扎法大宅里的仆从相媲美，还因为我们不久后就发现印度河对面那座山就是皮尔沙尔（Pir Sar）。墙上的"注意事项"说那里是奥诺斯城（Aornus）的遗址。亚历山大大帝西归前最后攻占的便是奥诺斯，随后他就在巴比伦去世。亚历山大是我童年时的英雄。前一年在重走十字军首次东征的路线时，我曾在亚历山大的出生地，即佩拉（Pella）山上的沟渠里睡了一夜。这称得上有始有终了。

我坐在屋里写了两小时日记，冲了个澡，喝了传令人送来的茶，然后走到外面的花园里。驿站草坪的尽头是河岸，更远处是河流。河岸上散布着光滑的巨大圆石。傍晚的阳光在水面旋涡上跳跃嬉戏，流水声在山谷中回荡。太阳落到峰峦后方时，有位毛拉走过来，俯伏在河边岩石上，以额头触石。从河水的轰鸣声中，我可以分辨出他在念清真言："万物非主，唯有安拉。"

我发现路易莎坐在岸边较低的大树枝丫上，正为一幅印度河的素描做最后的润色。她之前花了整个傍晚的时间读《洛丽塔》。

"这书真是污秽下流。"她说。

"你不喜欢它吗?"我问。

"不,我很喜欢它。"

路易莎像鸟儿一样栖在树枝上,看上去比平时更迷人。她的皮肤已被晒黑,这使她的蓝眸金发更加显眼。尽管旅行条件艰苦,但她的装束仍然挑不出毛病。她手上新工艺美术风格的镯子正在阳光下闪烁。此时我将她那匀称的身材尽收眼底。她的曲线真是漂亮。

"你在想什么?"她可能注意到了我直勾勾的眼神。

"噢,没什么。"

"我能画你吗?"

"当然可以,画吧。"

我在河边摆好姿势,恰到好处地把腿放到河里。路易莎边画边和我聊天,我们的话题大部分与爱德华及其众多优秀品质有关。

"我想我坠入爱河了,威利。"

"和谁?"

"当然是和爱德华了。"

"哦。"

"我说你不会在意这些的,是吧?"

"不会的,"我撒谎道,"我为什么应该在意呢?"

"我不过是觉得你可能有点嫉妒。"

"我?嫉妒?"

"只是一种感觉。"

"嫉妒?我一点儿都不嫉妒。"

我站起身。"来吧,我们进去吃晚饭吧。"

"等一下,我想再跟你讲讲爱德华。"

"好，继续说吧。"（关于那个小混蛋。）

"好吧，"她开始讲，"首先，他是个美男子。见到他你才能明白什么叫英俊。"

"我见过他。"

"你是见过他，但并没仔细看他。"

"的确。"

"而且……哎呀，他穿得非常讲究。"

"这很重要，"我说，"他爱说话吗？"

"你这是在嫉妒了。"

"只是感兴趣罢了。"

"好吧，老实说他话不多，但人很好，很忠诚。我想当你了解他后，也会喜欢他的。"

"听起来正对我口味。走吧，吃晚饭去。"

我们吃了一顿味道不怎么样的咖喱食品，然后路易莎去写信。我独自坐在外面的阳台上，在《巴布尔回忆录》中寻找慰藉。

* * *

住在皮尔沙尔山上的不是帕坦人，而是与"努里斯坦的卡菲尔"① 有血缘关系的古贾尔人（Gujars）。他们勇敢好斗，肤色白皙，有些人长着金发。帕坦人非常讨厌他们，部分原因可能在于古贾尔人的信仰属于泛灵论——他们直到最近才皈依伊斯兰教，且向教之心不算坚定。但最主要的原因可能在于帕坦人嫉恨古贾尔人的身高、力量和容貌。来到这个地区的维多

---

① 努里斯坦的卡菲尔（Kaffirs of Nuristan）指生活于阿富汗东部地区的努里斯坦人。他们曾被周围的穆斯林称为"卡菲尔"（异教徒）。——译者注

利亚时代的探险家们认为古贾尔人是亚历山大军队掉队士兵的后裔（他们不是戴着类似于马其顿战士头盔的羊毛头饰吗？），但帕坦人有不同看法。他们说曾有帕坦女巫与一头兴奋的印度河水牛进行有悖伦理的性交，然后生下了古贾尔人。印度河仍然是两个部落的"楚河汉界"。

第二天吃早饭时，我提议渡过这条河进入古贾尔人的地盘，然后攀登皮尔沙尔山。但路易莎没有我这么热心。她已经发现巴基斯坦条件很差，说自己疲倦虚弱，而且不太喜欢爬山。

"那你就别来了，"我终于说，"不管怎么说，古贾尔人之前在英国统治时期就对'英国太太'很有兴趣。你可能会遇到危险。"

"那你呢？"

"没人会强奸我。"

"没错，是这样。"

驿站的警卫对这个计划也不以为然。

"噢，大人，大人，那些人都很邪恶，"他呻吟着说，"别过河，大人。不安全。古贾尔人都是强盗和杀人犯。"

我对他的话充耳不闻。旅途中遇到的人几乎都会向我们介绍下一站的情况。在他们口中，下一站总是充斥着恶魔和更邪恶的家伙，继续前行总是疯狂的。然而，与我们遇到的大多数灾难预言家相比，这位警卫更加坚决。由于未能劝阻我攀登皮尔沙尔山，他便全力以赴地拖我的后腿。他坚持要护送我步行二十分钟，还要到渡口去和渡船的船夫谈判，因为他们是一帮坏透了的帕坦人。那些帕坦人有一只筏子，在警卫口中，他们有多恶毒，那筏子就有多靠不住。它由四张水牛皮做成：塞满谷糠的充气水牛皮被捆在一起，固定在脆弱的木框架上。令我惊讶的是，它其实相当安全。是的，它当然安全。毕竟这是人类已知最古老、最久经考验的过河方法之一。公元前7世纪，亚述人的浅浮雕上也有类似的筏子。亚历山大和他的军队正是凭借这样的筏子才安全渡过多瑙河和奥克苏斯河。不过在警卫的努力下，这条木筏至少在一开始时没能载我渡过印度河。船夫们按指示把筏子推到河中，操纵它往下游漂了一英里。他们把它在驿站下方泊好。令其他乘客和我同样困惑的是，我被送到一处多沙的河岸下船，路易莎和一个驿站传令人帮助我上岸。

我花了二十分钟解释说：不，我坐船不是为了兜风，我是真的想过河。我们又花了一小时把木筏拖到上游的横渡点，再花三十分钟为牛皮重新充好气——先从原本的水牛脚踝处往里面吹气，然后用园艺麻线在牛腿处扎紧。差不多在中午时分，牛皮筏才下水开始渡河。有个全身仅系着一条缠腰布的船夫从后面把筏子推入河中。筏上的几个年长部落民手持步枪和雨伞挤在一端。突然筏子被水流卷住，箭一般地向下游射出去，同时不规则地打转。我们遇到了湍流，河水像瀑布一样落进船里。我们继续前进，船打着圈在旋涡里转来转去。我俯身护住相机包，咒骂自己说把所有的胶卷都带来真是太蠢了。但筏子并没有失控。筏子另一端坐着两个船夫。他们紧握住绑在木制立柱上的一对结实的杆子。它们是船桨。每当船夫背向较远的河岸时，他们就用力摇桨，使筏子颤抖着转向正确的方向。

只有一位老人看上去忧心忡忡。他的小孙女蜷在他的胳膊下，因发烧而大汗淋漓。她的手无力地垂下来，湿漉漉的头发缠在一起。我在老人沙瓦克米兹的胸前口袋里看到了一瓶未开封的药。也许这就是他过河的原因。那瓶药是一个英国药厂的止咳糖浆，看起来对那女孩的高烧不会有很大帮助。

向下游行驶了两英里后，船夫把筏子泊在皮尔沙尔山脚下的泥沼地上。亚历山大曾于公元前327年的夏天来到这里。奥诺斯城当时虽未设防，但仍称得上固若金汤，因为高而陡的地势比任何堡垒都保险。皮尔沙尔是佛教国家乌仗那国的都城，亚历山大先前征服过的地方的流亡者都已经逃到了那里。有谣言传遍亚历山大的营地，说那座山太高了，"即使宙斯的儿子赫拉克勒斯也觉得那里无法攻克"。

围城是不可能的，地形限制了亚历山大能采取的策略。他别无选择，只能杀出一条血路，艰难地爬上山坡。第一轮袭击以大败告终。三十名精心挑选出来的先锋战士被从山上滚下的巨石碾得粉身碎骨。亚历山大本人也是死里逃生。印度人敲了两昼夜的鼓来庆祝胜利。但他们意识到马其顿人最终会破城，于是派信使去谈投降事宜，以便拖延时间，同时秘密组织民众从山顶撤离。亚历山大意识到他们的意图所在，于是率领七百名盾兵用绳索爬上岩石，发起进攻。

> 马其顿人紧随亚历山大之后分头攀登，先到者把后来者拉上去。预先安排的信号一被发出，他们就扑向退却的野蛮人，杀死了大批逃跑者。其他人恐惧地撤退，跳下绝壁身亡。如此一来，这座曾使赫拉克勒斯望而却步的山峰就拜伏在亚历山大脚下……

亚历山大和他的马其顿军队爬山时还得对付当地的野蛮人，然而我发现即使没有敌人，要攀登这座山也很困难。这座山从印度河岸边拔地而起。起初我连一条上山的小路也找不到，只好艰难地经过梯田和沟渠，寻路穿过生长着大量玉米、小麦和大麻的狭窄带状田地。费力地向上走了一个小时后，我终于遇到一条夹在两堵干燥石墙之间的低洼小路，也许这就是马其顿人走过的那条"用手凿出的石路"。它用大块石灰岩板铺就，看上去年代久远，石板已被无数脚掌磨得平滑如镜。这条小路蜿蜒而上，穿过一排排整齐排列的梯田，又分岔出其他若隐若现的羊肠小径。爬山使我筋疲力尽。气温上升，前一夜的寒意散去了。正午的太阳透过稀薄的空气照下来，我开始有了高原反应。又过了一个小时，我觉得快要热死了，于是离开正路，沿小径漫步走到一圈泥墙前。

我在那里发现了一处部落民的房屋：屋顶平坦，墙是泥巴做成的，有独立的厨房和院子，院里摆着几张印式轻便床。里面的居民只有几头卧着的奶牛、一群鸡和几个看起来心满意足的胖婴儿。我累得顾不上礼节，一头倒在其中某张轻便床上。一分钟后我睁开眼，发现周围有一群戴绣花帽子的大眼睛孩子，以及一个穿着肮脏的沙瓦克米兹、长着橙色胡须的古贾尔人。后面更远处还有几个穿着鲜艳印花衣服的女人。我为自己的无礼感到难为情，微笑着做了自我介绍。一分钟后，我的乌尔都语词汇储备就无法支持我讲客套话了。于是我们大眼瞪小眼地默默坐着。女人们生火煮茶，叫年纪最大的孩子去拿一个玉米棒子。他把它从火中拿过来递给我时，它还很烫手。最后我起身要走，那男孩坚持要陪我上山。他抢在我前面跳上那条小路，像野山羊般动作敏捷、步伐坚定。陡峭的斜坡似乎对他没有影响，他好像也无法理解自己身后那个气喘吁吁、汗流浃背的人为什么会越走越慢。

整齐的梯田很快就被乱糟糟的矮树丛取代，小路越来越难以辨认，有时还会分岔出几条更狭窄的小路。偶尔我们会看到小屋，每次我的朋友都会让我坐在轻便床上，让女人们拿薄煎饼和淡水过来。

我们爬了两个小时后，看到一股泉水从岩石中涌出。在这里路终于走到了尽头，而我的朋友不再往前走了。他试图说服我和他一起下山，却没能成功。他和我握了握手，消失在拐角处。他一走，我就开始为自己的决定后悔。此时已经过了下午四点钟，我似乎不太可能赶在黄昏前爬上顶峰，再回到渡口。不管怎样，正如奥莱尔·斯坦因爵士①的调查所显示的，山顶上除了几块大石板之外，见不到其他遗迹（这位伟大的考古学家多少发挥了一点想象力，认定那石板是亚历山大为胜利女神雅典娜建造的祭坛）。山坡上万籁俱寂，令人不安——没有风，没有鸟，也听不到远处河流的轰鸣声。我一边认路，一边沿着那条小径走了一会儿，但很快就发现自己已无法区分真实存在的路和想象中的路。有的矮树丛从中间分开，还沾上了行人脚上的尘土，于是我追随这些痕迹走下去，可之后它们突然消失不见了。回首来时路，我又一次迷失了方向。最后我再也看不见那条河，面前只有单调的岩石壁。有一次我没看清自己正向哪里走，结果摇摇晃晃地走到了悬崖边上。我沿着山坡直直向下走，希望能重新回归正路，却被荆棘划伤了腿。我开始惊慌失措地加快脚步，结果又扭伤了脚踝。

我精疲力竭地坐在石头上，觉得脚踝很痛，我之前从未意识到某些腿部肌肉的存在，而现在它们全都开始抱怨。太阳投下长长的阴影，寂静使我忧心忡忡。没有任何蛛丝马迹

---

① 马尔克·奥莱尔·斯坦因（Marc Aurel Stein, 1862 ~ 1943 年）是世界著名考古学家、艺术史家、语言学家、地理学家和探险家，也是国际敦煌学的开山鼻祖之一。——译者注

能为我指明方向，我也不觉得其他任何小路看起来能走通。我看不到哪怕一栋房子或一个熟悉的地标。印度河只是下方遥远的、闪闪发光的细流。我感到疲倦痛苦，还有点害怕。我一动不动地坐了十分钟，不知道该怎么办。所有的选择似乎都同等程度的毫无吸引力。这时我听到从正上方传来枪响。这声音通常意味着危险，但现在我觉得它听起来简直像家人一样亲切友善。我爬上去，很快就找到了一条小路。我沿着小路绕过断崖，看到了枪声的来源：陡峭的山坡上有个由砖木小屋构成的村庄。

我沿着梯田走进村庄。小巷里空无一人，从村庄另一头传来齐发的枪声，还有拍手声、鼓声和歌声。我好奇地循声而去，在雕刻精美的门楣下窥视门里的院子。穿着彩色丝绸衣服的妇孺正围着冒烟的篝火跳舞，男人们坐在墙边大吼，偶尔还会放枪。皈依伊斯兰教之前，古贾尔人是泛灵论者，而我闯入了他们的仪式。大家知道这种仪式现在仍然存在，但很少有西方人能亲眼看到。我总共只看了十秒钟，就有个女人尖叫着向我这边指来。歌声立刻停止，女人们逃进一间小屋，男人则从地上跳起来，把枪口对着我并朝我走来。我逃不掉，于是索性朝他们走去，试图表现得从容不迫。我伸出手，笨拙地表达友好之意。没人和我握手。他们用枪威胁我，把我押送到屋顶平台上，那里只有一张印度式轻便床。古贾尔人示意我坐下。他们围着我怒目而视，仍然用枪指着我。我破坏了他们的聚会，而古贾尔人看起来并不像是天性宽厚的民族。他们身材高大、胡须浓密、身材壮实，头上的头巾是巴勒斯坦的样式，而非锡克人的样式。他们的沙瓦克米兹更修身，同我在巴基斯坦看到的任何其他款式都不同。有人站了出来。他的面庞扁平，好似骷髅，在我看来带着些日耳曼人的特征。他有冰冷的蓝眼睛和一双大手，戴着如同薄煎饼的阿富汗式帽子。我看出他要么秃了顶，要么就是剃了光头。

我试着讲了几句乌尔都语。对方没人听懂。我微笑。他们继续对我怒目而视。我装出傲慢的样子。情况毫无变化。然后我试着表示对他们的枪支感兴趣。既然大约有十五支枪正指着我，那么这个话题顺理成章。它成了突破点。我对一把生锈旧步枪的热爱激起了其他几位枪主的妒忌心。他们骄傲地把四五支看起来一模一样的枪拿给我看，等着我的夸赞。不，我坚持说，第一支步枪肯定最合我心意。瞧瞧那枪管的光滑度、弹仓的长度、枪栓的做工。在"英格里斯坦"没有哪支枪可以与之相比。我必须给它拍张照片。

我让它的主人站在轻便床的边上，把枪举在胸前。他微笑，我按下快门。这引起了骚动。大家都想拍照。男人们排起队，身体僵硬得好像在立正似的。那"日耳曼人"想要照张单人照，但两个朋友从旁边闯进了取景框。我照了家庭合影，给表兄弟拍照，还给孩子们拍照。我把所有步枪排好，以那张轻便床为背景拍照。我拍了张只有步枪没有床的照片，又照了张只有床没有步枪的。有人给我拿来食物，那是由糯米和山羊腿做成的可怕甜食。"日耳曼人"拿来几支锈迹更重的步枪给我看。我们起誓要结为兄弟。我准备动身离开时可谓装备齐全，还得到了一个十几岁的向导。大家已经把那个被打断的仪式抛到脑后。感谢上帝让我活着离开皮尔沙尔，我小跑着冲下山坡。尽管脚着地时脚踝还很不舒服，但我还是在两个小时内下了山。

* * *

我在回到英国后读了罗宾·莱恩·福克斯（Robin Lane Fox）的权威著作《亚历山大大帝》（*Alexander the Great*），到那时我才开始从某个有趣的角度审视那个仪式。亚历山大本人在通过喀喇昆仑山山口时似乎也曾亲眼看见类似的仪式。据编年史家阿里安（Arrian）记载，就在亚历山大围攻皮尔沙尔山前，一个说法在马其顿军人间流传开来：当地部族是被酒神狄俄尼索斯安顿在那里的，而他们的城镇就是酒神的圣所。有许多希腊人把常春藤缠绕成花环，唱起颂歌，并"迅速被酒神附身，大喊大叫，疯狂奔跑……"这一事件长期以来困扰着学者。次大陆上最接近狄俄尼索斯的神是湿婆，而在 19 世纪，人们推测马其顿人当年在印度河沿岸遇到的是湿婆信徒。这解释令人信服，但还有个小问题：古贾尔人从来没皈依过印度教，也从来没有崇拜过湿婆。唯一可能的解释是，希腊人闯入了泛灵信仰的仪式，把这种狂热的膜拜仪式与另一种仪式混淆了。这两种仪式之间有更深层次的联系，即对山羊的崇拜。狄俄尼索斯的祭仪上，人们会宰一头野山羊并吃掉它，而这一环节在古贾尔人的仪式中同样重要。我有个有趣的想法：我可能不是首位被古贾尔人献上山羊腿的西方人。很可能我于无意中享受了亚历山大大帝曾获得的待遇。

* * *

那天晚上，斯瓦特方向的天空被明亮的蓝色闪电照亮。暴风雨越来越近。驿站里先是电流不稳定，最后直接停电了。第二天早上，湿润的道路闪着水光。我们背上背包，沿小路上山。

如果真能沿这条路到达边境，我们就会设法进入中国，重新走上马可·波罗的路线，朝喀什进发。在喀什我们可以稍事休息，快活地放松两周。但计划刚一执行就遇到了障碍。天气又热又潮，我们辛苦地走了五英里后仍没有搭到车。背包的重量与离开曼塞赫拉时相比似乎奇迹般地增加了一倍。很快我们就不得不坐在路边等车。

九个阿富汗人在白沙瓦（Peshwar）租了辆达特桑卡车，正开向中国边境，他们捎上了我们。他们说自己是正在度假的"圣战者"，但我认为这不是实话。这些人身材圆胖，很懒散，受过良好教育，身上完全没有那种好斗的气质。我们和他们一起待了两天，其间一个关于战斗的故事也没听到。

卡车后斗里的气氛跟约克郡那种顾客全是男性的酒吧颇为相似。在车斗一端，被褥、基里姆地毯和羊皮中间坐着个看上去很虔诚的老人，还有他的两个沉默寡言的儿子。年轻人戴着白色无檐便帽，和父亲一样都长着巴塞特猎犬般的长下颌。他们看起来并不愿意跟两个陌生人坐在一起，于是一开始故意不搭理我们。除他们以外，还有爱吵闹的三兄弟。他们把腿悬在车边，为我们腾出空间。考虑到我们卡车的行驶速度、狭窄道路和对面开车过来的司机的鲁莽程度，这种行为很冒险。他们光着头，与旅游书里写到的高贵阿富汗人完全不同。他们没有谈论园艺或波斯诗歌，而是向我们仔细打听西方的情况。

"'英格里斯坦'比巴基斯坦更好吗？"

"在某些方面是这样的。"

"巴基斯坦是狗的国度。"

我用浪漫主义的方式描绘剑桥，他们承诺会去那里拜访我。

"开车去那里很远吗?"

"非常远。"

我想象着他们开着卡车行驶在国王大道上会是什么样子。我们可以带他们去剑桥撑船游览。然后三兄弟中的长兄凑过来,低声说了些什么。我没听清,于是他更大声地重复了一遍。

"我到'英格里斯坦'的时候,你能带我去俱乐部吗?"

"你想去什么样的俱乐部?"

"俱乐部有很多种吗?"

"很多。有体育俱乐部、美食俱乐部、夜总会。"

"我指的是那种俱乐部,男人可以……"

他用右手的食指做了个手势,动作幅度不大却很传神。

"噢,我明白了。你想去妓院。"

那阿富汗人热切地点头。

"妓院,就是妓院。"

那个老人就不那么欣赏我们这样的旅伴。路易莎拿出索尼随身听时,他瞪向我们,开了口,让儿子做翻译。

"那不是好东西。"

"不好意思,我没明白。"路易莎说。

"那不是好东西。你的唱片机是违法物件。"

"您说的是什么意思?"

"你的唱片机违背了伊斯兰教法。你必须把它收起来。"

那老人还没说完。我们的旅行是出于宗教方面的目的吗?不全是。我答道。我是什么意思?我想写本书。我说。一本关于基督教的书吗?他猜道。不是?那是关于什么宗教呢?跟宗教无关吗？除了宗教书籍，还有关于其他方面的书吗？我把《洛丽塔》递给他看。他先是研究封面图片，然后从封底开始迅速浏览。之后，他告诉我们，先知也禁止人看弗拉基米尔·纳博科夫（Vladimir Nabokov）的作品。这句话似乎很合理，但真实性不太高。

尽管如此，我们还是兴高采烈。能再次坐上车真是令人兴奋。我们偶尔停下来做礼拜、采摘花朵，还在奇拉斯（Chilas）吃了午饭。当我们等那老人从清真寺回来时，阿富汗人的肚子因吃饱喝足而发出了声响。在那之后，风景开始迅速变化。群山四合，耕地减少，灰色的山坡上覆盖着凹凸不平的碎石。山尖上蒙着雪。那几个阿富汗人很高兴。

"如果'苏拉维'[①] 入侵巴基斯坦，我们也将在群山中作战。"

为了打发时间，三兄弟试图教我达里语[②]。老人和他的儿子要么在打盹，要么在咕哝着祈祷。父亲睡着后，其中一个小伙子鼓起勇气向我们借随身听。听到普林斯（Prince）的某首歌时，他轻轻用脚打着节拍，然后瞥了眼父亲，又继续祈祷。我们继续前进，越走越高，进入喀喇昆仑山。我们经过一辆破旧的巴士，车上坐满了来自中国新疆的维吾尔族。他们结束了一年一度的麦加朝圣，现在正返回家乡。这些人的眼睛很细，胡须长而柔滑，穿着黄褐色的罩袍，头戴绿黑相间的无边刺绣便帽。这是我们见到的第一拨维吾尔族。

天色向晚，达特桑拐了个弯后，我们看见前方路障旁站着

---

① "苏拉维"即达里语（Dari）中的"苏联"——作者注
② 达里语是现代波斯语的一个分支。——译者注

两个卫兵，手里拿着李恩菲尔德步枪。卫兵示意我和路易莎下车。我的心沉了下去。之前的旅途中我还没遇到过这样的难题。我们没有拿到特别许可证，现在我们可能要原路返回伊斯兰堡，然后再试一次。卫兵拿走我们的护照，带我们进入室内，其中年龄较大的那个用乌尔都语咕哝着什么。他大概要禁止我们继续向前。要是劳拉在场该有多好，我想，她肯定能帮我们渡过难关。然后我的脑海里有个声音厉声说：我不能不战而退。不，我说，当然不能。我们不会回头。没门儿。

我正要进入战斗状态，就注意到路易莎正在咯咯笑。我们即将被遣回，整个计划有夭折的风险，但路易莎只会咯咯笑。我对她怒目而视。

"他只是想让你在这登记表上签字。"她低声说。

我环顾四周，这才注意到卫兵正指着本册子。他的另一只手拿着支笔。

路易莎坐下来把资料填好。"谢谢，"卫兵说，"吉尔吉特欢迎你们。"

卫兵抬起路障，我们继续前进。穆尼日丹先生没有撒谎，这条公路确实全部开放了。我们开车经过吉尔吉特，在克什米尔罕萨山谷的果园里露营。

* * *

永远不要和阿富汗人一起睡觉，因为他们打鼾，而且起得很早。次日天还未明，我就听到老人在缓慢而庄重地念诵祷文。有人重新点起火，还从卡车上取了个水壶。破晓时天色阴沉，不久后就下起了毛毛雨。罕萨是个满是果园和水仙花的悬谷，那天早上它看起来有点像 2 月的苏格兰边境区。只有那老

人在说话，他似乎从大家低落的情绪中找到了安慰。他宣称
"人注定要被淋湿"，而且"先知是雨水的主宰"。

罕萨人属于伊斯玛仪派，以长寿和嗜食埋在地下长达百年
之久的黄油而闻名。我们在卡车后车斗里挤作一团，模样悲
惨。卡车离开山谷，进入不毛之地。刺目的景象让我想起亚瑟
王传奇中的荒原。我们穿过广阔荒芜的高原，这里地势平坦，
覆盖着沙丘。白色岩石从花岗岩斜坡上探出头来，坡上到处都
是孔洞，看上去和龋齿一样。然后卡车转入吉尔吉特河河谷，
冲积平原的鹅卵石盖住了公路。卡车在石头上打着滑开过，在
穿过支流时溅起水花。我们两次经过被常年不化的白色冰川堵
塞的支流河谷。天越来越冷，细雨变成了时断时续的落雪。

巴基斯坦的边境哨所和其周围的景色一样凄凉：有几间在
风中发抖的小屋，还有几个看上去很凄惨的部落民正裹着帕图
毛毯哆嗦。没有色彩。这个场景完全就和黑白照片一样。

我们向阿富汗人告别，把护照送去盖章。路易莎找到一间
充当邮局的小屋，给爱德华寄了封信，然后我们沿着昆杰拉布
山口步行了八英里，抵达中国边境。我们穿过荒凉、沉闷而阴
郁的无人山区。这里海拔很高，到处都是岩石和冰。

中国移民官员穿着绿色军装，向我们咕哝着难以理解的中
式乌尔都语。我们和十几个旁遮普商人坐在长椅上，填写被递
到手中的一式三份的表格。那位官员把资料誊到一本巨大的册
子中，并把表格存放在不同的文件夹里。我们按要求排好队，
依次走上前。他们检查签证，看我们是否有违规行为。健康证
明也被仔细检查了。他们认真研究我们的护照照片。兑换旅行
支票时，他们坚决否认国民西敏寺银行（National Westminster
Bank）的存在。他们完成工作后，就命令我们走到外面的暴

风雪中。外面没有巴士，但我们别无选择，只能一边坐着发抖，一边等巴士出现。我们不是唯一被困的人。一群朝觐者（都是八十岁以上的老人）裹着毯子、大衣和被子坐在成堆的行李旁边。有些人显然病得很重。他们已经等了两天。

快到傍晚时的确来了辆"巴士"。这辆可笑的车不过是某辆大型旅游巴士的"骨架"：座椅被划破，地板碎了，玻璃窗也裂开了，牦牛皮盖住半个前窗充当挡风玻璃。根据边境工作人员的指示，我们作为外国人可以先于贫穷的朝觐者登车。巴士沿公路颠簸着开走。中国人不惜成本，建造了备受赞誉的喀喇昆仑公路作为中巴两国之间的纽带。这纽带既是象征性的，又是现实存在的，而它的尽头就是边境哨所。我们必须在未铺硬质路面的道路上行驶，才能抵达首个中国城镇塔什库尔干。

令我们惊讶的是，巴士在去塔什库尔干的路上只出了两次故障。发动机过热，司机只好停车，从远处的农庄弄些冷水浇到散热器上降温。我们只耽搁了四小时。车的轮胎没被扎破，底盘没有松动，大灯偶尔还会亮起。我们到了塔什库尔干后就没那么幸运了。时间太晚，旅馆拒绝接待我们。司机把我们带到一处废弃的商队驿站，我们在那里跟人挤着睡在地板上。那里没有水，没有食物，没有厕所，也没有床。但我们已经跨过边境线来到中国新疆，离喀什只有一天的路程。

* * *

只有一天路程可能只是我们的一厢情愿。我们第二天早上醒来时发现巴士不见了。沮丧得要命的巴基斯坦商人们急得团团乱转。预计四天内不会有交通工具过来。我们被困在这里了。

任何研究过丝绸之路的人都可能以为塔什库尔干是相当激动人心的地方，因为它是通往中国的古老门户，是从印度向北和从阿富汗向东延伸的丝绸之路的交会点，也是所有经陆路进入中国的商人的必经之地。托勒密将其标注在地图最东端，说它是丝绸之国，即"塞里斯"（Seres）的入口。在古典时代，西方商人来到这里，用商品交换神秘的"绒毛"。他们真心认为丝就是从树上长出来的。罗马作家蒲林尼（Pliny）就是其中的代表。"塞里斯以森林中的绒毛而闻名。"他以权威的口吻写道，"他们以水为工具，从叶子上取下绒毛。"至少比起同时代人的说法，比如丝是某种蔬菜，可能是卷心菜家族的远亲，蒲林尼的话更接近事实。

地图上的圆点似乎表明今天的塔什库尔干是个重要的城市。我之前还以为它同贝里克（Berwick）差不多大。然而，它不过是条孤零零的街道，位于没什么特色的平原的边缘，在群山的包围中显得可怜巴巴。从山上吹下来的寒风呼啸着扫过人行道，又向中亚的干草原刮去。塔什库尔干看上去既不美丽，也缺少异域风情。没人愿意在这里待上四天。镇上有一家铁匠铺、一家茶馆、一个西瓜摊主和一个面包小贩，还有几个无所事事的体力劳动者呆呆地盯着那些巴基斯坦人看。这里还有邮局、学校、旅馆各一处，有一排参差不齐的白杨树，以及几个高音喇叭。喇叭中播放着激动人心的军歌，还有听起来像新闻报道的节目。

自离开亚兹德以来，我们在塔什库尔干第一次重拾马可·波罗的足迹。他在 1272 年和 1273 年这两年中的某日抵达这里，之前他曾在帕米尔高原患病，一年后才康复。他不喜欢阿富汗人，写道："居民悍恶而好杀人，嗜饮酒，善饮，饮辄致

醉，其酒煮饮。"他对中国新疆的畏兀儿人的印象也没好多
少。"居民甚吝啬窘苦，"他说，"饮食甚劣。"然而马可·波
罗没能看到两个民族的最佳状态，因为当时双方交战正酣。忽
必烈汗被其堂兄弟海都汗挑战，而新疆沦为他们的战场。挡住
蒙古大军的去路称不上聪明之举，而置身于两股蒙古大军之间
就更不明智了。

因此与 1986 年的塔什库尔干相比，1272 年的塔什库尔干
可能更容易令人皱眉。不过有些东西从古至今都没有改变。像
路易莎和我一样，马可·波罗可能也曾面对他人生中的第一双
筷子，并被迫用碗而不是茶杯喝茶。他看到驻扎在此的东方卫
戍军队监视着这个奇怪的群体。这里有塔吉克人、哈萨克人、
维吾尔人、乌兹别克人、伊朗难民、藏人和汉人，以及在与远
方山中的部族失散后流落到此的帕坦人。在马可·波罗的时
代，各种思想和信仰在此地相互碰撞。景教徒相信动物有其自
己的世界，在那里没人强迫它们劳动。波斯摩尼教信徒相信撒
旦的地位可与至高神比肩。有人崇拜太阳，也有人崇拜火。这
里还有印度教徒、佛教徒和穆斯林。敬祖先者在庙宇里摆满真
人大小的死者雕像，日夜不停地敲钟。

马可·波罗如果活到今天，可能只认得出塔什库尔干城里
的那座石堡。这座城市正是以它命名①。它的所在地地势略
高，石堡本身是方形结构，有带城垛的双层壁垒，以石料建
造，表面覆以泥砖。雄伟的大门下方有片被水淹没的牧场，更
远处是古老的丝绸之城的废墟。

---

① 塔什库尔干在维吾尔语里意为"石头城"，因城北有古代石砌城堡而得
名。——译者注

在石堡里参观了半小时后，对我们来说，塔什库尔干城里就无甚可看了。我们回到唯一的街道上，开始认真地寻找离开这里的方法。商队驿站里没有新情报，邮局里没有服务人员，学校里也找不到会讲英语的人。无事可做。为了适应接下来的一周在塔什库尔干的生活，我把背包翻了个底朝天，想找些东西读。在拉合尔，莫扎法曾允许我们在他的图书馆里自由活动，但那里没有太多适合假日阅读的书。一架架企鹅"小黑书"表明此人喜爱 19 世纪枯燥无味的哲学作品：黑格尔、尼采、叔本华和克尔凯郭尔（Kierkegaard）著作的厚厚书脊紧贴在一起；弗洛伊德是对 20 世纪的唯一让步。我想找本阿加莎·克里斯蒂的书，但发现没有比托马斯·哈代的《卡斯特桥市长》和陀思妥耶夫斯基的《白痴》更轻松好读的书了。它们完全不是我想要的，但我还是坐在台阶上，开始读《卡斯特桥市长》。一群人过来围观我们，路易莎为他们画素描。那一天过得很慢。

傍晚时我已陷入深深的沮丧。我在塔什库尔干四处转悠，我的情绪越来越阴郁，思想一路消沉。长途旅行中，总有某些时刻你会觉得整个行程似乎都毫无意义。你会想家，会感到疲倦，而最重要的是会觉得百无聊赖。没有能使你开心的事。一切都是那么的乏味。对我来说，这一刻就在塔什库尔干到来了。这个城镇简陋寒冷，人人都盯着我们傻看。可以买到酒的最近城市是喀什。商队驿站看起来像是难民营，而待在里面的感觉也像是待在难民营里——其实这驿站原来就被用作难民营。我想去任何地方，任何地方都行，只要不待在塔什库尔干就好。有人建议我祈祷。

第二天我醒来时，发现那些巴基斯坦人三五成群地蹲在驿站的院子里，一边呻吟，一边扭着双手。有几个人用平底锅在便携汽化煤油炉上煮茶，有个人抱怨说自己被老鼠咬了。我在睡袋里有气无力地躺到午后，感到十分绝望。路易莎似乎比我更能忍受无聊，但为了平衡这一点，命运之神使我比她更能抵抗细菌侵袭。那天上午她严重腹泻。我躺在地板上看着她。她每隔几分钟就会拿上一卷珍贵的厕纸冲到外面。过会儿她会悲伤地、步履蹒跚地走回来，嘴里还嚼着止泻药片。"我的肠胃完蛋了。"她那天上午只对我说了这样一句话。

然后，下午两点时，有辆大巴开进了塔什库尔干。有那么一会儿我以为自己出现了幻觉。但它越开越近，于是我确信自己没有精神错乱。那是辆大巴，我敢肯定。与把我们带到塔什库尔干的古老汽车不同，这辆现代化的交通工具配备了窗户和座椅等难得一见的奢侈品。只有一个问题：里面挤满了人。乘客约有六十人，应该就是我们曾在边境看到的朝觐者。他们脸色灰白，眼神黯淡茫然，看起来比两天前病得还要厉害。巴士在街道中间停下来时，许多人仍然像在座位上扎了根似的坐着，看上去精疲力竭。那些还能动的人步履沉重地下了车，低声发牢骚，困惑不解地环顾四周。我拿起背包，尖叫着冲出驿站去找路易莎。这巴士是我们唯一的机会，我决心跟它离开，即使只能抓住行李架坐在车顶上也没关系。

我干出的事简直不可饶恕。我趁着患病的朝觐者无力争论，领着路易莎向巴士发动攻势，智取了把守后门的售票员。然后我们在驾驶室占领了一个角落，就像那些把自己绑在议会厅栏杆上，以便为女性争取参政权的活动家一样拒绝挪动。朝觐者们跌跌撞撞地走回车上，抗议的低语升级为愤怒的吵嚷。司机和售票员对我们发出尖叫，用的是通常用来对付犟牛的声音。我们一动不动。我们完全无权占朝觐者的便宜，但一想到还要在塔什库尔干多待哪怕一天，我都感到绝望。我们坚守阵地，开始施展骗术。路易莎假装病得很重，然后她改变主意，决定装成孕妇。她试着模拟孕妇晨吐、妊娠后期、即将临盆、分娩和剖宫产等一系列生育环节。与其说她骗过了朝觐者，还不如说他们被她搞晕了。那司机也许是累到没法强行把我们赶下去，也许是有点同情这两个精神错乱的欧洲人，最后不再向我们大叫，而是发动了引擎。我们逃离了。

我们周围的朝觐者开始头一点一点地打瞌睡。包头巾的女人们身子向前倾，脑袋垂在一边。有位老人从麦加带了两只鹦鹉回来。他在柳条笼子上盖了块布，然后把头靠在上面。我从驾驶室居高临下地通观全车，只能看到一大堆兜帽、面纱、头巾和高顶帽。呼噜声逐渐压过了发动机的轰鸣。路易莎和我坐在背包上，讨论到达喀什时要做的事。现在离喀什只有七个小时的车程。

巴士突然歪向一边，把所有人都惊醒了。大家向车窗外张望，想知道出了什么事。塔什库尔干的那条街道铺了柏油，笔直而光滑，但这条令人钦佩的公路在城外一百码处就突然中断了。主干道尽头布满了建筑工程留下的土沟、泥巴和土坑。这辆超载的大巴装着足够让六十个人生活三个月的行李，以及足够塞满一个博物馆的宗教纪念品。它和着女人的尖叫声和金属的摩擦声左右摇摆，发出抱怨般的低沉的声响。有两次大巴车似乎马上要翻倒在路堤上。车轮陷在了车辙里。开了四分之一英里后，我们就完全找不到路了。司机停车下来，环顾四周，试着决定该往哪边走。他回到驾驶室，继续慢慢向前开。几分钟后我们遇到了拐弯标志。司机把方向盘向左打，横冲直撞地穿过还留着庄稼茬的田地。在田地另一边，我们找到了一条小路，于是沿着它上了林荫道。道路两边的树木从未被砍伐过，树枝垂下来挡在车前。它们在我们面前噼啪折断，细树枝从开着的车窗拂进来。发动机开始发出嘎吱嘎吱的响声，十分吓人。女人们拖长声音尖叫，还有一两个从后门跳了下去。

大巴继续努力前行，直到再也开不下去。林荫道对面有个蓄水充沛的池塘，里面有只小白鸭正心满意足地在水里转圈。我们只好下车，从车顶上搬下行李，弯腰顶在车后，推着大巴越过排水沟，进入成熟的大麦地。司机让大巴掉了个头，在田里一路开下去，压倒了一大片庄稼，令正在刈麦的农民大吃一惊。巴士重新回到公路上，又平静地走了大约十分钟，然后我们看到有队骆驼在平原上慢跑而过。它们不是巴基斯坦的那种烟草色的阿拉伯骆驼，而是大腿和脚踝上长了很多毛的双峰驼，看上去好像洋洋自得的贵宾犬。然后恐怖的事情又发生了：正在爬一道陡峭的斜坡时，大巴突然一动不动地停在中途，然后慢慢下滑，越滑越快，随后猛地向右倾倒。

之后的旅程仿佛一场不真实的噩梦。我能回忆起大巴慢慢攀上斜坡的乏味过程，还有车的故障、暴风雪和可怕的寒冷。我记得车身震颤、速度变慢，直到它以相当于步行的速度蠕动前行。我记得发动机的噪声——声音越大，车就走得越慢。我记得嘎吱声、呻吟声和叮当声组成的"交响乐"演奏到高潮时，巴士在高原上停下来。我们且走且修车，直到午夜过后才到达某个状如城堡的驿站，那里冷得能冻死人。我们睡在一间大宿舍的地板上。第二天早上，路易莎惊骇地在汤里发现一大块漂浮的黄色牦牛脂肪。

我们又花了一整天才到达平原地区。巴士驶进喀什汽车站时，我们发誓以后再也不来新疆了。不过在从前的英国领事馆所在地其尼瓦克待了不到一天后，我们就已经开始重新考虑这一决定。

七

苏联

库尔勒

喀什

新疆

中　国

且末

和田　克里雅

印　度

20 世纪初，其尼瓦克以它的抽水马桶闻名。这个型号名为"胜利"的马桶有结实的桃花心木座圈，当时是方圆两千英里内唯一的冲水马桶。似乎唯恐上述特点不能确保其地位，以下事实进一步增加了它的传奇色彩：从 1913 年运抵领事馆至 1949 年领事馆关闭，它曾先后蒙奥莱尔·斯坦因爵士和傅勒铭爵士①的尊贵臀部"临幸"。"胜利"是由英国领事马继业（George Macartney，又译乔治·马戛尔尼）爵士带来的。他于 1890 年被派往喀什，负责监视俄国人。在 19 世纪的最后几年中，沙皇的军队无情地横扫中亚，将布哈拉（Bokhara）、希瓦（Khiva）和浩罕（Kokand）纳入俄罗斯帝国的版图。英属印度当局怀疑他们的下一个目标是新疆。如果这一怀疑变为现实，俄国人就占据了有利位置，不但能向东进入中国西部地区，而且会威胁通往英属印度的帕米尔山口的安全。这是英国人所绝对不能容忍的。于是当时只有二十四岁的马继业被派到喀什，升起印度和北极之间的唯一一面英国国旗。

清政府为他提供了其尼瓦克（意为"中国花园"）。它面积虽大，陈设却简单粗陋。马继业在那里住了二十八年，接受并通过了种种考验：俄国人的阴谋、中国道台难以捉摸的行为、亚洲日常生活的挑战，以及初来此处的极度孤独。除了一位被解除教职的荷兰牧师和几个阴沉的瑞典传教士外，待在新疆的欧洲人只有俄国人。马继业被迫与他们保持冷淡的关系。

他毫无幽默感的俄国对手尼古拉·彼得罗夫斯基（Nikolai Petrovsky）决心将两大帝国之间的对抗变成维多利亚时代的冷

---

① 傅勒铭（Peter Fleming, 1907~1971 年）是英国冒险家、军人、游记作家。——译者注

战。因此他竭尽全力地让两国关系变得紧张。英国探险家荣赫鹏（Francis Younghusband）于某天傍晚造访俄国领事馆，被彼得罗夫斯基认为是在蓄意侮辱俄国。因为在外交界，拜会的适当时间应是上午。结果两个领事馆的关系中断了几个星期。后来，有份英国政治漫画杂志《笨拙》（Punch）被送到俄国领事馆，有人发现里面有关于沙皇把犹太人赶出俄国的漫画。彼得罗夫斯基不相信这是偶然事件，因此从 1899 年 11 月到 1902 年 6 月，他连一句话都未对马继业讲过。

但彼得罗夫斯基是个狡猾的政客，差点成功劝说上级吞并新疆的部分地区。当时他推荐了两种方式：要么直接强迫中国人重新划定边界，要么就在中国人间煽动暴乱，然后趁机占领这片地区以"保护俄国的利益"。他的底气来自俄国领事馆的七十五个凶猛的哥萨克警卫，以及几英里外的奥克苏斯河河边随时准备前来支援的一整个兵团。这些士兵的对手是整天吸食鸦片的堕落中国驻军（一位英国旅行者称他们"擅长园艺"），还有英国领事馆的工作人员，包括"地精般矮小、极其诚实、头脑像是十二岁男孩"的萨图尔，喜欢唱歌哄奶牛睡觉的挤奶工伊萨，以及能同植物交谈的花匠道乌德。1898 年马继业完婚后，喀什的反沙皇队伍盼来了"援军"，即令人敬畏的领事太太凯瑟琳（Catharine）和同样令人敬畏的保姆克瑞斯韦尔小姐（Miss Cresswell）。这位保姆习惯带切肉餐刀上床睡觉，"以备不测"。

凯瑟琳的未婚夫突然来到她的家乡邓弗里斯郡（Dumfriesshire）上门拜访时，她还从未离开过苏格兰。他告诉她自己假期有限，她有一个星期的时间和他结婚，然后为去喀什做准备。她习惯了英国乡间文雅的生活方式，对其尼瓦克周围的维吾尔人不感兴趣。"当地人本质上温顺而易于管理,"她写道,"但没有鲜明特点,无论好坏都没有……"喀什的年轻人也受到严厉批评。"如果天气温暖,婴儿和孩童就会一丝不挂地出门。他们的皮肤被晒成棕色,像小黑鬼一样……"她更愿意在网球俱乐部里与俄国的女士比赛。这俱乐部是在彼得罗夫斯基卸任后成立的,当时两国领事馆的关系刚开始解冻。"女士们轮流举办茶会,每周办两次。我们就谁能做出最好的蛋糕、糖霜、奶油,或种出最好的草莓展开了激烈的竞争。"尽管她是位不折不扣的维多利亚时代的"英国太太",但她以某种英雄气概,将自己这个寂寞的"驻外职位"的作用发挥到了极致。她给其尼瓦克带来了愉快、舒适、温馨的家庭氛围,并且一手打造了美丽花园,让来访者留下深刻印象。

如果现在再看到这里,她会心碎的。那些房间被隔成小间宿舍,马厩变成了一排臭烘烘的蹲坑,花园被搞得乱七八糟。墙上的灰泥正在剥落,原来悬挂英国盾徽的地方现在只余钉孔。俄国领事馆现在改名为色满酒店,成为只接待外宾的昂贵住所。其尼瓦克的档次要低一些,它被用作长途卡车司机(主要是巴基斯坦人)的过夜处。晚上他们从一个房间闲逛到另一个房间,或者在院子里生火煮木豆和米饭。倒卖卢比和美元的"黄牛"在人群间轻快地跑来跑去。晾衣绳上挂着沙瓦克米兹。

大博弈之后,其尼瓦克乃至整个喀什的浪漫色彩就开始褪去。城市上空灰蒙蒙的薄雾仿佛寿衣。老城墙已被推倒,只留下残砖碎瓦。宽阔而空旷的街道挤占了集市的位置,除人行道外,还有为汽车、公交车、自行车设置的专用车道。但喀什还没有小汽车,想买自行车的人也要在名单上排五年队,而且鲜有公交车能正常运作。街道两旁排列着毫无魅力可言的苏联式建筑，一尊巨大的毛泽东雕像矗立在主干道中央，举手向空旷宽阔的人民公园致意。

在喀什逗留的第一个下午，我们离开现代化的街道去探索城市深处，很快就发现了古城的痕迹。中世纪的城镇被摧毁，但随后集市在后街小巷里重建，我们在那里误入了与单调乏味的现代城市截然不同的世界。维吾尔人的传统生活方式转入地下，等几年后形势发生改变时它们又悄然冒头。我们在尘土飞扬的小巷中漫步，走过低矮的泥屋，眼前豁然开朗。这条路的两旁已建起单坡棚屋，中央有座砖台，一块长长的防水布悬在砖台上方。在防水布下面，以及在棚屋的里面和周围，坐着许多摊贩。他们根据出售商品的种类待在不同的区域里。我们先去帽子区，然后去木锅铲区、五金区和刀具区。除此之外还有专门的茶摊，以及用帆布条围出大片独立空间的地毯区。较远那头是果蔬市场。几辆驴车堵住了路，车上高高堆着无花果、葡萄、苹果和杏子。咯咯叫的小鸡被挂在车上。有个人猝然逃开，跳过几辆驴车跑远，失主在后面紧紧追赶。驴车倒向摊位，弄塌了防水布，让它蒙在蹲在下面喝茶的人群头上。小男孩逗弄卧在地上的单峰驼，它们站起身，惊扰了羊群。羊四散逃开，在盘腿坐着的水果贩中间跑来跑去。逃跑的驴子把老人们撞开。幼儿们摇晃着学习站立。戴平顶帽的淘气男孩在玩捉迷藏，到处乱跑时绊倒了看摊的母亲。我们听到远处有自行车铃声和驼铃声传来，还能闻到灰尘、木炭和油烟的气味。我们在东方见过更棒的集市，但没有哪个如此出乎意料。从宽阔而空旷的街道来到这里，我们好像发现了某种被认定早已灭绝的珍稀动物。

集市上最令我们兴奋的是形形色色的人。那边有几个穿着中山装的瘦小紧张的汉族人。附近坐着缠头巾的塔吉克人和有高额头、粗糙皮肤和船锚式胡子的哈萨克人。这里有长着大耳朵、戴着套叠式平顶帽的乌兹别克人，还有穿着家纺布衬衫、钟形外套和及膝皮靴的维吾尔人。穿着脏裤子的小男孩嗑着瓜子，成群结队地在旁边的小巷里跑来跑去，活像从狄更斯的小说中逃出来的野孩子。

商品几乎称得上应有尽有：犁铧或干人参、竹竿或小块硬糖、驴车车轴、磨石、白萝卜，甚至还有长达两英尺半的冰糖块。应有尽有，只缺一个称职的牙医。整个集市上都找不到一口完整的牙齿。他们微笑时会露出牙齿掉了后留下的豁口，个别人还有一颗孤零零的门牙幸存。这让我很担心，因为我感觉到自己的假门牙已开始摇晃，而且我也不太可能找到能再次固定它的人。它上次松动是在 1984 年，当时我在克什米尔拉达克（Ladakh）地区的首府列城（Leh）。我发现那里只有一个牙医。他也是镇上的机修工，用同一把扳手做两种工作。

* * *

我们在其尼瓦克的房间舒适温馨。它是长方形的，天花板很低，窗户很大。屋里的家具对称放置：两张床和两张桌子靠墙放，房间中央有个烧木炭的炉子（没有木炭）和一只钢制脸盆架（盆里没有水）。只有一个问题——酸奶太太。我们入住后的第一个早晨，她于九点钟（这时间相当合理）出现，彬彬有礼地敲门，卖给我们两碗乳脂状的浓稠酸奶。我们就着芝麻卷把它喝完了。当晚睡觉前，我们把碗放在门外。第三天早上，她不到六点钟就来到门外，先轻轻地敲门，然后停顿一下，接着更用力地敲，最后门歇斯底里地摇晃起来。我起了床，冲着酸奶太太大喊大叫，然后傻乎乎地又买了些酸奶。

在维吾尔族妇女中，酸奶太太堪称鹤立鸡群。她没穿黑罩袍，看上去好像个手握大权的重要人物。她身材矮胖，有高挺的鼻梁和骄傲的下巴，下巴上长着尖尖的胡楂。她讲话时的声音可怕而刺耳，但其他卖酸奶的女人都非常尊敬她。她把这些妇女分派到其尼瓦克的各条走廊里兜售商品，但我们是她的"专有物"。她对我的长篇大论无动于衷，用响亮刺耳的维吾尔语喋喋不休地解释自己的来意。酸奶太太似乎奉行如下理论（通常大家认为只有英国人奉行该理论）：只要讲话比外国人更大声，对方就会明白你的意思。她后来倦于解释，便绕过我走进房间，信步走到路易莎的床边，审视床上的那堆东西。路易莎仍在睡梦中，只有几缕金发拖在被子外面。酸奶太太用惊人的力量猛拉这些头发，于是路易莎像蜗牛钻出壳一样钻出被窝。她迷迷糊糊，愤怒而困惑地盯着酸奶太太。酸奶太太敬慕地望着她，把手指插进金色发绺中，同时绽开笑容。酸奶太太以前从未见过金发。

虽然酸奶太太总是最先来访的客人，但早上来拜访我们的不止她一人。通常在九点钟左右，更过分的入侵者，即换外币的"黄牛"会紧接着出场。历史上，维吾尔人一直是东方的高利贷者。在唐朝的鼎盛时期，他们的祖先回鹘人曾垄断丝绸之路的起点长安的放款业务。现如今，维吾尔人的货币兑换业务就没那么光彩了。现在他们的目标是收购外汇券。进入中国国境的外国人会领到这种没有购买力的货币，随后他们可以将其兑换成普通人民币。外国人最终得到了大量中国货币，而维吾尔人得到了外汇券，可以用它们在黑市上购买来自西方的奢侈品。这是双赢的交易，所以外币"黄牛"认为欧洲人随时愿意谈判，而且觉得越早谈越好。他们连门也不敲就冲进旅馆的房间，把屋里的住客逼到无处可逃，然后在肮脏的纸片上草草写下报价。无论那外国人对入侵者是否热情（一般来说早上九点钟没有人会很热情），"黄牛"都以贵客自居。他们会像受到邀请一样坐下，开始给那外国人背包里的东西分类，把索尼随身听、绘本、色彩鲜艳的药片和电子表等东西翻出来，然后提议用鸭舌帽、成碗酸奶、中山装和切片水果来交换。还有"黄牛"会利用这个机会练习讲英语。有个男人在我的床上坐了一个半小时，背诵大概是从哪本古怪的英语教科书中学到的奇怪长文："我有一条狗；布朗先生有一把伞；我有一条狗……"

我们还有另外一位访客，但他很少在下午三点钟之前出现。米克是个高大懒散、瘦骨嶙峋的嬉皮士，脸上总是带着迷惑的神气。他用发带束住长发，用旧吉他演奏鲍勃·迪伦早期的歌曲，还珍藏着一大块大麻。那大麻躺在他房间桌上的擀面板上，看起来像用霍维斯小麦面粉做成的面包。他来拜访我们时，会将它切下一片带过来。他抽的大麻烟粗如哈瓦那雪茄。他偶尔会说几句。

"喀什……太棒了。"有天下午他说。当时我们正坐在其尼瓦克的屋顶平台上，可以看到河边田野里拾穗妇女的红色头巾。米克随身带着吉他，说这话时他拨出几个和弦。然后他放下吉他，又点了支大麻烟。

"过去在瑞诗凯诗①，我们习惯吸很多烟，好帮助我们达

---

① 瑞诗凯诗（Rishikesh）是印度最主要的瑜伽静修圣地。——译者注

到……帮助我们冥想。现在我只吸烟了。"

"你不再相信冥想了吗?"

"你是说相信哈瑞奎诗那①和诸如此类的废话吗?"

"那不是废话。爱德华离开温彻思特（Winchester）后,也开始对哈瑞奎诗那感兴趣。"

"爱德华是谁?"

"我男友。"

"那这胖子是谁?"

"我们只是朋友关系,"路易莎说,"你接着说吧。"

"我说到哪儿了?"

"你正在说哈瑞奎诗那。"

"噢,是的,"米克说,"哈瑞奎诗那……宇宙意识,在我看来这些都只是超自然的瞎话。"

* * *

一天下午,米克打起精神带我们去参观喀什。他说自己知道城里哪个地方最值得看。他在 1960 年代末经陆路来到亚洲,在恒河边的某座修道院里住了一年,然后和女朋友林恩搬到了喀布尔。她教英语,他写意识流风格的诗歌（所谓的"意识流"文字基本都与做爱有关）。1979 年,在苏联入侵阿富汗之前他们就离开了喀布尔,搬到印度的果阿邦（Goa）。果阿也很棒,但印度政府从 1985 年开始拒发居民许可证,于是他们被赶出了那里,从那时起米克就一直待在其尼瓦克。

我们跟着米克走进其尼瓦克下方的老城区。他懒洋洋地领

---

① 哈瑞奎诗那（Hare Krishna）是印度教的传统唱颂。——译者注

我们走进迷宫般的小巷深处。从窗栅间可以看到昏暗房间里油灯闪烁的光。在某几条街道上，他带我们走进藏在泥砖墙后的小清真寺。那些米哈拉布被粉刷过，屋顶由柱头呈钟乳石状的木柱支撑。我们遇到街头杂耍艺人、一头跳舞的熊、几个变戏法的人，以及一位穿长筒马靴、马裤和双排扣长袍的毛拉。我们见到给顾客剃头刮脸的理发师，还有检查病人手掌并开出当地传统方子（用药包括蝙蝠翅膀和鹿茸粉）的医师。但其中最有趣的要属拉面师傅。我从未想到制作普通中国面条还需要这样的技巧。他把面团在桌面上滚动、按压、摔打，直到它软如泥巴，可以任意塑形。然后拉面师傅把它滚成长长的香肠状，举起来抻拉并扭结成辫子状，再把两头捏在一起。他不断重复这个过程，让香肠慢慢变长。然后面团继续接受滚动、拍打和肢解的考验，直到细如丝线。灵活的技巧展示结束后，他干脆利落地把已经可以用来做翻绳游戏的面条扔进装满沸水的大锅。这一幕使人眼花缭乱，我们看得十分入迷。

在市中心附近，我离开他们去艾提尕尔清真寺里坐了一会儿。穿过巨大的拱门走进清真寺，你马上就会感受到伊斯兰教的和平。艾提尕尔是中国最大的清真寺，可容纳八千个礼拜者。它的部分建筑在"文化大革命"中被烧毁，但后来得到了修复。它以淡黄色的砖筑成，看上去有些俗丽。正立面遵循标准的波斯模式：拱廊以高大的里完为中心，两侧各有一座酷似胡椒瓶的宣礼塔。然而在其内部，在一丛酸橙林的对面，建筑风格脱离了传统。主礼拜殿并非长方形大厅，而是一座前开式的亭阁，看上去很像伊斯法罕的四十柱厅（Chihil Sutan）。平台上林立的八角木柱托起人字屋顶，对面的祈祷墙上有一排壁龛。正立面的中央凸起，使被瓷砖覆盖的主米哈拉布更引人注目。这样的设计很有独创性，也非常漂亮。当宣礼员召集人们来做昏礼时，维吾尔人就从集市上成群结队地走进来，在树和柱子之间列队，看上去就像人们在有亭子的快乐之园里举行祈祷集会。

我在艾提尕尔懒散地消磨了整个傍晚，假装在工作。礼拜结束后，有位年轻的维吾尔人走上来看我写字。他穿着件褪色的蓝色中山装，戴着有刺绣的绿色无檐便帽。在我准备写些关于传统和现代水乳交融的废话时，那小伙子开始用流利但听上去有些古怪的英语跟我讲话。

"你喜欢伊斯兰教吗？"

"我喜欢很多穆斯林。"我答道。

"我是穆斯林，"他说，"而且受过教育。"

他告诉我他曾经在乌鲁木齐的大学念书，谈起了他的大学教育，然后说他希望去麦加朝圣。

"麦加是如此美丽。"他告诉我，"我见过照片。那些建筑物……那些人……"

我告诉他我也想去看看，但无法得到许可。非穆斯林不能进入那座圣城。

"你信教吗？"他问。

"是的。我想是的。"

"信安拉？"

"信基督教的上帝，我们可能殊途同归。"

他的脸色阴沉下来。"不。我不这样认为。"

"你这话是什么意思？"

"如果基督教的上帝像安拉一样强大，西方就不会像现在这样。在欧洲，你们没有道德准则。"

"你怎么知道西方是什么样的呢?"

他的脸红了。"我看过詹姆斯·邦德的电影。"

"在这里看的?"

"是的。新疆现在有很多欧洲电影,也有书。"

"你有哪些书?"

"我现在正在读一本关于英国的书。你想看看吗?"

他之前把包放在了门房,于是我跟他去了那里。那是本名为《大不列颠概况》的英语教材,是本了不起的书。它的发现包括:全英国最大的五个群众组织是英国劳工联合会议(TUC)、英国工业联合会(CBI)、全国学生联合会(NUS)、英国核裁军运动组织(CND)和英中了解协会(Society of Anglo-Chinese Understanding);送男孩子上公立学校的费用"非常高,约为九十英镑";保守党和工党都代表地主阶级和资产阶级,两者之间唯一的区别是"工党喜欢探讨理论,例如社会主义理论,但保守党不喜欢";至于报纸嘛,《卫报》在聪明人中吃得开,而《世界新闻报》"专攻法庭案件"。伦敦令人困扰的污染问题,据这本书说,是从东方席卷而来的沼泽雾气,以及"市民在室外升火的喜好"造成的烟共同导致的,伦敦人甚至很难看清楚面前一码之外的东西。

我们坐着读书时,一位老人悄悄凑过来,向我的朋友提问。

"他说什么?"我问。

"原谅他吧,"这个叫萨仑迪的年轻人说,"他上了年纪,已经糊涂了。"

"没关系,告诉我吧。他说什么?"

"他很傻。他问英国的主席是谁。"

"告诉他，我们的主席叫伊丽莎白。"

尽管不太情愿，萨仑迪还是这样跟老人说了。那位毛拉又问了个问题。

"他说什么？"

"先生，别管这人了，他的问题都很无知。"

"真的吗？我不在乎。他问了什么？"

萨仑迪皱起眉头。"他想知道你们的主席有多少只羊、多少头驴、多少只骆驼。"

"告诉他，她没有骆驼，但有许多匹马和好多好多柯基犬。"

我的话被翻译过去。那位老人边听边点头。

"先生，他现在问起那些叫柯基的狗。你们的主席有许多只这种狗是吧？"

"多得不得了。"

"先生，毛拉说你的主席一定很富有。但他又问了个问题。你一定要原谅他，先生，他搞不懂。他想知道你为什么要把头发染成金色。他说这看起来很奇怪。他问你为什么不保持它原本的黑色。如果你不喜欢它，他认为你应该像其他男人一样剃掉它或戴上帽子。先生，他不能理解……"

* * *

我和萨仑迪于第二天下午一点在艾提尕尔外见面。他答应带我去看日场电影。我从未进过亚洲的电影院。我也很想看看他说的有英语电影上映的事是不是真的。我一直以为中国政府拒绝引进西方电影，因为他们不想让人知道"竹幕"另一边的富足程度。我手中关于中国的旅游指南也这样认为，它写道中国只会上映政治宣传电影。但萨伦迪说的是真的。目前喀什剧院（或其他诸如此类的名字）正在放映两部电影。其中一部电影很可能是关于拾粪者的，其宣传海报上是人们熟悉的那种"幸福农民"系列照片。第二部电影我不会弄错，那是《007之诺博士》。我们买了两张票并进了电影院。电影刚刚开演。

按英国标准来说，这放映厅不大，里面挤满了人。全场观众都是维吾尔人，大家都非常兴奋。有座位的人不多，其他人不得不坐在布满痰迹的地板上，但这似乎并不影响他们的兴致。去电影院显然是一种了不起的享受，每个人都决心要享受生活。环境是否完美并不重要，甚至看到的或听到的是什么也不重要。我感觉维吾尔人几乎看不懂电影情节。这部以英语拍摄的电影以法语而非维吾尔语配音，对观众理解剧情帮助不大。尽管有字幕，情况也没有好多少。维吾尔语的字幕在画面的底部，位于藏文和中文字幕的下方。由于放映机的技术误差，所有字幕都消失在了屏幕底部，投射在前两排人的后脑勺上。同样的误差也使肖恩·康纳利和约瑟夫·怀斯曼的脑袋被投射到屏幕之外，和银幕上方的东西混在一起，而且扭曲得很厉害。

尽管这些问题令人恼火，但维吾尔人还是相当宽容的。每当有角色弯下腰来，脸在屏幕上一闪而过时，全场就响起激动的低语。穆斯林观众在看到涉及性的场景时表现得格外克制。饰演女主角的乌苏拉·安德斯从海中破浪而出的那一幕足以让最老于世故的西方观众陷入疯狂，但即便是它也未能使维吾尔人做出任何真正过分的行为。这也可能是因为观众没有见过海（喀什比世界上任何城镇都要远离大海），他们被大海这种更激动人心的事物分了神。还有一个可能性，那就是乌苏拉·安德斯胴体上令人疯狂的部位跑到了银幕上缘之外，只能模糊地显现在前方的墙上（虽然被放大了很多）。

唯有一个场景给维吾尔人留下了深刻的印象：詹姆斯·邦德醒来，发现一只多毛的大狼蛛正从自己的胯部爬向上半身。喀什不会有太多狼蛛，但是观众仍然看懂了这一幕。他们勃然大怒。蜘蛛向上爬时，电影院里的嗡嗡声越来越大。就在邦德把那只虫子从胸口抓起扔到地上，用鞋子踩扁它的那一刻，全场轰动。维吾尔人从座位上站起身来，大声赞美真主。我旁边一位年纪很大的老人脱下鞋子敲打地板。帽子被抛到空中。顽童们尖声吹起口哨。这就好像是观众看到了世界杯总决赛中的制胜球。在那之后，即使是幽灵党总部发生的当量两千万吨的核爆也没能引发这样的高潮。

* * *

从电影院出来后，我第一次注意到了空气中的一丝寒意。自我们到达喀什以来，夜里一直很冷，而现在白天的气温也开始下降了。毕竟现在已是 9 月中旬，夏天已经过去了。

是时候考虑继续前进了。我们已在喀什待了十天。剑桥的新学期将在三周后开始。我计划转系，在回学校之前，我应该至少花一个月认真学习西撒克逊语的福音书。这一切似乎都远在天边且无足轻重，但它们仍使我有种挥之不去的负疚感。寒冷的傍晚让我想起了英国，于是在回其尼瓦克的路上，我在喀什公安局门口停了下来。

情况已经很明显：接下来要走马可·波罗的路线将很难。从喀什向东，一南一北有两条丝绸之路，而这个威尼斯人选择了南边那条，即绕开昆仑山脉的北侧，取道丘陵和塔克拉玛干沙漠之间的一连串绿洲城镇。北线经过乌鲁木齐和吐鲁番且对外国人开放，而马可·波罗的路线经过的荒地曾是中国的核弹研究基地。我们当时对此一无所知。几乎不可能获得进入南线相关地区的许可证，可还是值得一试。我们曾侥幸离开以色列，进入伊朗并上了喀喇昆仑高速公路，因此我看不出有什么理由阻止我第四次碰碰运气。

我与公安局局长的面谈在各方面都令人惊讶，只有最后的失败结果算是在意料之中。局长是位矮小如精灵的汉人，英语讲得很好。他说他钦佩英国宪法，为证明这一点还请我喝茶。我们礼貌地互相吹捧。我说我非常钦佩中华人民共和国取得的成就；他则不吝溢美之词，用称赞温斯顿·丘吉尔的丰功伟绩作为回报——他似乎认为丘吉尔仍是我们的首相。我说自己看到喀什非常开心；他承诺等我下次来喀什时，会看到这个地方将最终实现现代化：最后一个旧集市将被清走，汽车和自行车将随处可见，骆驼和驴将永远消失。我热情地为这个计划鼓掌。如果能再建些混凝土建筑物和立交桥，喀什看上去将会多么漂亮啊！我慢慢把话题转移到许可证上。我告诉他关于马可·波罗的事。马可·波罗是多好的东西方合作的象征啊！我给他展示了剑桥大学的信函，并向他重申这次旅行将使中英两国间的友好关系更加密切。他郑重地点了点头。我模糊地暗示自己回国后可能会和丘吉尔谈一谈，看是否可以请他给北京写封感谢信。

公安局局长显然认为我的话是一派胡言。他站起来握了握我的手祝我好运。真遗憾，他说，除非我找得到人做担保，否则他无权颁发许可证，但他知道中国国际旅行社很乐意提供帮助。他在地图上把旅行社办公室的位置指给我看，然后送我出了公安局。我赶在关门前来到旅行社办公室。虽说它号称仅服务外国游客，但工作人员中没有一人会讲英语。我用"洋泾滨"维吾尔语继续战斗。除非我能从公安局局长那里搞到一封介绍信，否则中国国旅不能给我颁发许可证。我回到公安局，解释了我想要什么。接待处的工作人员向我道歉。他很抱歉，但公安局局长刚刚病了，不能见我。我有没有想过去乌鲁木齐，试试去找那里的公安局局长？

失败后我回到其尼瓦克。很明显，我们不可能以合规的方式重走丝绸之路的南线了。

* * *

那是糟糕的一夜。我被窗外的嘈杂声吵醒，看看手表，发现才凌晨四点。

哗啦——砰——哗啦——咔嗒——哗啦！虽然神志还不怎么清醒，但我还是穿上沙瓦克米兹，走到外面的走廊上。米克正往大门口走去。

"你也被吵醒了吗？"我问。

"没有，我还没睡呢。"

"还没睡？可现在是凌晨四点。"

"是啊。"

"你在干什么？"

他茫然的笑容一闪即逝。"在吸和平烟斗。"

他的瞳孔有汤盘那么大。

我们蹑手蹑脚地走到外面寻找噪声的源头。在原英领馆后面紧贴我窗下的地方，我们发现两头猪正兴高采烈地从一个旧垃圾箱的顶部跳上跳下。

"哪个混蛋把这两头该死的猪放出来了？"米克说。

"什么？"

"胖子，那是吃了大麻的猪。"

我们把猪赶走，然后我就回去睡觉了。凌晨四点钟可不是开奇怪玩笑的时候，六点钟也不是。猪停止哼哼叫还不到两小时，酸奶太太就开始了清晨的拜访。她狠狠地敲了五分钟门，好像马上就要破门而入。我太累了，累到连象征性的抗议都没做就打开门，买了她能卖给我的所有酸奶。只要能静一静，这点小代价不算什么。

回到床上后我惊讶地发现，尽管极度疲劳，头还昏昏沉沉的，但我仍然无法入睡。我翻来覆去，数羊又数猪，列出能使酸奶太太生活无法自理的所有邪恶办法，但都无济于事。于是我放弃了，起床想去洗澡，却又受到了打击。这是家国有旅馆，所以像其他任何与官方有关的机构一样，它按比新疆时间晚两个小时的北京时间运营。现在是北京时间的早上五点，而澡堂还要等三个小时左右才开放。

回到房间后，我看到路易莎还在睡觉。太阳已经出来了，但是窗帘还没拉开，因此房间里的光线呈暗淡的黄色。路易莎的被子有一部分拖到了地上，我能辨认出她的后背和左胸轻轻压在床单上，形成可爱的曲线。我坐在床上欣赏这景象，同时穿上沙瓦克米兹。直到此时，我才注意到她身上发生了什么。起初我把它们当作她皮肤上的阴影，实际上那是可怕的红肿和斑点。巨大的红肿痕迹和较小的粉红肿块覆盖了她所有裸露在外的皮肤。昨夜，她身上肯定发生了某些可怕的事。

她不久后就醒了，感到头晕难受。我本来以为那是邪恶的臭虫干的好事，但她的情况看上去很严重。路易莎整个上午都躺在床上，脸色越来越苍白，身体越来越不舒服。她不饿；而除了给她读书外，我几乎什么都做不了。而到午饭时，读书除了让她头痛外，就没有别的用处了。

米克下午起得很早，也过来看路易莎，并断定这是过敏症状。他建议她保持充足睡眠、吸大麻、喝酸奶。这些办法没能马上见效，所以在下午茶时间，我终于动身去找医生。我拿着本中文常用语手册在前台打听。在中国，医生很少出诊。在喀什，这意味着要么爬到集市上的萨满那里，让他开一剂成分不明的药，要么想办法乘车到城市另一头的医院去。我们选择去医院。

问题是该如何去医院。我在街上徘徊了一小时才找到辆双轮马车。我问的头三个人说他们不明白我想要什么，第四个人拒绝载我去，第五个人想把我撞倒。最后，一个好脾气的十岁孩子同意载我，而我要付的钱不过是正常车费的三倍。这是个值得纪念的时刻。随后其尼瓦克的门卫拒绝让马车进入旅馆大门。他指着马屁股为自己的做法寻找论据，并含糊不清地重复一个词，我想那个词是维吾尔语里的"粪便"。我试图扶路易莎到马车那儿去，但她现在太虚弱了，走不了几步。必须把马车拉到路易莎那儿去。

那个好脾气的十岁孩子不喜欢这个计划。当我向他这样建议时，他往我鞋上吐了口唾沫。我把约定的车费翻了一番他才让步。他帮我解开马具，然后很不高兴地蹲在地上。我拉着马车走过那半英里长的车道，向其尼瓦克的主楼走去。这令此地的清洁工们很是开心，他们嘲笑我，大声辱骂我，在我经过时向我扔东西。巴基斯坦卡车司机们在炊火边上袖手旁观，无动于衷。

我们终于把路易莎弄到马车上，把马车拖到马的身旁，然后马把我们拉到了医院。接下来一小时内发生的事情很可怕，我永远也不想再有类似的经历了。医院里有种奇怪的气味，使我想起1916年西线野战医院的档案照片。人们躺在行军床上呻吟。压抑的尖叫声在走廊里回响。我把路易莎抱进医院时，两位救护马车的车夫正往外搬一具尸体。路易莎全身脱力，瘫坐在椅子上，同时我试图向一位维吾尔族医生解释她的病情。他对我的话不怎么感兴趣，部分原因是他不会说英语，部分原因是此时有十个维吾尔族妇女正试图向他介绍自己的病情。我的话才讲到一半时，他干脆转身走开了。一个多小时后，我们终于被领进诊疗室，里面的中国医生命令路易莎露出手臂。然后他消失在一道帘子后面，接着拿着个巨大的注射器再次出现。他命令一位维吾尔族护士按住路易莎，免得她乱动，他自己则把针头刺进她裸露的上臂。他的动作十分粗暴，以至于路易莎痛得抽泣起来。注射期间，她开始呼吸困难，而恐惧、精疲力竭和难忍的疼痛使她歇斯底里。她尖叫起来，吐了那医生一身，还吐在一只桶里和地板上。注射结束后，她瘫在诊疗室另一侧的床上睡熟了。三个小时后她醒来，发现身上的肿块不见了。当我把她送回其尼瓦克时，所有的疹痕和红肿都已完全消失，但她仍然很虚弱。很明显她得卧床几天。

* * *

路易莎恹恹地在床上躺了三天，感到头晕、虚弱、恶心，还吃不下去东西。我待在她床边照顾她，或者至少待在其尼瓦克里和巴基斯坦司机聊天，同时还在寻找"胜利"马桶。对后者的追寻对我来说有点像是十字军东征。我对如下程序逐渐熟练：躲起来等清洁工进入旅馆里锁着的房间，然后从他们身边冲进去疯狂搜索，直到被轰出去。到路易莎康复时，我几乎已搜查过大楼里的每一寸地方，但哪里都找不到"胜利"，也许它在"文化大革命"中被毁掉了。我只发现了个隐蔽的库房，里面充斥着防尘布和阁楼里的那种气味，还摆满了看似结实的维多利亚风格的家具，包括几把破旧的大印花棉布扶手椅、一个旧炉子、几个巨大的雕花书架。这些家具想必都是由骡车队运到其尼瓦克的。最使人感伤的是，我在角落里发现了一堆满是划痕的 78 转老唱片，包括几张贝多芬交响乐唱片、为数不多的几张爵士乐唱片和四五张肖邦圆舞曲的唱片。傅勒铭在《鞑靼通讯》（*News from Tartary*）中描述的应该就是这些唱片。"我们好像在乡村别墅里生活，"他在其尼瓦克写道，"某天晚上我们睡在地板上，用带柄的大杯子喝茶……二十四个小时后，我们坐在舒适的扶手椅里，喝着大杯啤酒，读着带插图的报纸，还听着留声机里的音乐。"

很难知道马继业夫人如果活到现在，还能否认出我眼前的这些家具。她来到这里时，其尼瓦克是栋泥砌平房，所有的家具都是自制的，非常粗糙。它们由"白色木头做成，没有上漆，因为弄不到油漆或清漆"。其中有把椅子是被解除神职的荷兰人做的。"它太高了，"马继业夫人说，"我几乎得爬上去。直挺的椅背高高超出我的头，座位不到六英寸宽。想坐在上面休息是不可能的，因为要全力保持身体平衡"。尽管到 1918 年马继业夫妇返回英国时，新的领事馆才建成［由严厉的瑞典人霍格贝里（Hogberg）先生设计］，里面才摆满了从欧洲带来的家具，但我宁愿想象马继业夫人曾坐在眼前某把罩着印花棉布的沉重椅子上。这些椅子符合我想象中的她的品位。

我在寻找"胜利"的过程中不太走运，在核实马可·波罗对喀什的描述时倒是更成功些。马可·波罗有多喜欢喀什，就有多不喜欢喀什人。"居民为工匠商贾，"他说，"有甚美之园林，有葡萄园，有大产业，出产棉花甚饶。有不少商人由此地出发，经行世界贸易商货。居民甚吝啬窘苦……此地有不少聂思脱里派之基督教徒，有其本教教堂。国人自有其语言。"

喀什没有任何中世纪的遗迹留存。尽管城里的清真寺和防御工事实际上建于 19 世纪，但其腐朽的泥砖似乎更加古老。四大帝国曾竞相争抢这片土地，因此该城被洗劫过太多次，任何古老的东西都无法幸存。然而波罗的大部分描述听起来仍然是真实的。集市上的锻打声和叫卖声表明了贸易的重要性；而且也许从马可·波罗那个时代起，这里的生产行业就几乎没再发展过。"甚美之园林"和葡萄园依然排列在道路两边，人们可以看到粉刷过的白墙后面的葡萄架和玉米穗。米克不厌其烦地指出，大麻的种植也在快速发展，人们似乎已经不再种植棉花了。维吾尔人确实仍然穿着朴素的棉布衣服，但他们必须从外地购入棉布。在我看来，他们似乎自己并不种植棉花。当然这也可能是因为我到达时已过了种棉花的季节。但还有另一种可能性：喀什的绵羊养殖业十分发达，会不会是波罗把装满羊毛的大车误认为采摘棉花的车队？粗加工的羊毛和棉花看起来几乎一模一样。当地人可能仍在种植亚麻，但我、路易莎和米克都不认识亚麻，因此无法确认这一点。①

我们最令人兴奋的发现是，据萨仑迪说，在喀什仍然有景

---

① 新疆是中国的传统产棉区。——编者注

教徒。公元 5 世纪，有漂亮的眼睛和柔顺红发的叙利亚牧首聂斯托利（Nestorius）[①] 因对耶稣的人性持不同意见而受到指控。人们说他过分强调基督的人性，以至于否定了其神性。以弗所会议[②]于 431 年召开，会议决定将聂斯托利逐出教会并流放至利比亚沙漠。他的支持者向东逃到波斯、呼罗珊及更远的地方，与其他基督教教派失去联系，因此保留了许多在其他地方已被遗忘的教会早期的思想和实践。同时他们也从周围的东方人中吸收了不少习俗：在波斯，他们的牧师放弃独身生活，批准教徒结婚；后来在伊斯兰教的影响下，他们把星期五视为圣日，而且惯于在进教堂前净体。他们成了遥远而富有异国情调的教派。喀什就是他们的信仰中心之一。从 12 世纪起它就是主教驻地。

但教会真正的影响力体现在蒙古人中。就在蒙古人横扫亚洲的一个世纪之前，景教传教士就已深入广袤的蒙古大草原。蒙古军队征战时，景教也在大军所到之地传播开来。抚养成吉思汗长大的监护人就是位景教徒，而且许多蒙古贵族都接受了洗礼。教会蒙古人书写的很可能是来自新疆的景教徒，蒙古人的宫廷中最重要的职务也由景教徒担任。看来忽必烈汗确实有皈依基督教的可能性，蒙古人治下的亚洲也有成为基督教帝国的可能性。1253 年，威廉·鲁不鲁乞修士（Friar William of Rubruck）受命前往喀喇昆仑山中的蒙古都城进行调查。他带回来的消息有好有坏：可汗当然喜欢基督教徒，也会参加他们

---

① 即前页《马可波罗行纪》引文中的聂思脱里。——译者注

② 以弗所会议（Council of Ephesus）是由拜占庭皇帝狄奥多西斯二世于 431 年在小亚细亚省的以弗所召开的一次全基督教宗教会议，景教派的相关问题是其主要议题。——译者注

的圣事，但这些圣事的开展方式有待改善，景教徒的智识能力也多少有待提高：

> 景教的牧师无知而堕落……他们用叙利亚语念祷文、写经书，却不明白这种语言。他们放高利贷、酗酒，有些人还和鞑靼人住在一起，也像鞑靼人一样娶数位妻子。主教很少访问他们的领地，也许五十年内只有一次。那时候，所有的男童都是受戒的牧师，那些襁褓中的婴儿也不例外。然后他们结婚，完全违背了圣父的所有教导。他们犯重婚罪，因为他们在结发妻子死后续弦。他们还买卖圣职，拿不到报酬就不会施行任何圣礼……

鲁不鲁乞见到的举行于阔氏面前的圣事尤为可怕：

> 在主显节的八日庆期里，所有景教神父于黎明前聚集在小礼拜堂里，庄严地唱圣歌，披上法衣，将香和香炉备好。他们在教堂里等待时，大阔氏忽都台、几位贵妇以及她的长子巴尔图进入教堂，后面跟着巴尔图的几个弟弟。他们伏下身，以额头触地……然后牧师们拿来米和红酒（有点像拉罗谢尔的红酒）酿成的蜂蜜酒给我们喝。大阔氏满斟酒杯，跪下来请求我们祝福她。所有的神父都大声唱圣歌，而她一饮而尽。她再次喝酒时，我们就得唱歌，因为轮到我们了。大家都有些醉意。羊肉被端上来，很快就被吃掉了；接着是鱼……白天就这样过去，傍晚来临。然后大阔氏醉得步伐不稳，在神父的歌声和高叫声中上了马车离开了……

因此，景教于 13 世纪后开始衰落也许就不那么令人惊讶了。到 19 世纪末时，人们认为它已经在远东地区绝迹，仅在土耳其东部幸存。1917 年的大屠杀给它画上了句号。在亚美尼亚的种族灭绝事件中，土耳其人混淆了亚美尼亚人和景教徒。几天之内这两类人都遭到屠杀，屠杀者常用的手段是把他们在自己的教堂里活活烧死。今天，已知的唯一幸存者是少数设法经库尔德斯坦逃到伊拉克的景教徒，因此萨仑迪说在喀什仍有几个家庭信奉该教派就是很重要的信息了。与他们的见面会很有意思。他们的礼拜仪式中的圣使徒弥撒（Mass of the Holy Apostles）可以追溯到公元 431 年之前，是现在仍在使用的最古老的仪式之一。自 5 世纪起，喀什的景教徒就与其他基督教教派隔绝，因此可能会保留数不清的古代仪式和习俗。它们肯定从未被人研究过。

虽然萨仑迪明天就要返回乌鲁木齐了，但他答应带我去见景教徒。我们约在去电影院的后一天的下午四点钟在艾提尕尔清真寺外见面。悲哀的是，当时我正赶着送路易莎去医院，所以错过了约会。等到路易莎的病情好转到我可以离开她身边，我马上赶到清真寺去找萨仑迪，但他已经走了，我再也见不到他了。和我交谈过的其他维吾尔人对这个教派一无所知。我已错过了和景教徒谈话的机会，而这种机会错过了就很难再有。

* * *

星期五晚上，霜冻降临喀什。酸奶太太也许是被冻醒了，因为她在星期六早上五点半就来到我们的门外。她尖叫了半个小时，我才起床让她进来。这似乎是个能让她的拜访收敛一些的好时机。我用几件道具向酸奶太太表明：如果她再在上午十点钟以前打扰我们，得到的最客气回报也就是一桶冰水。

一些巴基斯坦卡车司机离开了。冬天来得很快，巴基斯坦人担心喀喇昆仑山的山口会关闭。甚至米克也在收拾行李。他已经独自在喀什度过了一个寒冷的冬天，不想再来一次了。他收到了来自林恩的信，说她在斯里兰卡科伦坡附近租了间海滨小屋。米克决定去那里找她。

然而，我们之前没动身，眼下也看不到能马上动身的希望。路易莎现在能坐起来了，但仍然虚弱得下不了床，而且我们仍没法从喀什出发走丝绸之路的南线。我去汽车站确认了一点：没有许可证的外国人不能购买巴士票，而且很难找到会说英语的维吾尔人替我们买票。汽车站里乱作一团。有几辆空巴士开出站（在亚洲这是闻所未闻的事），而其他车上则挤满了人，周围还全是挥舞着拳头的愤怒维吾尔人。我在人群中转圈，有人推搡我，向我大吼。我找不到会讲英语的人，只有那些外币贩子对我感兴趣。他们追着我大喊："换钱吗？换美元吗？"我试图让他们离开，但这样做让他们更热情了。很快车站保安就注意到了他们。我和这些形迹可疑的追随者在公共汽车站周围、排队等车的队伍中以及售票厅和候车室里被保安追赶围堵。直到跑入外面的混乱人群，我才甩掉他们。

我的坚持最终得到了回报。在汽车站后方某个阴暗的电话亭里，我发现有个面貌凶狠的维吾尔人在吸烟。他懂点英语，至少能够理解我想要什么。他拿着我的一沓钱跌跌撞撞地走到售票处。令我惊讶的是，他回来时手里没有票。据他说，旅行社只能提前一天预留座位。我希望能在周一早上离开，于是同意第二天下午五点钟与他碰面，再试一次。我走回其尼瓦克。

集市上，店铺挂出皮帽和羊毛衫，五金商正把炉子从储藏室里拖出来。天气很冷，地上有几个结冰的水洼。人们似乎不像之前那样愿意在餐馆里逗留。每个人都匆匆往家赶。我坐在茶馆里，捧着碗绿茶暖手，和一位肤色黄褐的维吾尔人交谈。他说乌鲁木齐前天下雪了，人们正等着霜冻来临。然后他解释了汽车站如此混乱的原因：冬天到了，因此要从早上起开始执行冬令时。集市上有传言说北京时间往回倒了一个小时，另一则传言说新疆时间已经停止使用了。大家对两种说法都半信半疑，结果就是喀什同时采用了四种不同的时间，导致交通系统完全瘫痪。回到其尼瓦克后，情况也没有好多少。日落时前台停止服务，澡堂也没开放。那天晚上，路易莎和我只好不洗漱就上床睡觉。

第二天早上七点半（新疆的冬令时），酸奶太太胆怯地敲响了房门。我们没用水泼她，因为就她而言，当时可能是六点半、七点半、八点半或九点半。我们决定不跟她计较。

被酸奶太太吵醒后，我走出其尼瓦克打算买些面包，却发现城市完全变了样。村民驾着驴拉的大篷车从喀什各处拥来，车上堆满了干草、木头或粮食袋。有些车载着八九个甚至更多的维吾尔族家庭，有些车后面拴着马、山羊或公牛。一队队拴在一起的骆驼从人行道上缓步走过，面对驴车和沥青路面时它们显得很谨慎。绵羊忽然扇着肥大的尾巴小跑而过。装在柳条笼里的鸡咕咕叫着，戴大号平顶帽的小孩子摇摇晃晃地走着。我们忘记了喀什每周的大事——星期日的集市。我跑回旅馆，把路易莎从床上叫起来。我们一起雇了辆马车汇入人流，和其他车辆一起赶往市场。

我们的大车沿蜿蜒的柳荫路颠簸着下了坡。尘土飞扬，离市场越近人就越多。我们的马车以步行速度缓慢前进。我们向旁边大车上的一家人微笑，他们中有几人也报以微笑。尽管那种笑容看上去有点迟钝，但大家似乎都很开心。然后马车拐了个弯，规模巨大的集市在前方出现，里面挤满了人，车辆扬起的大片尘土笼罩在他们的头上。

今天的集市与工作日的集市在细节处颇为相似，但给人的整体感觉大不相同。这是商品展销会，也是嘉年华；是假面舞会，也是节日庆典。这里人头攒动、嘈杂喧闹、气味混杂，商品也琳琅满目。它仿佛是从昏暗的尘雾中浮现的海市蜃楼。我们转来转去，直到累得走不动路才盘腿坐在丝绸商人的茶棚里，小口喝瓷碗里的茶，同时小口啃一种用生面团和煎牦牛肉做成的藏族美食（上面还撒了辛辣的香料）。这就是我们在喀什逗留的最后一天，我们筋疲力尽但觉得快乐无比。

后来，一位剃光头的马车夫把我们带到了阿帕克和卓墓。我们躺在长满灌木和树木的花园里，附近是两侧排列着白杨树的林荫道，以及仍然果实累累的葡萄园。这是个凉爽、安宁、平静的地方。我们在那里待了一个下午，在色彩鲜艳的柱子之间漫步，仰望屋顶上的壁画，观赏画中的明轮船和峰尖积雪的群山。它们看上去有些不协调，有些天真，但相当漂亮。

那天晚上我拿到了去和田的车票。我们洗完衣服，最后写了一批信，早早上床睡觉。前路还很漫长。

* * *

早上六点钟，汽车站的工作人员把我们从去和田的早班车上拖下来，带我们进办公室，对我们大喊大叫。虽说这次"演讲"是用中文进行的，我们无法准确理解个中精要，但仍然明白了其大致内容：如果我们再尝试进入禁区，将会被罚款并被赶回巴基斯坦。我们决定搭一辆便车。半小时后，有辆车同意搭载我们，而它居然属于军方车队。车队中最后那辆车比其同伴落后一点。它停下来，有位穿卡其布衣服的中国人透过车窗往外看。起初我们以为他会逮捕我们，但他微笑着打开了驾驶室的门，开心地招手让我们进去。他说他要去叶城县，而它正位于去和田的半路上。于是我们跳上车。在城镇边缘的检查站，警察挥手放行车队。就这样，我们离开了喀什。

公路两边的景物先是快速变化，然后基本保持不变。在喀什，绿洲的面积远远大于城镇本身。在白杨林荫道和粉刷过的花园围墙的尽头，我们看到大片国有农场。不到半小时，玉米地就被枯萎的向日葵取代，不久后向日葵又变成了灌木丛。我们经过解放军的护路队，看见战士们的后背被汗水浸透。最后我们看到几栋房子和一个水箱，再往外就是白色的沙漠。没有沙丘，沙漠很平坦，且让人觉得刺目而压抑。柏油路形成的直线在前方远远交于一点。没有哪怕一棵树、一丛灌木或一簇蒲苇能使单调的地平线稍有变化。我们已经进入塔克拉玛干沙漠。

维吾尔人认为这片沙漠是邪恶之地。在维吾尔语中，它的名字意为"有进无出"。集市上的奇谈怪论说里面住着恶魔和半人形怪物。这些说法流传已久且越传越玄，许多穿越沙漠的旅行者都做了记录。第一个踏入这片沙漠的欧洲人是高大肥胖的若望·柏朗嘉宾（John of Plan de Carpini）修士。在现代人看来，他对当地传说也许不太有鉴别力：

> 据说这片沙漠里的居民都是野蛮人。他们根本不会讲话，双腿没有关节。如果他们跌倒了，单靠自己是爬不

起来的。但他们很精明，会把骆驼毛做的毛毡披在身上当衣服挡风。如果鞑靼人追赶他们，并用箭射中他们，他们就会马上把草药敷在伤口上，然后把鞑靼人远远甩在身后。

马可·波罗的叙述也充斥着奇怪的传说：

> 然有一奇事，请为君等述之。行人夜中骑行渡沙漠时，设有一人或因寝息，或因他故落后，迨至重行，欲觅其同伴时，则闻鬼语，类其同伴之声。有时鬼呼其名，数次使其失道。由是丧命者为数已多。甚至日间亦闻鬼言，有时闻乐声，其中鼓声尤显……

乍听之下，马可·波罗的故事和柏朗嘉宾的一样离奇。不过修士的叙述明显很荒谬，马可·波罗所讲的故事却流传很广。该故事于7世纪时第一次见诸史载，直到1916年仍在喀什流传——当时珀西·塞克斯爵士[①]和他的姐姐埃拉亲耳听到一位印度商人讲了这个故事。那印度人曾于天黑后逗留在塔克拉玛干。他看见有道光突然出现，照亮一条宽阔的道路，有支身着土耳其制服的军队正沿路行进。随后牛羊群走过来，军队在它们前方消失了。在这个印度商人所处年代的一千三百年前，伟大的佛教徒、旅行家玄奘大师的相关记述与他的说法几乎完全吻合。玄奘曾看到"顷间忽有军众数百队满沙碛间，乍行乍

---

① 珀西·塞克斯（Percy Sykes，1867～1945年）是英国军官与历史学家。——译者注

止，皆裘氍驼马之像及旌旗槊矟之形……"① 然而，我们一路上只看到了解放军，且他们看上去一点也不诡异。

中午刚过，我们就已通过另一个治安检查站，进入了莎车县的绿洲。一排杨树标出了绿洲的边界：上一分钟我们还在开阔的沙漠中，下一分钟我们就身处肥沃的农田，看到了田中纵横交错的灌溉渠和泥砖墙。大片稻田中点缀着葡萄园、菜园和果园。逃出沙漠时，我们产生了极其强烈的解脱感，但我们仍然感到恐惧，因为怕被警察发现并遣返。在莎车县的主干道正中，有辆运瓜的卡车撞上了拖拉机。卡车翻倒，瓜也滚落一地。事故现场挤满了公安人员，我们的卡车被迫停在他们中间。开拖拉机的维吾尔族司机正和那汉人卡车司机吵得不亦乐乎。没有人去捡瓜。我们这辆车的司机现在意识到可能不该捎我们上路，于是催我们躲到仪表板下。我们在那里难受地蜷了半个小时，除了换挡杆和司机的裤裆外什么也看不见。事故现场得到清理后，我们继续前进。我们决定尽快买套基本的伪装服，同时鼓起勇气尽量多看看莎车。19 世纪时，走这条路线的欧洲人为数不多，其中的斯文·赫定②注意到这里的居民受到甲状腺肿的困扰。我们周围有一两位异常肥胖的市民，但他们肿的是腰而不是腿，而且我们也看不到甲状腺肿的迹象。这种疾病是劣质饮用水导致的碘缺乏病，由此可见 20 世纪的供水质量已有所改善。然而，莎车的居民看起来仍然很引人注目：满脸胡须的男人以炫耀的姿态戴着高耸的哥萨克式帽子。这些帽子有摇摇欲坠的白棉布帽顶，看上去像杂技演员顶的盘子一样危险。

---

① 引自《大唐大慈恩寺三藏法师传》卷一。——译者注
② 斯文·赫定（Sven Hedin，1865～1952 年）是著名瑞典探险家。——译者注

　　莎车县所处的大片绿洲一直延伸到四十公里外的叶城县。司机把我们放在城镇边缘，和我们握了握手，很快就开车走了。我们走入小巷，穿过一小片花园，试图避开县里的主要街道。尽管如此，还是有不少人跟在我们后面。叶城县的人之前从未见过欧洲人，他们似乎决定充分利用这个机会。农民们扔掉锄头，工人们离开车床，放学的孩童们转身汇入逐渐壮大的跟随人群。在德国的哈梅林（Hamelin），当个花衣风笛手可能会让人感觉非常愉快；但我们现在不但觉得气恼，还感到危险。可以想象，如果身后没有人跟着的话，我们也许可以悄悄从公安人员身边溜过，但现在任何人都不会忽略那六十多个大声喊叫的跟随者。他们这样做甚至不是想要恭维我们。正如我们在喀什发现的那样，维吾尔人认为欧洲人非常丑陋。巴基斯坦人认为我们是完美的化身（时尚的巴基斯坦妇女涂抹防晒霜，不是为了使皮肤变黑，而是为了让自己变得更白、更像欧洲人），但维吾尔人的审美不同。在喀什，路易莎获得的赞赏远比在喀喇昆仑山另一侧时要少。对于维吾尔人来说，我们就像英国童话书中的食人魔：个头太大，鼻子太长，鼻孔张得太大，嘴唇松弛，容貌畸形而令人反感。维吾尔人用怀疑的眼光仔细审视路易莎的胸部：怎么会有这种像肿胀的西瓜一样的东西？对叶城县的居民来说，我们不过是供人指指戳戳、瞪眼呆看的马戏团怪胎。尽管如此，我们还是有巨大的娱乐价值，因此摆脱追随者的尝试注定要失败。我们匆忙行走，追随者也加快了脚步。我们在路口停下来，希望叶城县的居民会失去兴趣回家，但他们并没有。我们在主干道上挥手，试图拦下一辆卡车，但卡车司机看了我们的"随从"一眼，便加速把车开走了。

　　三小时后我们才又搭上一辆运牛卡车。车里装的不是小母牛，而是三十个不停高声吵闹的维吾尔人。他们身处的空间小得出奇：每人大概占据了一个半平方英尺大的一块地方。拥挤的车斗里又热又黑，气味难闻。有个老人病了，我们听到另一位老人在角落里抽泣。司机是三个锱铢必较的维吾尔族农人。他们把这辆卡车当作私人计程车，与不定期运营的国营巴士抢生意。如果他们向我们收取的车费同别人的一样，那么这生意一定很挣钱。这段旅程极其让人不快，而短暂的恐慌使我们感觉更糟了——路易莎一度认为自己放钱的腰包被偷了。她的钱没被偷，但直到我们在一家旅店停下来过夜时，我才发现自己的侧袋被洗劫了，里面的剃须刀片、疟疾药片、驱虫剂、防晒霜和脚癣粉都不见了。这是可怕的浪费，因为中国人不太可能猜到脚癣粉或那瓶瓶身上写着"丛林之液"（Jungle Juice）的驱虫剂是做什么用的。我想到那些可怜的小偷可能会试图吃掉它们时，心中稍感慰藉。

* * *

第二天早上，我们坐在煤堆上继续前行。

我们在黎明前起床，试图找辆卡车把我们从和田载去下一片绿洲，即克里雅。驿站院子里有十辆卡车，但其中有四辆坏了，有五辆正要返回喀什，留给我们的选择只有一辆。它的驾驶室已满员，我们只好坐在后车斗里的巨大煤渣堆上。我们爬上煤堆，立刻就开始后悔：真不该穿那身从拉合尔买来的崭新白色库尔塔衫①。但这种担忧很快就被更大的忧虑掩盖了。车身剧烈抖动，排挡嘎吱作响。卡车缓缓驶出旅店，行驶在和田

---

① 库尔塔衫（kurta）是男式长衬衫，是沙瓦克米兹的上半身。——作者注

主干道的中央。我和路易莎无遮无掩地坐在煤堆顶上。我们埋下头，免得警察看到我们。我们可不想自找麻烦。卡车沿着主干道缓缓行驶，左转直奔公安局，紧挨着其大门停下。司机向我们挥挥手，走进公安局去拿许可证。我们慌乱地扒着煤，试图挖出个坑躲进去，同时用运动衫盖住头，打算冒充熟睡的农民。但我们很清楚，如果有公安人员过来检查，衣服和背包肯定会在第一时间出卖我们。然而没有警察从公安局出来。几分钟后，司机骄傲地拿着新的许可证回来了。他回到驾驶室，尝试启动发动机。卡车喘了两声，然后就熄火了。我们屏住呼吸，司机又试了两次。还是不行。我们埋身入坑，把运动衫拉回头顶。司机和他的朋友花了二十分钟敲引擎，直到最后它老大不情愿地开始运转。卡车驶离公安局时的速度只有驶来时的一半，跟步行差不多。卡车开上大街后，我们被一个骑驴的人超了车。然后突然之间我们就进入了沙漠。页岩平地向四面八方展开，一直延伸到天际。很难相信还有比我们的车移动得更慢的东西。离开和田后，柏油路很快就变成砾石路，路面上布满了卵石大小的坑洞，于是车速进一步放慢了。我们费了好大劲想象，才能自我说服我们正沿着传说中的丝绸之路前进。在苏格兰旅行时，我曾走过许多景色更壮丽的小径。

那一天，时间缓慢流逝，车速一降再降。我们深入了荒凉之地。沙漠的风扬起沙子和煤尘盖在我们身上。五个小时已经过去了，但到中午时我们才走了不到二十英里。中午刚过时，我们遇到一个孤零零地卧在沙漠里的农庄。这农庄很奇怪：四面环沙，附近没有水源，让人无法耕种，很难看出住在那里的维吾尔人是如何生存的。除了几只看上去病恹恹的鸡外，他们没有什么可吃的东西（这些鸡又是怎么活下来的呢？）。尽管他们可以靠为过路的卡车司机提供饮食来挣钱，但一整年中并没有太多卡车会从这里经过。我思考着这个问题，与此同时，农庄主人掐死了某只不开心的鸡并拔下鸡毛。他在火上把鸡烤熟，然后用切肉刀把它切成块。我们静静地进食，然后继续前行。路易莎仰卧在煤尘中听索尼随身听。我吃力地阅读《卡斯特桥市长》。下午只有一件事让我印象深刻：我艰难地保持身体平衡，试图朝车后的低压气穴①小便，结果尿到了自己身上。

几个小时后，在我们闻着煤尘里的尿味，感觉百无聊赖时，卡车驶进了克里雅绿洲。太阳正在西坠。可以毫不夸张地说，从黎明到黄昏我们一直前行，但卡车仅行驶了三十五英里。

* * *

克里雅充满了惊喜。

卡车把我们送到一条小街上，我们赶在被公安人员发现之前找到了旅店。我们再怎么也想不到，旅店大院里会停着一排崭新锃亮的丰田"陆地巡洋舰"，而不是常见的那种满身风尘的破旧卡车。更让人感到意外的是那个正在擦车的小伙子。他穿着日本品牌的运动服，用带点美国口音的流利英语欢迎我们。我们得知他和那些"陆地巡洋舰"来自香港，属于某个德国地貌学家团体。该团体正与中国人合作，在塔里木盆地进行地质勘查。这支历时十年才组建起来的队伍由二十名德国和中国学者组成，是自 1949 年中华人民共和国成立以来首支获

---

① 低压气穴指位于高速行驶的交通工具后面的气流空洞。——译者注

准进入该地区的考察队。白天令人筋疲力尽的旅程使我们稍感烦躁，但我们想要见见那些地貌学家。我们开了个房间入住并开始洗漱，准备稍后和德国人一起用晚餐。

半小时后，我们穿过院子来到食堂。此时我们身上香喷喷的，着装也比到达时穿的那身新一些。屋里满是烟味，谈话声嗡嗡响成一片。五十个男人和一两个德国胖女人围坐在五张大圆桌旁，桌子中央的食物堆积如山。我们自离开拉合尔，离开奎兹帕什夫人的餐桌以来，就从未见过这么多食物：盖满美味酱汁的肉、烤肉串、堆得如小山一般高的面条、富有异域风情的中国蔬菜、塞满诱人辛辣馅料的面食、荸荠和大份手抓饭。座位已经安排好了，德国人和东方人混坐，东方人正忙着教德国人优雅地使用筷子，但效果不佳。谈话不时被响亮酣畅的日耳曼式狂笑打断。

作为这场盛宴的不速之客，我们认为自己最好保持低调。我们静静地在角落里就座。没有人过来让我们点菜，也没有德国人邀请我们入席。十分钟后，我为没早点采取行动而稍感尴尬，于是站起来走向一个年长的德国人，做了自我介绍，伸手等他来握。我走近时，那位德国教授正在对付一个皮蛋。他抬起头，为我打搅了他如此难得的快乐时光勃然大怒。他吹胡子瞪眼，没碰我的手，而是上下打量我，皱着眉头说："你是谁？在这里干什么？"还没等我回答，教授就把脸转向左边，和一位穿中山装的小个子维吾尔人商量。屋里的谈话声渐渐变低。我站在教授旁边，仍伸着手，脸上还带着傻笑。似乎过了半个小时之久——但实际上不可能超过半分钟——教授转过身来对我讲话。

"这位是区长，"他指向那位维吾尔人，"他说不希望在他的宴会上看到两位不请自来的外国人。回你的座位去吧，会有人为你服务的。"

我回到座位上。路易莎看看我，摇摇头。服务员给我们端来一些剩菜。游戏到此为止。我们正试图躲过警察，却无意中撞上地方政府官员。我们阴郁地沉默着，挑拣着吃了点东西。第二天早上，我们将被送回喀什，可能还会被驱逐到巴基斯坦。这就是这场远征的结局。

与此同时，喧闹声再次响起。两个"叛逆者"的闯入并没使当地干部担心。他们畅饮、大笑。德国人饮光剩下的几瓶中国啤酒，把盘中餐吃得一点都不剩，打嗝，然后开始唱歌。作为回应，干部们开始玩一种喧闹的酒桌游戏。这是种猜拳游戏。两个干部面对面，数到三（一，二，三！）时，就把拳头猛地砸在桌子上，同时伸出几根手指。规则很简单：如果伸出的手指数目相同，那么双方就都要喝一大杯茅台酒。茅台是中国人喜爱的烈性酒，但西方人觉得它与工业酒精相差无几。

很快，所有人都酩酊大醉。德国人左摇右晃，且哭且笑，大喊大叫，直着脖子吼酒歌，猛拍中国人的背。区长站起来开始发言。他刚讲了几句话，大家就鼓起掌来，然后区长放弃了，反正他已经忘记自己要说什么了。他坐下来，等大家都闭嘴，然后又站起来。这次他提议干杯。教授照做。级别低一点的官员继续敬酒，随后是年轻一点的学者。更多的茅台酒被拿过来，酒瓶很快就空了。一位好心的服务员也给我们各拿了半杯酒。

夜晚的时间缓慢流逝。有德国人开始趴在桌面上。歌声越来越慢，越来越动情。干部们跌跌撞撞地上床睡觉。区长起身，勉强站稳脚跟。然后令我们吃惊的是，他在自己两位口译员的搀扶下，摇晃着走到我们桌前。他把我们紧紧搂在胸前，祝我们晚安。欢迎我们来到克里雅，他说，他是所有受过良好教育的外国人的朋友。他给我们俩各倒一杯茅台酒，然后礼貌地问我们是怎么到这儿来的。我们向他解释了自己的经历，回答说我们是乘运煤车来克里雅的。他对我们之前遭遇的危险和不适表示惊骇，并提出愿为我们安排去且末县的巴士票。他说明天将请我们去看舞蹈表演，然后后天早上我们就可以去赶巴士。他一边说，一边倒出最后三杯茅台酒，为我们的健康干杯，然后摇摇晃晃地回去睡觉了。

＊　＊　＊

我们以为区长的客套话属于酒后胡言。然而，事实证明我们错了：第二天十点钟，两张去且末县的巴士票就被送到房间门口。巴士将于再往后一日的早上五点钟前发车。我们视区长为保护人，认为公安人员不会再注意到我们。我们决定在外面吃早饭以庆祝重获自由，然后回到床上睡回笼觉。

那天下午晚些时候，我们走出旅店大院去探险。很快我们就意识到，这里是我们见过的最美丽的地方之一。我们沿着小巷漫步，巷子两边是泥墙。这是完美的中世纪街道场景：铁匠铺的锤击声传来；孩子们在坏掉的驴车上玩耍；穿罩衫的老太太们坐在路旁，面前摆着坚果和杏干；男人们弯着腰，摇摇晃晃地挑着沉重的水桶从灌溉渠走回家；一个男孩蹲在地上，用弯棍在土上画画。"阿克萨卡勒"① 三三两两地出门享受傍晚

---

① "阿克萨卡勒"的字面意义是"白胡子"，指中国古时的村官。——作者注

的空气。他们穿着飘逸的卡其色哔叽长袍，袍带松松系在腰间，头上缠着如小山一般高的白头巾。有些人有高加索人的面部特征。如果另一位"阿克萨卡勒"迎面走来，他们就会坚定地与对方握手，然后用右手轻抚胡须，最后用触摸自己后颈的动作来结束见面礼。

我们经过的大多数房屋由泥砖砌成，但也有几间茅屋的墙壁是用蒲苇草捆垒成的，茅屋墙壁上间或有扇东倒西歪的小门。这些屋子让我想起了英国的乡村花园。我们可以看到院墙里有维吾尔人坐在葡萄架下的阴凉地上，捧着陶碗喝茶，其他人在照料向日葵和攀缘月季。这里有杨树、杏树、桑树和白蜡树。树枝上栖着麻雀，树叶在微风中沙沙作响。在沙漠中待了两天之后，我们觉得这里看起来不比天堂差。

在主街上围着一圈人。我们挤进人群，发现人群中央有个杂技演员。他的女儿给他做助手，两人一起表演了古老的马戏技巧：喷火、平衡和吞剑。那女孩以一串简单的横翻筋斗结束演出。观众热情地鼓掌，然后设法在杂技演员拿着帽子绕场收钱之前溜之大吉。我们不懂此中诀窍，最后只好为所有维吾尔观众买单。

我们还参观了一座还没搭好屋顶的清真寺。路易莎在给毛拉画速写时，宣礼员用一根六英尺长的圆头棒赶走顽童——无论我们走到哪儿，他们都会跟在后面。这座清真寺由村民们用木头建成，是座简朴可爱的露天亭阁，木制正殿呈长方形。这座清真寺与艾提尕尔清真寺外观相似，但没有使用笨拙的里完和喀什式圆顶。看到传统工艺在这里幸存真是令人开心。

我们穿过清真寺的后门，进入开阔的乡村。面前的景致使人联想起18世纪的荷兰绘画：一长排白杨树不规则地排列在平坦、青翠、肥沃的乡间土地上。地面柔软而有弹性，灌溉渠周围有母鸡和白鸭子在啄食。一位坐在溪边的维吾尔族农人起身向我们走来。他戴着顶镶貂皮边的钟形无檐便帽，问我们是不是来自"印度斯坦"。路易莎把这句话当作对她那被晒成健康古铜色的皮肤的赞美，于是回答说是的。

我们回到房间，得知在我们外出时曾有两人来访。第一个人是区长，他亲自前来给我们送演出票，邀请我们去看舞蹈表演；第二个访客是公安人员，打算检查我们的许可证。希望我们的第一位来访者能保护我们不受第二位来访者的伤害吧。我们去吃晚饭，并且在晚饭桌上发现，在我们被区长接纳后，德国人对我们的态度稍有好转。我和路易莎坐在一位年轻的冰川专家旁边。这个啰唆的家伙真是招人烦。

德国人：我父亲从事半导体行业。如果之前没有发现冰碛，我叶（也）会去搞半导体。

路易莎：真有趣！什么是冰碛？

德国人：有三种主要的冰碛。迪（第）一种叫侧碛，迪（第）二种叫中碛。有些人对侧碛和中碛感兴趣。我不像他们，我对终碛感兴趣。

路易莎：天啊！

德国人：终碛是冰川中的岩石碎片因融化的冰层而搁浅后留下的沉积物。它非常重要。如果发现它，就说明冰山既没后退也没前进。它一定是静止的！我说是静止的！

威廉·达尔林普尔：再来点茶吗？

德国人：然而，如果冰在终碛上推进，沉积物就会扭曲折叠。（打了许多手势。）仄（这）样就会产生类似于构造变形的结构。这种特征被称为推碛。推碛是美丽的！
美丽的！

（喋喋不休，使人厌烦。）

区长的信使走进来，宣布邀请我们全体人员前往克里雅人民大
会堂。我们这才解脱出来。至少在眼下的场合，我们不能拒绝
这份邀请。

区长以特有的谦虚态度，把为我们呈献的表演称为舞蹈会
演。这是克里雅维吾尔乡村文艺人才的盛会，堪与英国皇家综
艺会演（Royal Variety Show）媲美。它包括唱歌、跳舞、三弦
琴演奏、一出小型轻歌剧和几出奇怪的低级小品。压轴的是一
出维吾尔族哑剧，但其内容很难理解。这场有趣的表演反映了
新疆作为文化交汇点的地位：舞姿似乎源自印度，三弦琴来自
俄罗斯，服饰是中国的，演员也是中国人。兴奋的维吾尔观众
和表演本身一样令人愉快。在就座于大厅后部的一排儿童的带
动下，观众们以欢声笑语、口哨声和口齿不清的咕哝声表达了
自己的欢乐之情。区长似乎比任何人都更喜欢这场演出。他亲
自把大量糖果、甜瓜、坚果和饮料塞给我们，每一幕结束时都
问我们是否看得开心，还热情地把自己的妻子介绍给年轻些的
德国学者。近三个小时的演出后，演员们终于上场谢幕。从观
众群里爆发出热烈的掌声，儿童们开始哭泣。我们在区长的带
领下鱼贯而出，他邀请我们所有人回旅店的食堂简单喝杯茅台
酒。我们说自己累了，请求谅解，然后穿过院子回到房间。

门开着，灯亮着，两个男人正俯身翻看我的背包。我冲进
去，然后停住脚步。这些人并不是我最初以为的窃贼，而是中
国的公安人员。

* * *

接下来我们在克里雅公安局度过了相当不愉快的三个小时。我们扮演无知的外国人。我们扮演愤怒的英国人。我们扮演无害的白痴。我们威胁，哄骗，亮出我们的信，微笑，谄媚。我们大致描述了我们的朋友，即那位区长听说我们被捕后，将发生什么可怕的事情。我们列出一大堆那些帮助我们考察活动的官员将会获得的荣誉。我叫了个翻译，把这长篇大论的废话重新讲了一遍，然后这次我的话被翻译成了汉语。尽管我们现在能弄懂对方的意思，但沟通仍没有取得明显进展。他们一遍又一遍地重申他们的态度：我们非法到了这里；我们没有许可证；我们必须接受罚款并被送回喀什。但我们的声明产生的影响逐渐发酵，有颗怀疑的种子在他们的头脑中发芽生根：也许接下来的英国王室访问将被取消，也许英国真的会断绝外交关系。午夜过后，我们终于第一次迫使对方让步：在驱逐我们之前，他们会给乌鲁木齐的上级发电报。我们得寸进尺，迫使他们第二次让步：他们会让我们上床睡觉，等第二天早上再发电报或继续发问。大家都很累。一切都可以在第二天早晨得到友好解决。

我们回到旅店收拾行李，然后睡了四个小时。我们于早上五点钟爬起床，像要去偷翻食品储藏室的淘气孩子一样悄悄从公安局门口溜过，用区长买的票登上了黎明发车的巴士。克里雅另一端的检查站无人值守。我们坐着颠簸的巴士驶出绿洲，回到寒冷荒芜的塔克拉玛干，同时对这次逃亡可能造成的后果感到心惊胆战。

* * *

我梦见自己正游泳穿越金色糖浆的海洋。头顶的天空呈现出讨人喜欢的橙色。糖浆又暖又黏，令人愉悦。我起初快乐地游泳，但慢慢意识到自己正在下沉，或者更确切地说正在被吸下去。我惊讶而慌乱地意识到自己已经游进了旋涡。我在心里记了一笔：下次在金色糖浆的海洋里游泳时要当心旋涡。悲哀的是，我几乎没有机会采取有效的挽救措施。我在飞转的完美旋涡中如箭矢般向下坠去，速度快到令人头晕恶心。突然旋涡停止了转动。我意识到尽管身上还裹着金黄色的糖浆，但我现在被绑在了牙医的椅子上。有位牙医戴着熟悉的黑头巾，背对我站着，四周的陈设都是牙医诊疗室里该有的样子。那牙医转过身，抓着把大钳子朝我走来。她说："来吧威廉，不会疼的。"钳子伸进我的嘴里时，我突然意识到那牙医是劳拉。

我尖叫着醒来，用舌头舔舔上牙龈。自从离开喀什，那颗松动的门牙就一直困扰着我，它现在摇摇欲坠。

"你没事吧？"路易莎问道。

"这话是什么意思？"

"过去五分钟里你一直在呜咽。"

"对不起，"我说，"我刚刚看到了劳拉。"

"劳拉？"

"是的。她拿着把钳子朝我走来。"

路易莎困惑地摇了摇头，接着看《白色旅馆》（ *The White Hotel* ）。在我们周围，同车的乘客开始醒来。当时天很冷，维吾尔人都裹着羊皮和兽皮大衣，使巴士里的景象看起来仿佛回到了新石器时代。有的维吾尔人轻轻嗑起瓜子，有的用看起来很野蛮的刀切西瓜。很多人都在吸烟，烟味加上巴士的摇晃让大家昏昏欲睡。

日出一小时后，车外刮起了初冬的风；到中午时分，它变成了相当大的沙尘暴。车窗都关上了，大家都等着看接下来会发生什么事情。《马可波罗行纪》描述了许多沙漠的恐怖之处，但没有提到沙尘暴。这很是令人惊讶，因为塔克拉玛干的布兰风①可归为全世界最凶猛的沙漠风暴。亲历布兰风的人留下的描述文字中，要属冯·勒柯克（von Le Coq）的《新疆地下文化宝藏》（*Buried Treasures of Chinese Turkistan*）中的某个段落最为栩栩如生，该段文字曾被多次引用：

> 忽然间天空昏暗了下来……不久风暴猛烈降临到驼队头上。大量沙子和石子从天而降，风把人和牲畜吹得团团乱转，或一下推倒。天色越来越暗，沙石在空中被吹得翻滚的撞击声夹杂着风的怒吼和哀鸣越来越大，这景象就如同地狱……②

袭击我们的布兰风极其可怕。随着风力增强，沙丘上的沙子开始飞到路上。起初它们只是使车速放缓，但过了一会儿我们就无法前行了。我们终于被迫停在离克里雅三十英里的一座巨大沙丘前。司机用布蒙住嘴，带着把铲子走到车外去了。我和几位相对清醒些的维吾尔人出去帮助他。我们铲走沙子，在车轮下垫好枕木，给轮胎提供支点。这办法奏效了。经过我们一个

① 布兰风是从西伯利亚吹向俄罗斯南部的强冷东北风。——译者注
② 引文出自《新疆地下文化宝藏》（阿尔伯特·冯·勒柯克著，陈海涛译，新疆人民出版社，1999年）第22页。——译者注

小时的艰苦劳动，巴士继续行驶，但开了五英里后又停下来。我们再次下车去铲沙子。

那一天剩下的时间就是这样慢慢流逝的。下午六点钟，太阳落到遥远的昆仑山背后，辽阔空旷的沙漠变得更加黑暗。从汽车的轰鸣声中传出做昏礼的穆斯林低低念诵经文的声音。我们到达尼雅时已接近午夜。

旅店里又脏又冷，没有食物。一枕黑甜后，我们在凌晨五点就起床了。我们知道要想一直赶在警察前面，就必须在黎明前离开，而且明智的做法是改变交通方式。如果克里雅的警方已给且末县拍了电报，那里的公安人员就会预测我们将坐巴士到达，因此我们觉得坐卡车的赢面要大一些。虽然感到身体不适、全身无力，但我们还是努力走遍旅店里的房间，寻找能马上启程且行进方向与我们一致的司机，希望他能顺路捎上我们。只有一人能符合所有标准。我们同在和田时一样，坐在煤堆上进了沙漠。为了纪念这个场合，我们首次穿上了在克里雅买的伪装服。我的伪装服是一套中山装和一顶绿色的维吾尔族便帽；路易莎则穿着印花连衣裙，戴着白色面纱。从正面看，这两套伪装服在光天化日之下糊弄不了任何人。事实上它们有好几次曾使维吾尔人歇斯底里地大笑。其实如果不是这些衣饰，他们可能根本就不会注意到我们。尽管如此，我们还是认为从背后看起来这样的打扮似乎还能管点事。我们打算一碰到检查站就脸朝下趴在煤堆上，假装睡着了。只有最爱管闲事的警卫才会粗鲁地叫醒一对熟睡的夫妇，至少我们是如此希望的。

接下来的两天里我们精疲力竭。我们总是担心会被发现，偶尔会为饥渴所苦，有时要费力地从沙丘中把车刨出来，还要熬过炎热的白天和寒冷的夜晚。这些压力都折磨着我们。尤其让人不快的是那位与我们一同坐在煤堆上的好斗老人，我们的关系在第一天就没能开个好头。那天上午十点钟，车停下后大家坐在一起喝茶，而我在他面前擤了下鼻子。这不可原谅的失礼行为给我招来劈头盖脸的辱骂。我似乎犯了双重罪行：其一是我在他喝水时擤鼻涕，其二是我使用了手帕。根据我的观察和总结，他的要求应该是，擤鼻涕者须远离任何正在喝水的人，把左手举到鼻梁上，用力把鼻腔里的积存物喷到地上。若有鼻涕残留在脸上，擤鼻涕者须将其抹掉，然后将手在衬衫前襟上擦净。当然，这位老人就是这样解决该问题的。就在同一家茶馆里，我的假门牙终于掉了下来，我的士气因此一落千丈。我的剃须刀片已经被偷走四天了。没刮过但又没留大胡子的脸、风尘仆仆的外表和缺牙的笑容，这三者的组合相当令观者不悦。虽说又过了几天我才有机会从镜子里看清楚自己可怕的样子，但它对周围人的影响是立竿见影的。就是在这段时间里，维吾尔族小孩开始从我身边逃开，尖叫着去找他们的父母。

那天晚上我们到达了且末县，在旅店的外面吃到了世上最好吃的烤肉串，然后在我们的"伪装"引起骚乱之前迅速溜回床上睡觉。直到深夜我们都能听到外面传来尖锐刺耳的笑声。我们俩都睡不着。我们整整一天都暴露在强烈的沙漠烈日下，皮肤都被晒伤了，到晚上又被冻得受不了。我们穿着被煤炭弄得脏兮兮的衣服，躺在床上无法入睡，既觉得热，又冷得发抖。这种奇怪的感觉非常可怕。次日凌晨四点半，那卡车司机就现身了，而当时我们已经起床等着他了。

压力带来的后果开始显现。近一个星期里，我们一直在奔波，其间只整夜睡眠了一次。路易莎变得沉默寡言、极度易怒；我则精疲力竭，同时因失去牙齿而情绪低落。我们患了腹泻，衣服被撕破，身上还很脏。自离开克里雅以来，我们都未曾洗漱。我的样子很可怕；可怜的路易莎似乎好一点，但实际上她的感觉更糟。她脸上的血色消失了，也不再为自己的仪表操心。这是她生平头一次蓬头垢面。在另一家肮脏的旅店里，我们又彻夜未眠，次日早上她终于忍无可忍。运煤卡车在黎明前上路了。不久之后她说："我想我快生病了。"后来她又说了几次。我们大约在早上九点钟到达下一处绿洲。她宣布自己再也走不下去了。

"如果再在这辆卡车里待上哪怕一分钟，"她冷静但斩钉截铁地说，"我就要死了。"

我们从一个脚有些畸形的旅店老板那里开了间房并要了盆热水，洗漱擦干后躺在床上，等着警察上门。他们很快就收到了消息。十点一刻时有人前来敲门。路易莎睡着了，所以我爬起来开门。门外站着两位公安人员。

* * *

他们罚了我们的款，并让我们签了份检查书，但没有把我们遣返。我们已经走得太远了，不值得费劲送我们原路返回。相反，第二天我们被塞进警用吉普车，然后这辆车向北行驶到了吐鲁番附近的库尔勒。在那里，仍处于羁押状态中的我们被迫买了去北京的车票，然后被送上火车。

八

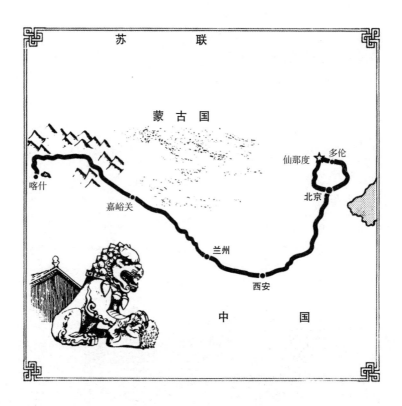

苏　联

蒙　古　国

喀什

嘉峪关

兰州

西安

中　　　　国

仙那度　多伦

北京

六天后我们到达北京时，体重增加了几磅。

有许多文章提到过中国火车的不便之处。它们总是过度拥挤、喧闹且肮脏，乘客则会表现出所有最糟糕的中国式恶习，比如粗鲁、傲慢和麻木。但有了坐在卡车上穿越塔克拉玛干的经历后，我们发现坐在当地货运列车的硬座车厢里堪称奢侈的享受。旅行居然如此顺利、迅速且安静，简直让人不敢相信。最简单的事情也会给人以无法想象的喜悦。在空旷的沙漠里待了两周之后，能看到这么多健康的中国人简直让人惊喜。我们狐疑而茫然地盯着那些穿着蓝色外套、扎着辫子的姑娘。她们在列车上走来走去，很有效率地打扫地板、冲厕所、用天朗广播系统播放革命歌曲。窗外的塔克拉玛干（它的北部和东部、南部一样荒凉沉闷）现在看起来像电视屏幕中的画面一样遥远而无害。从此没有人会追捕我们，或是罚我们的款。我们感觉安全、开心又很舒服。

过了一段时间，我们感觉更棒了，因为我们换乘了另一列火车，把硬座升级成了软卧。我在车厢里脱下脏衣服，像个中年人一样开始享受。我发誓再也不要坐在煤渣堆上旅行、入住散发臭味的旅馆，或是使用厕所蹲坑。如果之前我想证明什么的话，现在我的目的已经达到了。从这一刻起，我想要的只有海边的度假别墅、摇椅和某些能使人放松的新爱好，织毛衣或钩针就很不错。

软卧车厢为这个生活规划开了个好头。这是我们之前坐在煤渣堆上时所梦寐以求的。每个隔间里有四张床，左右各有两个铺位，中间的大片空间被铺着桌布的木桌占去一半。桌上摆着瓷制茶具、盆栽和阅读灯。我们脚下铺着酒红色的厚地毯，床上有丝绸面料的被子。这个隔间的四壁像关疯子的牢房一样柔软。

我们展示出性格中最讨人喜欢的一面，努力跟住同一个隔间的旅伴打交道。来自新加坡的"飞鸡先生"的非凡之处主要在于他的水桶腰，以及他为维持腰围吃下的大量食物。"飞鸡先生"是位不折不扣的地震学家。他之前在乌鲁木齐花了几个月研究地震问题，现在正返回北京。他的雇主显然很重视他的服务，因为他们为他提供了一大只食物篮，好让他在旅途中保持心情愉快。他狂热地大吃起来。当着我们的面，几分钟之内他就吃掉了一大堆煮蛋、刚开封的豆腐干、从意大利高价进口的蒜味香肠和大块腌鱼。他在吃切成片的凤梨酥时喝下一听听中国啤酒，好让之前咽下的食物顺利落入胃中。但他最喜欢的是家禽。"飞鸡先生"从食篮中某个单独隔开的空间里掏出一整只凉了的煮鸡。他就像天主教神父在弥撒上高举圣物一样，带着敬意将它高高举起。他用饥饿的眼神看向我和路易莎。

"飞几（鸡）。"他低声说。

我们和"飞鸡先生"交上朋友后，这次旅行在某种意义上就变成了宿舍聚餐。他和我们分享家禽，我们则送他一袋在吐鲁番买的甜瓜作为回礼。整个下午，我们都在慢慢消灭"飞鸡先生"食篮中的东西。日落时分，篮子见了底。"飞鸡先生"悲伤地俯视空篮子。

"几（鸡）没了，丹（蛋）没了，先兵（馅饼）也没了。"他说。

他在车厢地板上的骨头堆里翻拣，又四处寻找其他可吃的东西。什么也没有。他看了眼表，发现离餐车开放还有两个多小时。他的脸上阴云笼罩，看上去忧伤无限。有那么一会儿，我以为他快要哭了，但突然间他的脸上重新放光。

"霍（火）车减速啦。"他说。

我们侧耳倾听。他是对的，不必怀疑，火车正在进站。"飞鸡先生"起身离开隔间，同时还转身朝我们的方向笑了一下。

"我去麦此（买吃）的。我去麦几（买鸡）。"

他带着一大堆食物回来了。这就像是耶稣"面包和鱼"的神迹重现。之前他有一个馅饼，而现在他有两个；之前他有十个鸡蛋，而现在他有二十个。"飞鸡先生"新的食物储备里包括许多之前篮子里没有的美味佳肴。他买了海绵蛋糕、杏子、成袋的苹果、一堆虾条、一大袋坚果，但其中最重要的是鸡。他把怀中抱着的鸡肉放在自己床上，又把它们分好。

"一只几（鸡），两只几（鸡），三只几（鸡），四只……"

向车窗外看去，我们发现自己已经离开了沙漠，眼前的景色和我儿时从教科书上认识的中国一模一样：棋盘状的稻田、宽边草帽、成群结队收割庄稼的农民。我们正穿过河西走廊，火车在两道平行的山脉之间颠簸而行。"棋盘"中时而冒出木制农舍和碎石铺就的乡间小路。我们沿着河西走廊越走越高，看到稻田慢慢消失，取而代之的是刚刚完成收割的狭窄田地。失去庄稼遮蔽的田间泥土呈黄褐色。照料秧苗的蓝衣农民的身影不见了，现在眼前是另一群围着金黄色麦堆站立的农民。他们正用铁锹铲起谷子扬到空中，让混在其中的谷壳被微风吹走。有人正深弯着腰，背着大捆稻草离开劳作中的人群，其他人在耕田——有的用人力，有的靠马拉犁杖。马和羊在休耕的田野里吃草，牧羊人在附近看着它们，其中有个牧羊人叼着根稻草蹲在离羊群较远的地方。

那天傍晚，有位中国工程师和他的妻子闯进我们的隔间，他们要去参加一个会议。这两人不理会我们和"飞鸡先生"，而是躺在一个铺位上，一直呻吟到深夜。我们气鼓鼓地旁听。工程师还犯下了更可怕的罪行：我们逐渐入睡时，他悄悄起床，打开了播音喇叭。整列火车上只有软卧车厢里的播音喇叭才能关闭，没有喇叭声也许本该是这段旅途中最奢侈的享受，但我们的工程师想必是被寂静的空间弄得烦躁不安，早上五点钟就开始播放的新闻似乎让他松了一口气。我们对此就没那么赞成了。我们把工程师骂了一顿，又关掉喇叭。路易莎和我试着重新入睡，而我们的新加坡朋友努力从鸡肉三明治中寻求慰藉。但还是不断有人来打扰。新闻播放完毕后，我们的车厢很快就成了火车上所有工程师早间聚会的场所。

工程师和他的女人在西安离开了我们。从那以后，就只有喝得醉醺醺、打算找厕所的乘客接二连三地闯入我们的隔间。我在车厢里漫步时，从敞开的门中能发现有些精干男子穿着西式服装，如费尔岛运动衫、条纹棉布衬衫和粗花呢外套等，只有一位老兵和一位省委官员穿着中山装。这两人看起来过时守旧，与周围的环境格格不入，就像戴着圆顶硬礼帽的股票经纪人之于现代英国一样。他们的神气符合某个已消失的刻板印象。年轻乘客的发型与其衣饰一样独特。他们很聪明，会仔细地参照时尚样式打扮自己。

有些人读书、抽烟、下棋。其他人分成不同小圈子，互相敬酒、咯咯笑、彼此拍打肩背。紧邻的隔间里正在举行特别吵闹的酒会。从隔断后面传来敬酒声和玻璃杯碰撞时的叮当声，再过一会儿还有干呕声。我躺在床上，读着《马可波罗行纪》中描写中国的章节，厌恶地注意到波罗认为中国的酒"其味之佳，非其他诸酒所可及"。单就此处而言，我实在难以认同这威尼斯人的观点。

那天上午晚些时候我们过了黄河。刚到下午，我们就进入了绵延起伏的丘陵地带。河边的田地得到了精耕细作，土壤看起来像是被梳理过一样。到河沟为止的每一寸能利用的空地都被利用了，但人们对山丘上的土地采取了放任态度。在农庄高耸的瓦片屋顶和第一片褐色的可耕地之间，还有更多草地和空地。傍晚，火车开始加速，驶出山区，进入平原。群山渐渐隐退，太阳落到山后，风景渐渐失去颜色。火车亮起灯，在黑暗中隆隆向前行驶。

日落是卧车乘务员出动的信号。他们像吸血鬼一样从乘务人员专用的隔间里起身，用拖把和抹布疯狂地打扫车厢。窗户被擦干净了，地板被擦干净了，车厢边板也被擦干净了。床上的床单都被换掉了。我们被禁止坐在上铺。为了不碍乘务员的事，我们带"飞鸡先生"去餐车共进晚餐。我们费了很大劲才走入餐车。硬座车厢里正在进行激烈的争论。几个维吾尔人跪在过道里做昏礼，而两个乘务员正试图打扫地板。有很多人在叫喊，我们很难搞清楚到底发生了什么，但很明显维吾尔人没有获胜。他们逐渐退回座位上。乘务员刷洗地板，在上面涂肥皂液消毒。就在"飞鸡先生"开始吃晚餐的第二道菜时，火车在某个车站停了下来。乘务员们跳下车，开始疯狂地擦洗车厢外壁。火车将在一小时内到达北京，而他们希望到站后尽可能少花点时间来打扫卫生。晚饭后我们回到车厢，发现"飞鸡先生"的蛋糕、坚果和甜瓜都被清理了。火车于十点半开进北京站时，他仍在努力从乘务员手中要回那些食物。

* * *

那天晚上，摆渡巴士载着受惊的外地人去了北京城西边（相当于伦敦的东阿克顿）的一家灯光昏暗的酒店。

所有的外交官、大多数记者，甚至还有少数游客抱怨北京是座沉闷的城市，因为这里到处都是立交桥和玻璃墙招待所。如果你从纽约或东京来，在你眼里北京可能就是这样的。然而作为来自塔克拉玛干的旅行者，我们觉得它复杂得要命。的确，这里不太像我想象中的中国城市：没有纸灯笼、妓女或鸦片黑帮，没有聚赌的三合会走私者，没有穿博柏利风衣的美国特工，也没有爆竹炸响。然而，它看起来庞大而激动人心。我们上床睡觉，像学童在学期中的最后一晚一样心情雀跃。

曙光方现，我们就匆匆吃完早餐，租了辆自行车，汇入了路上的车流。在红绿灯处我们停下来，同一辆黑色小汽车和一万辆自行车一起等待。变灯时，我们像箭一样沿着大道射出去，经过一队小学生、相互拍照的游客、起重机、建筑工地和百货商店。商店外面，成群的中国人透过橱窗玻璃眯着眼睛看店里陈列的黑白电视机。人群、建筑物、铰接式公交车、马路……一切看起来都很大。

北京有许多地方让我们喜欢：在诊疗室外抚摸钳子咧嘴而笑的牙医、理发店里的纤弱小伙子、蹒跚走过的老妇人、一排排梧桐和白杨树、路灯上挂着的鸟笼。但最重要的是我们喜欢巧克力松饼。"飞鸡先生"一定会为我们感到骄傲。北京新开的马克西姆餐厅旗下有个平价咖啡馆名叫美尼姆斯。在它的小角桌旁，我们度过了整个旅程中最快乐的下午。我们用小瓷杯喝咖啡，沿着糕点架一路吃下去，在三小时内就消灭了十四块巧克力松饼。咖啡馆关门后，我们跌跌撞撞地走到外面的寒夜中，感到肚子胀得难受，同时还有点内疚。我们在这三个小时里花的钱比过去三周内的支出加起来还要多。

之前我们聊天时，有时会把北京当作旅程的终点。现在我们希望它就是终点。我们累了，剩下的钱也不多了。我们对新奇事物的好奇心早已得到满足。我们渴望回家，渴望舒适和稳定。最重要的是我们不愿再这样四处奔波。如果说我们在旅途中学到了什么事的话，那就是我们做不了游牧民。但我们无法停步，至少现在还不行。在我那件破旧马甲的内侧口袋里，还装着那瓶从圣墓取来的灯油。如果当年马可·波罗晚一个月到达中国，他就可以在新都汗八里将那个小瓶呈给忽必烈汗。汗八里就是现在的北京，其遗址就在古老的紫禁城之下。但事实上马可·波罗于5月到达，在那个月，忽必烈汗住在长城以北的避暑行宫，也就是柯勒律治笔下的仙那度。

仙那度是忽必烈最喜欢的居所。他身居都城，心念草原，于是让人在宫殿的花园里种了一片蒙古草，好提醒自己不忘故乡。在天气炎热的那几个月里，他就直奔避暑行宫。仙那度建在蒙古大草原的南缘，那里有离北京最近的真正草原。中国旅行家王恽在它建成后不久就前往游览，并著文称它被群山环抱，周围绿树翁郁、景色美丽，北边是以产猎鹰闻名的松林，附近的牧场上到处是山羊和绵羊。但现存对宫殿本身的描写中，数马可·波罗的最为生动。描绘它的段落也许是《马可波罗行纪》全书中最优美的叙述性文字：

> 内有一大理石宫殿，甚美，其房舍内皆涂金，绘种种鸟兽花木，工巧之极，技术之佳，见之足以娱人心目。

　　此宫有墙垣环之，广袤十六哩，内有泉渠川流草原甚多。亦见有种种野兽，惟无猛兽，是盖君主用以供给笼中海青、鹰隼之食者也。海青之数二百有余，鹰隼之数尚未计焉。汗每周亲往视笼中之禽，有时骑一马，置一豹于鞍后。若见欲捕之兽，则遣豹往取，取得之后，以供笼中禽鸟之食，汗盖以此为乐也。

　　此草原中尚有别一宫殿，纯以竹茎结之，内涂以金，装饰颇为工巧。宫顶之茎，上涂以漆，涂之甚密，雨水不能腐之。茎粗三掌，长十或十五掌，逐节断之。此宫盖用此种竹茎结成。竹之为用不仅此也，尚可作屋顶及其他不少功用。此宫建筑之善，结成或拆卸，为时甚短，可以完全拆成散片，运之他所，惟汗所命。给成时则用丝绳二百余系之。

1872 年，英国驻北京公使馆的医生卜士礼（S. W. Bushell）在长城以北考察植物时，偶然发现了这座宫殿的遗迹。他所见的自然风景和马可·波罗描述的很相似，但仙那度本身与马可·波罗的记载大相径庭。

　　……宽广起伏的草原上长满了长草和芬芳的灌木，还有多群羚羊出没。附近唯一的建筑是座小喇嘛庙，现在里面住着几位可怜的僧人。这座城市已被遗弃了几百年。遗址上杂草丛生，还栖息着狐狸和猫头鹰。它们捕食繁殖极快的草原鼠和山鹑……遗址里面，地上到处是大理石块及大型寺庙和宫殿的其他残砖碎瓦，从中仍能看出某些房基的大体轮廓。四处都有残破的狮子和龙的雕像，以及精雕细刻的纪念碑的残骸，它们半掩在厚密纠结的茂草间。所有建筑都已坍塌，几乎没有一块石头能待在原处。很难想象还有比这里破坏得更彻底的废墟或更荒凉的地方……

离开之前，卜士礼发现了一块破损的牌位，其上刻有某种中国古代文字，边缘是极富立体感的龙形高浮雕。后来铭文被翻译出来，人们由此发现该牌位是忽必烈汗用来纪念某位佛教上师的。正是这段铭文帮助人们确认了废墟的身份。这确实是柯勒律治笔下的仙那度，每个英国小学生都知道这个名字。但卜士礼并未因此大肆吹嘘自己的发现，而是默默地将其写在植物学学术报告中，于1874年提交给英国皇家地理学会。某些仔细的学者同行注意到了他的发现（玉尔在为《马可波罗行纪》做的脚注中提到了卜士礼的探险），但大多数人仍对他的工作一无所知。尽管遗址位于北京以北仅一百英里处，但没有其他考察队前往调查忽必烈汗避暑行宫的遗址。虽说仙那度在各种传说中称得上大名鼎鼎，但它本身似乎仍然是个学术盲点。如果能到达那里，我们就会成为一百多年来最早看到那处废墟的欧洲人之一。

　　要走的路不算太长，但几个世纪以来使废墟默默无闻的外部环境现在也在阻碍我们抵达那里。内蒙古属于敏感的边境地区，因此外国人无法进入。如果我们想要到达仙那度，就得重新穿上可笑的伪装服，重复之前在丝绸之路的南线上走的那套令人精疲力竭的程序。前景可怕。但既然已经走了这么远，我们就必须尝试走下去。

　　接下来的两天十分忙乱。现在是10月的第一周，剑桥的新学期将于四天后开始。如果我们要去仙那度，就意味着要在开学时迟到。迟到本身并不会造成巨大损失，但在快要毕业时这样做就算不上聪明了。于是路易莎和我达成一致：启程前往内蒙古草原之前，我们最好先安排妥回家的航班，再协调伦敦那边汇来买机票的钱。这计划听起来很简单，但事实上，我们花了大量时间与银行谈判，恳求无趣的航空公司工作人员，到处打电话求援（在闷热的等候室里坐了很久）。四十八个小时后，我们才订到了下周四的两张机票，同时必要的资金也从伦敦汇出了。我们的日程安排很紧张。经计算，我们要一刻不停地赶路才能在两天内到达离遗址最近的多伦县，还要再花两天时间才能赶回来。那架半个月内我们唯一负担得起机票的飞机将于六天后起飞，这样一来我们就只剩下一天时间从多伦县赶到遗址。两者间的距离约为二十五英里。我们不知道仙那度的准确方位，手里唯一可参照的是卜士礼的文章，但它写于一个多世纪之前。据我们所知，遗址可能距任何公路都有几英里远。在那挤出来的一天时间里，我们无论能否找到仙那度都得返回北京，否则就会错过航班。

* * *

为了使事情变得简单点，我们在往北开的火车上订了座位，又在该条铁路线的终点站承德订了个房间。星期五晚上，我们已经为走完最后一段旅程做好准备。我们把四天旅行所需的东西收在一个背包里，然后把其他用不上的行李存放在酒店的储物室中。我们于第二天早上五点半起床，乘火车前往承德，即过去的热河。那里有清朝的避暑山庄。

火车里几乎是空的。两个中国学生坐在我们对面，紧紧拉着手。两人都不说话。女孩长得比男孩高，身穿褶边衬衫和毛衣。她望着窗外，男孩则一根接一根地抽烟。

城镇与乡村间的界限并不分明。离城郊愈近，铁路边的园子就愈大。小区和成排的仓库逐渐让位给承包田。建筑物之间的距离越来越远，农庄、高高的人字形屋顶和茅草屋渐渐映入眼帘。远处有玉米地和葡萄藤。在几块狭长的田地中，农民们正驱使成队戴眼罩的小马或成对长角牛耕地。在其中一块田地边上，你可以看到一组组蜂箱和一位全身被网子罩住的养蜂人。然后地势开始慢慢上升。参差不齐的小山顶看上去如同龟裂的龙背。气温越来越低。中国女孩打着哆嗦，从包里拿出件外套。山谷中的耕地变成山地牧场。村庄里有水磨坊。山势渐高，紫色的薄雾笼罩在草甸上。我们穿过了长城。

这条铁路线沿着古老的帝国驿道修建。1783 年，首位出使中国朝廷的英国使臣马戛尔尼勋爵（Lord Macartney）就是走这条路来中国与乾隆皇帝商谈商业条约的。他旅行时乘坐的是由四匹鞑靼马拉的整洁英国马车，后面的大车里装满了送给皇帝的礼物，其中包括两幅由肖像画家约书亚·雷诺兹（Joshua Reynolds）绘制的国王乔治三世的全身肖像。马戛尔尼是驻喀什领事马继业的先祖，他认为这里"风景如画，景色非常罕见"。但这风景就是他获得的唯一报酬。正如他发现的，中国人对通商兴致缺缺。乾隆皇帝给乔治三世回信，承认收到"尔国制办物件"作为"赍进各物"，但遗憾的是"天朝"对英国的手工制品"并无更需"。某份朝廷文书更加直白地称英国人为无知蛮夷，说英国人完全不懂礼节，因此不配受到礼待。中国人对英国人不感兴趣，知之甚少，也不想学习这方面的知识。清政府编撰的关于"外夷番众"的插图手册《皇清职贡图》上说英国属于荷兰。"男子……喜饮酒，"该书称，"妇人未嫁时束腰欲其纤细……以金缕盒贮鼻烟自随。"① 另一本权威著作《海录》的作者是到过欧洲的中国水手。这本书里满是简陋的图画。它说英国的宗主国荷兰实际上位于法国西北部，而它的人民"和葡萄牙人一样"。

乾隆可能对英国人不感兴趣，但对自己在承德的园林兴致勃勃。在避暑山庄深处，他用湖泊和宝塔创造了宛如青花瓷图案的景象。这处乡野的风景人间难觅，在某种程度上可称为小特里阿农②的中国版，但它的美丽是毋庸置疑的。马戛尔尼认为它很精美，于是写道，如果不是知道伟大的园艺师"能人布朗"（Capability Brown）从未访问过中国，自己肯定会发誓说此人从热河的皇家花园中汲取了灵感。我们尚不清楚避暑山庄里建筑的保存情况如何。1930 年代傅勒铭访问承德时，那里的寺庙已朽坏得很严重，而且我在北京还听说"文化大革命"曾加速了这种破坏。

我们在下午晚些时候到达。城镇位于淡紫色的群山之间，横跨山脊。傅勒铭来到这里时，日本人已占领承德并在此驻扎。这里挤满了打绑腿的矮个士兵，他们在宝塔下进行军事演习。他认为这就像"如果德国人赢得战争，1919 年留在温莎时会看到的"景象。美国传教士也成为这一幕的奇怪配角，包括潘特（Panter）先生（"个子太高，太悲哀……"）、潘特夫人（脚踏式风琴演奏者）和年轻的蒂瑟顿（Titherton）先生（处于试用期的见习传教士）。但我们眼前的城镇截然不同：

① 引文出自《皇清职贡图》卷一。——译者注
② 1670 年，路易十四曾在一个名叫小特里阿农（Petit Trianon）的村庄为其情人建造了一座小型收藏室，其立面和室内的装饰都使用了大量中国风格的青花瓷瓷砖和瓶饰。——译者注

这里既没有传教士，也没有士兵，而且明显有一种夏日避暑胜地在旅游淡季中才会有的气氛。

首战告捷。我们找到会讲英语的计程车司机，他能帮我们买一张去多伦县的车票。他甚至没有要求回扣。然而在旅馆里，我们遇到了点麻烦。

"我叫达尔林普尔，"我告诉前台接待员，"我们订了房间。"

"它已经被取消了。"那姑娘回答。

"可我没有取消啊。"

"它已经被取消了。"她重复了一遍。

"谁取消的？"

她去问登记员。

"昨天被于三（音）取消的。"

"于三是谁？"

"我不知道，"她说，"她是你的朋友，又不是我的。"

关于这件事我们没有得到令人信服的解释，我不认识叫于三的人，而且当时我的房间预订肯定没问题。旅馆里寒冷潮湿，而且空荡荡的。当时正值换季，而我们是唯一的客人。这个灰蒙蒙的奇怪地方有宽阔的楼梯，以及能听见脚步回响的、半明半暗的长走廊。但我很喜欢这里，因为它让我想起了苏格兰高地的某家渔夫旅舍，我曾于 11 月下旬的某个寒冷夜晚被困在那里。

我把路易莎留在旅馆，自己赶在闭园时间前到了避暑山庄。入口处，卖明信片的人正在收拾摊位，但我说服了景区管理员放我进去，然后从宫殿后面溜到了湖边。这园林美得出乎意料。我对它的精心布局感到惊奇：这里有蜿蜒的小路和风格各异的荒凉亭台；湖面上倒映着垂柳、核桃树和芫荽；寺庙飞檐下绘着百合和荷花。所有这些都被薄雾以及潮湿土壤和落叶的气味笼罩了。秋日的阳光越来越弱。沿着湖岸漫步时，我突然意识到自己已经漂泊了很久。夏天已经过去了。沙漠里没有秋天。穿越广袤的沙漠时，人们对时间流逝和季节变化的感知会变得迟钝。直到现在，当我突然发现秋天已过去一半时，我才意识到自己旅行了多长时间。耶路撒冷和阿卡的经历已经是许多个星期之前的事了，我几乎记不得有哪天不是从收拾背包和支付旅馆账单开始的了。现在，我们即将到达目的地，可前景似乎令人担忧。停止奔波真是非常奇怪的事。人生的一个阶段即将结束。一系列新的责任在前方若隐若现：回家，回到剑桥，考试……

暮色渐浓，我转身沿着潮湿的小路朝旅馆走去。第二天早上我们早早起床，穿上伪装服，登上了去多伦县的早班巴士。

* * *

进入内蒙古的轻松程度在我们的意料之外。我们上巴士时没有遇到任何麻烦，随后又发现路上的检查站无人值守。

这是一个寒冷而美丽的星期天早晨。银桦树防风林环绕着草甸。农民们把向日葵花盘放在茅草屋顶上，让秋天的阳光把它们晒干。阳光照耀下，金黄色和赤褐色的树叶显得更加明艳，它们的倒影映在水田中。街上有尾巴上卷的蒙古獒犬和嘎嘎叫的大鹅。天很冷，风很大。

我们从山谷攀上蒙古草原所处的台地。气温越来越低，光线也逐渐暗淡。山丘渐平，远处可闻雷声。午饭时我们已经到了半截塔镇。其他乘客下车去买食物，但我们害怕警察，于是待在车上没动。天开始下雨，巴士漏水了。

在巴士里等待时，路易莎查阅了地图，并将其与附在卜士礼文章中的地图做比较。现代地图显示，在多伦县以西大约三十英里处有个叫正蓝旗的地方；在卜士礼的简略地图上，我们却找不到它。如果现代地图绘制得足够准确的话，路易莎经计算发现它应该比多伦县更接近仙那度。更重要的是，地图显示正蓝旗位于一条无名河河边，而该无名河显然就是卜士礼的简略地图上标注的"上都河"。上都河是柯勒律治诗中曾哺育了仙那度的"圣河亚佛"。她已经找到了我们的路标。我们所要做的就是在当晚到达正蓝旗，再于次日早上沿河而上。它迟早会把我们带到忽必烈汗的宫殿。

当晚看到多伦县时，我们更加确信这个决定的正确性了。卜士礼到来时，这个城镇垄断了"神像、钟和其他佛教法器"的生产，十分热闹、肮脏而繁荣。现在它仍然很脏，但远远谈不上热闹繁荣。佛教衰落，这个地方也受到影响。某座被毁坏的寺庙宝塔下，有一对套着马嚼子的矮壮蒙古马；有个满脸麻子的蒙古族试图向我们出售看起来很可怕的蒙古特产，似乎是糖渍苹果。人人看起来都疲惫不堪、饱经风霜。这个地方有种深入骨髓的荒凉感，而这种感觉我以前只在格伦科（Glencoe）峡谷或苏格兰高地上某些荒弃的小村庄里体验过。这里潮湿、阴沉、险恶。我们绕过城镇，搭卡车穿过大草原，前往正蓝旗。

我们到达目的地时，天色刚刚开始暗下来。正蓝旗是个新建成的小镇，镇上只有为数不多的几栋灰色小屋，由预应力混凝土和波纹铁建造而成。驿站是座石头建筑。像多伦县一样，这个小镇潮湿、寒冷、毫无遮蔽。它坐落在草原中间，与周围环境很不协调。风直接穿街呼啸而过。如果路易莎计算得正确的话，我们现在离仙那度还不到五英里，但是所有东西都和柯勒律治在梦里看到的不太像，比如说很难想象这里会有闪耀着蜿蜒溪河的花园、跟山峦同样古老的森林以及洒满阳光的青草牧场。

蒙古族好奇心颇重。他们的细眼睛挑得很高，暗沉的皮肤绷得很紧。当晚我们坐在旅店的厨房里时，有四十个人聚在一起看我们吃饭。很难看出他们住在哪里，因为镇上的房子还不到十栋。我们狼吞虎咽地喝羊肉汤、吃羊肉卷，然后逃回房间，害怕引起更多人注意。

第二天早上五点半，闹钟像往常一样响了。在数千英里之外的东英格兰，剑桥的新学期即将开始。大家会争先恐后地跑去买课本、快劳夹和文件纸。我们本应待在剑桥，然而事实是我们身在内蒙古，有十二个小时的时间去寻找仙那度。向外面望去，可以看到天阴欲雨。我们将要走上一段寒冷潮湿的长路，但我们兴致高昂。穿衣服时，我想起路易莎描述的她刚做的梦，梦里她在复活节岛的地下洞穴里和爱德华一起吃炒鸡蛋。她刚开始为我解梦就有人敲响了门。两位公安人员不等我们应门就闯了进来。

一切都发生得太快，我根本来不及搞清楚状况。警察用蒙古语向我们喊叫，用手势示意要看我们的护照。直到我们交出护照，警察把它们拿走并把我们锁在房间里，我们才明白这意味着什么。一想到走过了六千英里，最后却在距离目的地只有五英里的地方被拘留，并且即将被驱逐出境，我们就受不了。我倒在床上。计划远征时，我从未想过自己能走这么远。但到了正蓝旗之后，我再也想不到有什么能阻止我们最终完成使命。可现在我们什么都做不了了。我躺在床上，路易莎躺在她的床上。我们俩都没说话。我们等待着。

半小时后公安回来了。这次他们带了两位老师（一对夫妇）来做翻译。这两人的英语都讲得不太熟练。我们试图解释自己来这里是为了做什么。我们正在重走马可·波罗的路线。我们想去上都。为了看它，我们已经走了六千英里。我们今天必须到那里去。老师们把这些信息翻译过去，但公安人员不感兴趣。你们有许可证吗？他们问。没有。你们的护照上有特别背书吗？没有。这次面谈很快就有了结论："这些人说你们必须去北京。你们不能待在这里。"我们抗议，但没有用。老师们只是重复那几句话。"灰常包歉（非常抱歉）。灰常包歉（非常抱歉）。你们必须去北京。你们不许待在这里。"说完这些，公安人员和老师就离开了我们。门被锁上了，我们无能为力。我坐回床上，想大哭一场。

我们等了三个小时。天色暗如傍晚，暴风雨正在酝酿，气压很低。接近中午时门锁才被打开。这次老师们陪着个穿黑色中山装的中年人走进来。这人大概是个干部，英语说得结结巴巴的。他请我们解释来意。我们照办，还出示了《马可波罗行纪》中的地图。路易莎的手指沿着书中地图上的点、虚线和小十字一路划过去，最后停在上都之前。"忽必烈汗的宫殿。"她说。干部点点头，说："忽必烈汗，忽必烈汗。"这令人鼓舞。但接下来的三个小时里什么事也没有发生，我们又开始萎靡不振。天很快就要黑了。时间不多了。

下午四点钟后，公安人员和老师回来了。那个穿黑中山装的人不见了。"你们有钱吗？"警察通过老师提问。路易莎打开钱包，数了数剩下的钱：九十元人民币，约合十八英镑。警察把所有的钱拿起来又数了数。目前还不清楚这笔钱算是罚款、通胀后的计程车费还是贿赂。老师们也没做进一步说明。"吉普，吉普。"他们说。我们按命令收拾好背包，然后被带到外面。一辆警用吉普车等在那儿，而那位干部坐在里面。警察示意我们坐在后座上。

我们出发了。这支奇怪的队伍由两名剑桥大学本科生、两名蒙古族警察和一名蒙古族干部组成。老师挥手向我们道别。我们能听到雷声从远处传来。大雨倾盆而下。一个警察打开了磁带放音机，声如长啸的蒙古音乐盖过了暴风雨的声音。吉普车在主干道上右转，朝多伦的方向驶去。我们仍然不知道自己会被带到哪里。

我们沿着这条公路走了两英里，然后我确信这辆车行驶在回北京的路上。

"他们准备把我们驱逐出境，"我对路易莎说，"他们要他妈的驱逐我们。"

一位警察转过身来向我们微笑，第一次表示自己懂点英语。

"蒙古音乐，好听，好听。"他说。

"妈的。"我平静地对空气说，"妈的。妈的。妈的。"

然后吉普车离开了公路，颠簸着穿越欧石楠丛生的荒野。我们经过两个骑着马的蒙古族，他们后面还跟着第三匹小马。他们在倾盆大雨中缓慢前行。车子从他们身边驶过，溅起的泥浆飞到空中。暴风雨怒吼，草原被闪电照亮，这就像是哥特小说中的某个场景。我们正向北穿过一块平地，两侧都是起伏的山脉。路易莎注意到山尖上都有石堆。干部见她把那些石堆指给我看，就在一张纸上潦草地书写几笔，然后把纸递给她。他写的是阿拉伯数字 108。根据卜士礼的说法，蒙古人称仙那度的遗址为"兆奈曼苏默和田"（Chao Naiman Sume Khotan），它的意思是"拥有 108 座寺庙的城市"。直到那时，我们才确信自己终于来到了目的地附近。

吉普车从一片矮丘上驶下，我们突然看到面前横着堵又高又长的城墙。我们的车过了"圣河亚佛"向城墙开去。离得越近，它的外形就越让人看不清。这道高二十五英尺的方形土墙圈起约四平方英里的土地。车开到它旁边时，我们发现这原来是堵中间有壕沟的双层墙。它由碎石和泥土筑成，内侧很陡，外侧坡度较缓。第二道墙现已严重风化。较高的墙头上站着个穿兽皮的蒙古族牧羊人，他身边有几只湿淋淋且满身是泥的绵羊。

我们驱车进入这已成为废墟的城市，向里层围墙开去，吉普车在泥泞中打滑。在我们眼里，相较于马可·波罗描述中的富有异国情调的快乐之园，仙那度更接近《李尔王》描写的荒原。那些"见之足以娱人心目"的大理石宫殿、镀金的房间或美丽的壁画早已消失无踪。而在卜士礼时代仍矗立在内城南门的"高宽各十二英尺的完美拱门"也没有留下任何痕迹。在倾盆大雨中，我们只能看到亭台楼阁和庙宇破碎的地基，还有散落一地的柱础、柱头、屋瓦和陶器碎片。围墙内外，土石坑、沟渠和圆坑纵横交错。在中央的土台上可以看到主殿的遗迹。主殿的后墙仍然矗立，它由泥砖砌成并夹以原木，但墙体已被损毁，墙头高度参差不齐。后墙中间有个很深的壁炉，里面有几只羊在躲雨。吉普车停在主殿基台前。

只有立在台前的高三英尺的浅浮雕完好无损。它展现了一个举杯的人。此人脸上有麻点，胡须呈细细一线，表情凶狠。

他那神秘而又令人稍感恐惧的外表让这个浮雕一点儿也不像中国人的艺术作品——它更像异教徒凯尔特人用来祈求丰收的雕像。它不是那种你觉得在可汗的宫殿中会看到的东西。

最猛烈的那阵风雨过去了，我们都下了车。那几个蒙古族斜靠在吉普车的车身上，点燃香烟，开始聊天。我和路易莎要更虔诚一些。为了来到这里，我们走过了六千英里的漫漫长路。我们站在通往主殿基台的斜坡底部。七百一十一年前，到达跨国远行之终点的马可·波罗也曾站在这里。

> 他们弟兄二人携带马可到此大城之后，遂赴宫廷觐见君主。时其左右侍臣甚众，他们三人跪见，执礼甚卑。大汗命他们起立，待遇优渥，询问他们安好及别后之事。他们答复沿途无恙，于是呈递其所赍之教皇书状。大汗甚喜。已而进呈圣墓灯油，大汗亦甚欢欣。

于是我从马甲口袋里取出装油的小瓶，我们慢慢地爬上坡道，路易莎落后我两步。在台上，我跪在可汗御座曾经的所在地前，拧开瓶盖把油倾在地上。灯油先是浮于地表，一秒钟后就慢慢地渗入泥土，只在落地之处留下个闪光的斑点。然后在蒙蒙细雨中，在从剑桥出发横跨半个地球后，我和路易莎一起背了首诗，因该诗而不朽的宫殿正是我们面前的废墟。

> 忽必烈汗在上都曾经
> 下令造一座堂皇的安乐殿堂：
> 这地方有圣河亚佛流奔，
> 穿过深不可测的洞门，

直流入不见阳光的海洋。

有方圆五英里肥沃的土壤，

四周围上楼塔和城墙：

那里有花园，蜿蜒的溪河在其间闪耀，

园里树枝上鲜花盛开，一片芬芳；

这里有森林，跟山峦同样古老，

围住了洒满阳光的一块块青草草场。①

房基下的蒙古族站在吉普车旁边摇头。我们向他们走去时，那位干部用食指在太阳穴那里画圈，咕哝了几句蒙古语，然后给我们翻译了一下。

"疯了，"他说，"英国人，非常非常疯狂。"

"我个人认为，"我们回到吉普车上后路易莎说，"他说得很有道理。"

---

① 引自柯勒律治《忽必烈汗》，该诗奠定了仙那度在西方文学中的象征意义，这里选用屠岸译本。——译者注

尾　声

理查德·伯顿爵士乔装打扮，在麦加待了一年后离开那里。尽管刚刚完成了有史以来最伟大的探险壮举之一，他仍觉得自己被沮丧的情绪压倒了。

能在圣城逗留并安然无恙地逃离值得欣喜，但随之而来的是倦怠和失望。骑在骡背上，我有了空闲去思考成功是多么令人沮丧的东西。失败能使人精神振奋，成就却是可悲而乏味的一课，让我们知道所有的荣耀"不过是影子，并没有实质……"

直到离开仙那度，我才理解了伯顿的感受。把灯油带到目的地这一成就激发的喜悦之情只持续了不到一个小时。吉普车快开到多伦县时，我就开始为没能做到的事烦恼。公安人员当时禁止我们拍照，我担心没人相信我们的故事，就像他们拒绝相信马可·波罗本人的故事一样。事实上我的担心是杞人忧天：菲茨威廉博物馆（Fitzwilliam Museum）认为我们设法偷偷带出现场的瓦片是由 13 世纪的蒙古人制造的，它在一定程度上支持了我们的说法。但那是后来的事。公安人员一将我们留在多伦县的旅店，我就立即制订了计划，打算第二天上午返回仙那度拍照并做进一步记录。

　　事与愿违。第二天黎明时分，公安人员再次出现，送我们上了开往河北省张家口的巴士，那里有第二批公安人员等着我们。他们接我们下巴士，再送我们去火车站。到开往北京的火车到站前，他们都一直陪我们待在候车室里。火车到站后，我们被移交给火车上的铁路公安人员。

　　返回中国的首都时，我感到一种陌生的空虚感。度过了提心吊胆的几周后，我已经达成了目标。在空荡荡的头等车厢里，路易莎在我对面睡得很熟，但我还是放松不下来。时间真是难熬。我试着看书。我向窗外望去。我吃了些在张家口买的小吃。我坐立不安。然后我从马甲口袋里拿出蓝色的日记本，里面是一页页潦草的笔记。我回想起初夏在耶路撒冷度过的第一个早晨：那个早上，我第一次在日出前起床，动身去圣墓取灯油。

　　我拿出支削尖的铅笔，翻到空白页，开始奋笔疾书。

主要参考文献

第一章

Meron Benvenisti, *The Crusaders in the Holy Land* (Jerusalem, 1970)

T. S. R. Boase, *Kingdoms and Strongholds of the Crusaders* (New York, Bobbs Merrill, 1971)

K. A. C. Creswell, *Early Muslim Architecture* (2 vols., Oxford, Oxford University Press, 1932 and 1940)

Richard Ettinghausen and Oleg Grabar, *The Art and Architecture of Islam 650-1250* (London, Pelican, 1987)

Ibn Jubayr, (trans. and ed. William Wright) *The Travels of Ibn Jubayr* (London, Luzac & Co., 1907)

George Michell, *Architecture of the Islamic World: its History and Social Meaning* (London, Thames & Hudson, 1978)

Paul Pelliot, *Notes on Marco Polo* (3 vols., Paris, 1959-73)

Joshua Prawer, *Crusader Institutions* (collected papers) Essay on The Italian Communes (Oxford, Oxford University Press, 1980)

Joshua Prawer, *The Latin Kingdom of Jerusalem* (London, Weidenfeld & Nicolson, 1972)

Joshua Prawer, *The World of the Crusaders* (London, Weidenfeld & Nicolson, 1972)

Sir Steven Runciman, *A History of the Crusades. Volume III: The Kingdom of Acre* (Cambridge, Cambridge University Press, 1954)

S. Fatima Sadeque, *Baibars I of Egypt* (Oxford, Oxford University Press, 1957)

Sir Henry Yule (trans. and ed.), *The Book of Ser Marco Polo* 3rd edn. (2 vols., London, John Murray, 1929)

第二章

T. S. R. Boase, *Castles and Churches of the Crusader Kingdom* (Oxford, Oxford University Press, 1967)

Robert Fedden, *Syria* (London, Robert Hale, 1946)

Francesco Gabrieli, *Arab Historians of the Crusades* (London, Routledge & Kegan Paul, 1969)

Philip K. Hitti, *Usamah Ibn Munquid: Memoirs of an Arab Syrian Gentleman* (New York, Columbia University Press, 1929)

M. G. S. Hodgson, *The Order of Assassins* (The Hague, Mouton and Co., 1955)

Bernard Lewis, *The Assassins: A Radical Sect in Islam* (London, Weidenfeld & Nicolson, 1967)

W. Muller-Weiner, *Castles of the Crusaders* (London, Thames & Hudson, 1966)

第三章

T. S. R. Boase, *The Cilician Kingdom of Armenia* (Edinburgh, Scottish Academic Press, 1978)

Claude Cahen, *Pre-Ottoman Turkey* (London, Sidgwick & Jackson, 1968)

N. J. Dawood (trans.), *The Koran* (London, Penguin, 1956)

A. Evans (ed.), *Francesco Pegolotti: La Pratica della Mercatura* (Cambridge, Mass., Harvard University Press, 1936)

Benjamin Z. Kedar, *Merchants in Crisis* (Yale, Yale University Press, 1977)

Manuel Komroff, *Contemporaries of Marco Polo* (New York, Boni & Liveright, 1928)

Leonard Olschi, *Marco Polo's Asia* (Berkeley, California University Press, 1960)

T. A. Sinclair, *Eastern Turkey: an Architectural and Archaeological Survey* (3 vols., London, Pindar Press, 1987)

Tamara Talbot-Rice, *The Seljuks* (London, Thames & Hudson, 1961)

第四章

Ibn Battuta, *Travels in Africa and Asia* (London, Routledge & Kegan Paul, 1929)

J. A. Boyle (ed.), *Cambridge History of Iran*, vol. 5, *Seljuks and Mongols* (Cambridge, Cambridge University Press, 1968)

J. A. Boyle, *The Mongol World Empire 1206-1370* (collected papers) (London, Allen & Unwin, 1977)

J. A. Boyle (trans.), *Rashid al-Din, The Successors to Ghengiz Khan* (New York, Columbia University Press, 1971)

Edward G. Browne, *Literary History of Persia* (4 vols., Cambridge, Cambridge University Press, 1928)

Robert Byron, *The Road to Oxiana* (London, Macmillan, 1937)

Basil Gray, *World History of Rashid ad-Din* (London, Phaidon, 1979)

David Morgan, *The Mongols* (Oxford, Basil Blackwell, 1986)

Leonard Olschi, *The Wise Men of the East in Oriental Tradition* (in William Poper (ed.): *Semitic and Oriental Studies*)

Amir Taheri, *The Spirit of Allah: Khomeini and the Islamic Revolution* (London, Hutchinson, 1985)

David Talbot-Rice, *The Illustrations of the World History of Rashid ad-Din* (Edinburgh, Edinburgh University Press, 1976)

Arthur Upham Pope, *Introducing Persian Architecture* (Teheran, Soroush Press, 1969)

Arthur Upham Pope and Phyllis Ackerman (eds.), *A Survey of Persian Art* (6 vols., Oxford, Oxford University Press, 1939)

第六章

Babur (Annette Beveridge trans.), *The Baburnama* (Memoirs) (2 vols., Oxford, Oxford University Press, 1921)

William Foster (ed.), *Early Travellers in India 1583–1619* (Oxford, Oxford University Press, 1921)

Bamber Gascoigne, *The Great Moghuls* (London, Jonathan Cape, 1971)

Robin Lane Fox, *Alexander the Great* (London, Allen Lane, 1973)

John Keay, *India Discovered* (London, Collins, 1988)

David Kopf, *British Orientalism and the Bengal Renaissance* (Berkeley, University of California Press, 1969)

Sir Aurel Stein, *On Alexander's Track to the Indus* (London, Macmillan, 1929)

M. E. Strachan, *The Life and Adventures of Tom Coryat* (Oxford, Oxford University Press, 1962)

第七章

V. V. Barthold, *Turkestan Down to the Mongol Invasion*, 4th edn. (London, Luzac & Co., 1968)

Louis Boulnois, *The Silk Road* (London, Allen & Unwin, 1966)

E. A. W. Budge, *The Monks of Kublai Khan, Emperor of China* (London, Religious Tracts Society, 1928)

Peter Fleming, *News From Tartary* (London, Jonathan Cape, 1936)

Peter Hopkirk, *Foreign Devils on the Silk Road* (Oxford, Oxford University Press, 1980)

Lady Macartney, *An English Lady in Chinese Turkestan* (London, Ernest Benn, 1931)

M. Rossabi, *China Mong Equals*, essay by T. A. Allsen, *The Yuan Dynasty and the Uighurs of Turfan in the Thirteenth Century* (Berkeley, University of California Press, 1983)

W. Samolin, *East Turkestan Down to the Twelfth Century* (The Hague, Mouton & Co., 1964)

Diana Shipton, *The Antique Land* (London, Hodder & Stoughton, 1950)

C. P. Skrine and Pamela Nightingale, *Macartney at Kashgar* (Oxford, Oxford University Press, 1973)

Sir Aurel Stein, *Ruins of Desert Cathay*, (2 vols., London, Macmillan, 1912)

Sir Aurel Stein, *Sand Buried Cities of Khotan* (London, Fisher Unwin, 1903)

Ella and Sir Percy Sykes, *Through the Deserts and Oases of Central Asia* (London, Macmillan, 1920)

Peter Yung, *Xingiang* (Oxford, Oxford University Press, 1987)

第八章

Sir Richard Burton, *Personal Narrative of a Pilgrimage to El-Medina and Meccah* (3 vols., London, John Murray, 1855–6)

Peter Fleming, *One's Company* (London, Jonathan Cape, 1934)

Christopher Hibbert, *The Dragon Wakes* (London, Longman, 1970)

Witold Rodzinski, *A History of China*, (2 vols., Oxford, Pergamon Press, 1979)

Witold Rodzinski, *The Walled Kingdom* (London, Flamingo, 1984)

图书在版编目（CIP）数据

仙那度：追寻马可·波罗的脚步／（英）威廉·达
尔林普尔（William Dalrymple）著；兰莹译. －－北京：
社会科学文献出版社，2021.11
　　书名原文：In Xanadu：A Quest
　　ISBN 978 - 7 - 5201 - 7842 - 6

　　Ⅰ.①仙…　Ⅱ.①威…②兰…　Ⅲ.①游记 - 作品集
- 英国 - 现代　Ⅳ.①I561.65

　　中国版本图书馆 CIP 数据核字（2021）第 022455 号

仙那度
——追寻马可·波罗的脚步

著　　者／﹝英﹞威廉·达尔林普尔（William Dalrymple）
译　　者／兰　莹

出 版 人／王利民
组稿编辑／董风云
责任编辑／廖涵缤
责任印制／王京美

出　　版／社会科学文献出版社·甲骨文工作室（分社）（010）59366527
　　　　　　地址：北京市北三环中路甲29号院华龙大厦　邮编：100029
　　　　　　网址：www. ssap. com. cn
发　　行／市场营销中心（010）59367081　59367083
印　　装／天津千鹤文化传播有限公司

规　　格／开 本：889mm × 1194mm　1/32
　　　　　　印 张：11.5　插 页：0.5　字 数：259千字
版　　次／2021 年 11 月第 1 版　2021 年 11 月第 1 次印刷
书　　号／ISBN 978 - 7 - 5201 - 7842 - 6
著作权合同
登 记 号／图字 01 - 2016 - 7072 号
定　　价／72.00 元